나쁜 날씨만
계속되는 세상은 없어!

나쁜 날씨만
계속되는 세상은 없어!

초판 1쇄 인쇄 2020년 9월 14일
초판 1쇄 발행 2020년 9월 21일
지은이 제니 재거펠드 **옮긴이** 김아영

펴낸이 이상순 **주간** 서인찬 **편집장** 박윤주 **제작이사** 이상광
기획편집 이세원 박월 이주미 **디자인** 유영준 이민정
마케팅홍보 신희용 김경민 **경영지원** 고은정

펴낸곳 (주)도서출판 아름다운사람들
주소 (10881) 경기도 파주시 회동길 103
대표전화 (031) 8074-0082 **팩스** (031) 955-1083
이메일 books777@naver.com **홈페이지** www.books114.net

리듬문고는 (주)도서출판 아름다운사람들의 청소년 브랜드입니다.

ISBN 978-89-6513-617-0 43850

MITT STORSLAGNA LIV (English : MY ROYAL GRAND GOLDEN LIFE)
by Jenny Jägerfeld
© Jenny Jägerfeld 2019
Korean Translation © 2020 by BeautifulPeople
All rights reserved.
The Korean language edition published by arrangement with
Grand Nordic Agency AB through MOMO Agency, Seoul.

이 책의 한국어판 저작권은 모모 에이전시를 통한 Grand Nordic Agency와의 독점 계약으로
도서출판 아름다운사람들에 있습니다.

이 도서의 국립중앙도서관 출판예정도서목록(CIP)은 서지정보유통지원시스템(http://seoji.nl.go.kr)과
국가자료종합목록구축시스템(http://kolis-net.nl.go.kr)에서 이용하실 수 있습니다. (CIP제어번호 : CIP2020035400)

파본은 구입하신 서점에서 교환해 드립니다.

나쁜 날씨만
계속되는 세상은 없어!

제니 재거펠드 지음
김아영 옮김

리듬문고

내가 사랑했던 모든 동물들에게

강아지 벤야민, 싯다르타, 시펜, 돌리, 기니피그 타잔과 프라세,
고양이 미셸과 툴루즈, 토끼 투르볼리나, 스탐펠리나, 프릿츠,
그리고 거북이 카롤리나에게 이 책을 바칩니다.

차례

요술작살

스크래치가 가득한 그릇들, 오래된 DVD들 그리고 머리칼이 텁수룩한 바비 인형들이 있는 탁자에 뜬금없이 놓여 있었다. 어두운색의 니스 칠이 된 나무 작살. 고래나 물고기를 잡을 때 쓰는 물건이었다. 끝에 빛나는 은색 철로 된 촉이 삐져나와 길쭉한 총구가 달린 총처럼 보였다. 촉의 끝에는 가느다란 밧줄이 동여매여 있었고 그 아래에는 밧줄의 나머지 부분이 친친 감긴 일종의 바퀴 같은 게 있었다. 사냥감을 만났을 때 물 밖으로 끌어낼 수 있도록.

나는 벼룩시장 구경이 정말이지 시시할 거라고 생각했다. 그러나 정반대였다!

"얼마예요?"

내가 물었다.

탁자 뒤에 앉은 남자가 시선을 들었다. 작업복을 입은 그는 때

마침 지저분한 손수건으로 자신의 안경을 닦으려던 참이었다. 안경을 쓰니 그의 눈이 엄청 작아졌다. 마치 하늘색 셔츠 단추만큼이나.

"어떤 거 말이냐? 작살?"

그가 물었다.

"네."

그는 잠시 생각에 빠졌다.

"500크로나다."

500크로나. 상당히 값이 나갔다. 나는 딱 500크로나가 있었다. 그렇지만 지금 가지고 있지는 않았다. 나는 작살을 뚫어져라 봤다. 촉은 햇살을 받아 빛나고 있었다. 그저 그걸 꼭 가져야만 할 것 같았다. 내가 지금까지 본 작살 중에서 가장 멋진 물건은 아니었지만(그래, 그게 내가 평생 본 유일한 작살이기도 하지만), 나의 다음 발명품을 만들기에 완벽했다.

"애야! 어딜 돌아다니나 했더니 여기 있었구나!"

채 대답도 하기 전에 어깨 위에 묵직한 손이 얹어졌다. 팔찌 때문에 간지러웠다. 외할머니였다.

"뭐라도 발견했니?"

나는 작살 쪽으로 고개를 끄덕여 보였다.

"멋지구나! 나는 이 걸작을 샀단다!"

나는 마지못해 작살에서 눈을 떼고 외할머니 쪽으로 몸을 돌렸다.

외할머니 옆에 놓인 카트에는 그림 한 점이 단단히 매여 있었
다. 어마어마한 크기였다. 분명 부엌 식탁만큼 클 것이다. 추측하
기로는 겨울 풍경 속의 여우 한 마리를 그린 그림이었다. 엄청나
게 솜씨 좋은 사람이 그린 것 같지는 않았다. 여우는 한쪽으로 치
우쳐 있었다. 앞발 하나는 마치 굵직한 의자 다리 같았고 꼬리는
다람쥐 같았으며 옆면을 그린 것임에도 불구하고 눈 두 개가 다
그려져 있었다. 여우는 눈으로 덮인 들판에 서서 이상한 분홍빛
호수에서 물을 마시고 있었다.

"오!"

나는 말했다.

"그렇지!"

외할머니가 열정적으로 말했다.

"이건 정말이지……."

나는 올바른 단어를 찾고 있었다.

"……독특하네요."

"브루노 릴리예포슈(Bruno Liljefors)*가 그린 거란다!"

외할머니가 말했다.

작업복을 입은 남자가 콧방귀를 뀌었다.

---

* 1860년 5월 14일~1939년 12월 18일, 스웨덴 웁살라 태생 예술가

"그게 브루노 릴리예포슈가 그린 거면 나는 즐라탄 이브라히모비치*일 게요!"

"이보세요. 내가 그쪽보다는 예술에 대해서는 조오오금 더 안목이 있을 겁니다. 이건 브루노 릴리예포슈 거라고요."

"그럼 난 즐라탄이겠군. 사인해 드릴까?"

외할머니는 남자의 말을 무시하고는 그림을 보며 만족스럽게 고개를 끄덕이며 입을 열었다.

"시게야, 너도 알지, 브루노 릴리예포슈는 동물과 풍경을 그리는 스웨덴에서 가장 유명한 화가란다."

"그렇군요."

나는 대답했다.

"여우는 마치 수류탄이라도 집어삼켜서 속이 다 터진 것 같은데요."

남자가 말했다.

"이건 릴리예포슈의 초기작이야. 파는 사람이 그러는데 이걸 그렸을 때엔 겨우 16살이었단다. 아직 솜씨가 뛰어나지 않았을 때지."

외할머니는 침착하게 말했다.

작업복을 입은 남자는 탁자를 빙 둘러 걸어오더니 그림 앞에

---

* 이탈리아 프로축구팀에서 활약 중인 스웨덴 출신 축구 선수

무릎을 굽히고 앉았다.

"루네 릴리예포슈(Rune Liljefors)라고 써 있구만."

"앞 글자 안 보여요? B 안 보여요?"

외할머니가 말했다.

"B 같은 건 있지도 않네요, 이건 얼룩인데! 죽은 파리가 굳은 거든지 뭐든지요."

"그건 B라고요!"

"아하, 뭐 그럴 수도 있죠. 그렇더라도 서명한 인물이 브루네 릴리예포슈(Brune Liljefors)라는 문제가 남겠는데요."

"잘못 쓴 거겠죠, 맙소사!"

외할머니는 짜증스럽게 말했다.

"자기 이름을요?"

"척척박사님, 그럴 수도 있죠. 말씀드리겠는데, 저도 언젠가 샬 로트(Charlotte)에 't'를 세 번 쓴 적 있다고요."

외할머니는 내게로 몸을 돌리더니 미소 지었다.

"어쨌든 그림으로 벽에 난 구멍을 덮으면 정말 멋지겠구나. 핀 볼 기계가 있는 방 말이다. 그러니까 네 방!"

"끝내주네요."

내가 대답했다.

나는 손을 뻗어 조심스럽게 작살을 매만졌다. 손끝에 닿는 나 무는 매끄럽고 부드러웠다.

"외할머니, 500크로나를 빌려주실 수 있으세요? 집에 가면 바로 드릴게요."

"500크로나라니! 지나치게 비싸구나! 고리대금업자가 따로 없네. 잘 쳐 봐야 300크로나일 텐데."

"나 여기 있거든요. 다 들려요."

남자가 말했다.

나는 고리대금업자가 정확히 무슨 뜻인지 알 수 없었으나 그게 긍정적인 단어가 아니라는 사실은 파악했다.

"말해 보시죠. 이게 무슨 요술작살이라도 됩니까?"

외할머니는 남자의 단춧구멍 같은 눈을 쏘아보며 말했다.

"어…… 아니요."

"이걸로 오토바이를 살 수 있나요?"

남자는 의아하다는 듯이 눈썹을 치켜들었다.

"예수님 물건이기라도 했나요? 아니겠죠, 그러니까요! 300크로나가 적당하다고요."

외할머니는 이렇게 말하며 금색으로 반짝이는 핸드백을 뒤지기 시작했다.

외할머니는 지갑을 꺼내 들고 물건이 가득 들어찬 탁자 위에 300크로나를 내동댕이쳤다. 300크로나 지폐는 바람결에 휩싸여 순식간에 공중으로 날아올랐다.

"오, 맙소사!"

외할머니가 외쳤다. 나는 당연하게도 각각 다른 방향으로 날아가는 지폐 세 장을 뒤쫓기 시작했다.

공중에 흩날리는 지폐 한 장을 뛰어올라 움켜쥐는 데 성공했을 때는 내 스스로에게 감탄했다. 그렇게 높이 뛴 적은 처음이었다! 몇 개월 전인가 예전에 다니던 학교에서 열렸던 운동회가 떠올랐다. 높이뛰기를 할 때 가로막대가 고작 70센티미터 높이에 놓여 있어도 나는 걸리고 말았다. 체육 선생님은 한숨을 쉬면서 "널 어쩌면 좋겠니, 시게야? 생각을 하지 말라고! 그냥 해. 어떻게 하면 너를 머릿속에서 끄집어내서 몸 안에 넣을 수 있을까?"라고 말했다.

이제 나는 답을 찾았다! 돈이다! 고약한 냄새가 나는 매트리스 맞은편에서 체육 선생님이 돈을 팔락거린다면 1미터 20센티미터는 충분히 뛸 수 있을 것이다.

그건 그렇고 '생각을 하지 말라'는 말은 지금껏 인생에서 들었던 최악의 조언이다. 그러려고 해 봤는데 실제로는 전혀 불가능했다.

두 번째 100크로나는 가시투성이 덤불에 끼어 있어 별다른 어려움 없이 주울 수 있었다. 그러나 세 번째 100크로나는 날아가서 자취를 감췄다.

"흠. 마음을 바꿨어요. 200크로나를 드리죠."

외할머니는 작은 돈 소동이 가라앉은 뒤에 말했다.

"저는 최소한 500크로나는 받고 싶은데요."

작업복을 입은 남자가 말했다.

"200크로나."

"350크로나."

"200크로나."

"300크로나."

"좋아요."

외할머니는 대답하고는 탁자 위의 작살을 집어 들더니 그걸 내게 건네주었다.

작살이 생각보다 무거워 깜짝 놀랐다. 행복해서 눈물이 고일 지경이었다.

"그렇지만 마지막 100크로나는 직접 주우셔야겠네요. 저기 멀리 어디 있을 겁니다."

외할머니는 반지가 반짝이는 손을 지평선 어딘가로 향해 흔들며 작업복을 입은 남자에게 말했다.

지옥이 얼어붙으면!

"너 앞머리 좀 잘라야겠다."

엄마가 말했다.

"아뇨, 절대 안 돼요."

"하지 전날에 널 찍은 사진에 죄다 머리가 얼굴을 덮고 있더라! 네 꼴이 어떤지 너는 모르겠지!"

"엄마는 제 꼴이 어떤지 잘 알고요?"

나는 바닥에 앉아 아인슈타인의 부드러운 털 사이로 손가락을 꼼지락거렸다. 귀 뒤쪽을 긁어 주면 만족스럽게 눈을 감고 검은 코를 공중으로 치켜세우며 고개를 뒤로 젖혔다. 마치 곧장 울부짖으려는 늑대처럼.

"네 눈이 안 보이잖니!"

엄마는 외쳤다.

엄밀히 따지자면 엄마는 잘못 짚었다. 이렇게 말했어야 했다.

네 눈 한쪽이 안 보이잖니. 다른 쪽 눈은 쉽게 볼 수 있었다. 내 앞머리는 비스듬하게 한쪽 눈 위만 덮고 있었으니까.

엄마는 앞치마에 손을 털고는 부드러운 목소리로 입을 열었다.

"네 눈은 정말 예쁜데."

"흠."

"다른 사람들에게 보여 주면 안 될까?"

"그럼 내 눈이 못생겼으면 그냥 둬도 돼요?"

갑작스럽게 부엌문이 열리더니 은빛 바지 정장 차림의 외할머니가 들어왔다. 입에는 담배를 물고 팔 아래에는 박제된 족제비를 끼고 있었다. 외할머니는 마치 무언가를 찾기라도 하듯이 주변을 둘러보고는 싱크대 위에 족제비를 올렸다.

"제발, 제발, 제발요, 엄마! 지금 요리하고 있는데 꼭 그 끔찍한 동물을 여기에 둬야겠어요?"

엄마는 끔찍하다는 표정을 지으며 말했다.

"잠깐만, 애야! 그냥 반짇고리만 가져갈 거야. 혹시 봤니?"

외할머니는 꽁초를 개수대에 던지고는 팬트리를 열었다.

"아뇨, 그리고 어쨌든 반짇고리가 거기 있을 리가 없잖아요."

"파블로프 머리가 터졌지 뭐니. 면사나 뭐 튼튼한 실이 필요한데, 아니면 금속사 같은 거? 네가 전에 할인점에서 산 재봉실은 기대만 못하더라."

외할머니는 떨어지는 칼처럼 똑바르게 몸을 굽히더니 찬장 하

17

나를 열고는 뒤적였다. 무릎을 굽히고 앉지는 못하는 모양이었다. 외할머니가 그렇게 앉는 걸 한 번도 본 적이 없었으니까.

"참 나, 좋을 대로 하세요."

엄마는 화가 난다는 듯이 말했다.

"비난하자는 게 아니란다, 얘야. 그냥 그랬다는 얘기지."

나는 족제비 파블로프 앞으로 다가서서 머리 밖으로 비집고 나온 폭신한 회백색 내용물을 조심스럽게 쓸어 넘겼다. 파블로프의 뇌가 솜털로 이루어져 있기라도 하듯이. 엄마는 계속해서 짜증나는 몸짓으로 재빠르게 마늘을 다지면서 말했다.

"어쨌든 내일 미용실 예약해 뒀으니까."

"그럼 취소하면 되겠네요. 난 머리 자를 생각 없어요."

나는 말했다.

아인슈타인은 축축한 코로 완강하게 내 팔을 밀어 댔다. 계속해서 긁어달라는 뜻이다.

"얘가 왜 머리를 잘라야 하니?"

외할머니가 물었다.

"얼굴이 안 보이니까요."

"누가 왜 쟤 얼굴을 보고 싶어 한다니?"

외할머니는 미소 지으며 내 뺨을 쿡 찔렀다.

"농담이란다, 얘야. 똑똑한 너도 물론 알겠지만. 네 얼굴은 정말이지 매력적이야. 우표로 찍어서 내야 한다니깐."

"무슨 일이 있어도 너는 내일 두 시에 시간이 비어 있을 거야, 시게. 시내에 있는 미용실이다. 엄마, 시게랑 같이 좀 가 주실 수 있어요? 내일 면접 봐야 해서요."

"이름 부르면서 말해 주면 고맙겠구나."

"제발요, 샬로트. 시게랑 같이 가 줄 수 있어요?"

엄마는 다소 날 선 목소리로 말했다.

외할머니는 엄마 혹은 외할머니라고 불리는 것을 내켜하지 않았다. 나는 외할머니의 의도를 제대로 알 수는 없었으나, 짐작컨대 '엄마' 혹은 '외할머니'는 직접 자신을 지칭하는 것이 아니라 간접적 관계를 나타내는 호칭이라 못마땅하게 여기는 듯 했다. 또한 할머니 자신이 우리를 돌봐야 마땅하다는 보호자라는 의미가 들어 있어서 그걸 내켜하지 않았다. 본인이 우리를 돌보고 싶지 않다는 것은 아니라고 외할머니는 말했다. 외할머니는 우리를 돌보고 싶어 했다. 이따금이기는 했지만. 외할머니는 그저 자신이 돌봐주는 게 당연하다고 여겨지는 것을 싫어했다.

외할머니의 이름은 영국식 악센트로 발음해야 한다. 샤아아알로트. 외할머니는 절반이 영국인이고 4분의 1은 독일인, 그리고 4분의 1은 노르웨이인이다. 외할머니는 혼혈이 근친교배 동물보다 더 똑똑하다고 주장하지만 말이다. 어쨌든 나한테는 나쁠 게 없었다. 나는 절반이 호주인이고 4분의 1은 스웨덴인, 8분의 1은 영국인, 16분의 1은 독일인, 그리고 16분의 1은 노르웨이인이다.

솔직히 말하자면 대부분 스웨덴인이라는 느낌이지만.

"시게 혼자서도 충분히 미용실에 갈 수 있잖니, 12살이고."

외할머니는 말했다.

"나도 시게 혼자서 갈 수 있다는 걸 알아요. 근데 문제는 시게가 머리를 자르고 싶지 않다니까 혼자서 갈 일이 없다는 거죠."

"그건 그렇다만, 한나야, 그렇다면 정말이지 왜 미용실 예약을 했는지 이해가 안 되는구나."

"시게가 약한 눈을 단련하지 않는 게 도움이 안 된다고 생각하니까요!"

"오 얘야. 머리카락에 이렇게 강렬한 감정을 느낀다는 사실을 이제 알았구나."

갑자기 전화벨이 울렸다. 현관 벽에 단단히 매달려 있는, 기이할 정도로 긴 코드가 꽂힌 오래된 빨간 플라스틱이.

"전화벨 덕분에 구원받은 줄 알렴."

외할머니는 내게 윙크를 하더니 전문가다운 목소리로 말했다.

"로열 그랜드 골든 호텔 섀르블락카의 샬로트입니다!"

외할머니는 한동안 말없이 고개를 끄덕이며 듣고 있었다.

"아니요, 안타깝지만요. 정말 죄송하지만, 보시다시피 호텔 예약이 �꽉 차 있어서요. 여름 내내요. 객실 전부 다요. 네. 다른 곳을 찾으시길 바라요. 섀르블락카 로열 그랜드 골든 호텔을 찾아 주셔서 감사합니다! 그럼 이만."

외할머니는 수화기를 거치대에 돌려놓았다.

엄마는 미심쩍다는 듯이 눈썹을 치커세웠다.

"로열 그랜드 골든 호텔 섀르블락카. 진짜 이름이 그래요?"

"그래, 바로 그렇지. 얼마 전에 바꿨단다. 호텔 섀르블락카는 고리타분하기 짝이 없잖니."

"그렇지만 로열 그랜드 골든 호텔이라니…… 너무 웅장한 거 아녜요? 거의 거짓말이잖아요?"

"난 그렇게 생각하지 않는단다. 섀르블락카에서 제일 큰 호텔이니까."

"섀르블락카에 있는 유일한 호텔이잖아요!"

"바로 그거야! 게다가 제일 크고 가장 웅장하기도 하지."

외할머니는 만족스럽다는 듯이 대답했다.

엄마는 눈을 이리저리 굴리더니 도마 위에 있던 마늘을 프라이팬으로 쓸어내렸다. 곧장 지글거리는 소리가 나기 시작했다.

"그건 그렇고 그게 정말 중요하다면 내가 시게 머리를 직접 자를 수도 있단다. 동전 좀 아껴 두렴."

외할머니가 말했다.

"네, 그것도 방법이긴 하네요."

항상 돈을 모으는 데 혈안이 되어 있는 엄마가 말했다.

"근데 엄마가 직접 머리를 자를 수 있다고요?"

"그럼 물론이지. 여름마다 아인슈타인 털을 다듬어 줬는걸. 딱히 어렵지도 않단다. 그리고 너도 얌전히 잘 앉아 있고 말이지, 그렇지 않니, 시게? 머리 다 자르고 나면 과자를 주마."

"부탁할게, 시게?"

엄마는 간절하게 나를 봤다.

"When hell freezes over."

나는 어떤 영화에서 들은 대사대로 대답했다. 그건 '지옥이 얼어붙으면'이라는 뜻이다. 그러니까 절대로 안 된다는 말이다.

* * *

그렇다. 내 한쪽 눈은 약하다. 사시다. 그러니까 내 의지와는 관계없이 한쪽 눈이 늘 내 코를 향한다는 말이다. 어렸을 적에는 눈에 안대를 하고 있었다. 약한 눈을 단련시키려고 튼튼한 눈 쪽에 안대를 했다. 그렇게 하지 않으면 튼튼한 눈이 장악을 해 버려서 뇌가 약한 눈과의 연결을 끊어 버리고 외눈이 될 위험이 있으니까. 글쎄, 난 여전히 눈을 두 개 가지고 있긴 한데, 한쪽 눈은 쓸모가 없고 거의 장님과 마찬가지다.

나는 검안사가 싫었고 안대가 싫었다. 검안사들이 안대를 바꿔 줄 때마다 마치 눈썹을 죄다 떼어 내려는 것 같았다.

안대는 피부색과 비슷한 베이지색이었다. 반창고처럼, 정말이지 멍청하기 짝이 없었다. 왜냐하면, 일단 내 피부색은 베이지색이 아니었고, 두 번째로는 정말 자연스럽지가 않았다. 뭐랄까, "저기요? 저 여기에 눈이 없거든요! 티 난다고요!"라고나 할까.

어느 주말인가 외할머니가 나를 돌봐줄 때, 나는 외할머니께 한쪽 눈을 칠해 달라고 부탁했다. 색칠로 안대가 그다지 눈에 띄지 않게 되길 바랐다. 외할머니는 진지하게 외할아버지의 아주 자그마한 칠 도구들을 꺼내 들었다. 그것들은 지금은 지하실에 둔, 외할아버지가 아껴 마지않던 철도 모형의 작은 집과 플라스틱 인간들을 칠할 때 사용한 물건들이었다.

외할머니는 예술가적 자유분방함을 한껏 발휘해 내 안대 위에 좀비 눈을 그려 놓았다. 안와에서 굴러떨어질 듯한 탁구공같은 둥근 눈을 그린 것이다. 홍채는 내 눈과 똑같이 황갈색 테두리가 둘러진 짙은 녹색으로 칠했다. 그렇지만 홍채 주변에 빨간 선들을 그어놓은 탓에 눈에서 피가 터진 것처럼 보였다. 생각한 것과는 달랐지만 어쨌든 나는 그게 맘에 들었다. 어떻게 생겼는지 또렷하게 기억나는 이유는, 그 다음 월요일이 유치원에서 학급 사진을 찍는 날이었기 때문이다. 엄마는 그다지 마음에 들어 하지 않았다. 그러나 외할머니는 흡족해 했다. 외할머니는 사진을 닥치는 대로 사는 것도 모자라 스티커와 냉장고 자석을 구입해서는 친척들과 친구들에게 나누어주었다. 외할머니는 그걸 올해의 크리스마스 선물이라고 불렀다. 우리도 예전 스톡홀름에 살 때 아파트 냉장고에 비슷한 자석들을 붙여 놨었다. 외할머니는 여기

샤르블락카에 있는 냉장고에 세 개를 붙여놓았고 거실에는 액자에 끼운 큰 사진이 하나 있었다. 외할머니는 그게 나를 찍은 사진 중에서 최고라고 생각했다.

내가 안대보다 더 싫어했던 게 하나 있다. 바로 내 눈이 여전히 사시라는 점이다. 안경을 쓰고 있을 때는 눈이 쏠리지 않는다. 뭐랄까 아주 약간 쏠리기만 한달까? 그런데 문제는 내 안경이 끔찍할 정도로 못생겼다는 것이다. 안경테 자체도 베이지색 플라스틱이고 안경알은 유리병 바닥만큼이나 두꺼웠던 탓에 눈을 정말이지 크게 확대시켰다. 그걸 쓰고 있으면 에니메이션 캐릭터 미니언즈처럼 보였다. 미안. 농담이다. 사시에 대해 말할 때 보통 그렇게 말하곤 하는데, 정말이지 울고 싶다. 나는 방송국에서 일하고 싶기 때문이다. 이를테면 지금 TV에서 방영하는 동물병원같은 프로그램의 앵커가 되고 싶다. 아니면 아예 발명품을 다루는 프로그램이나. 아이들이 흥미로운 기계나 앱에 대한 아이디어를 가지고 출연하면 실현시키는 그런 류의 프로그램 말이다. 그런데 사시인 앵커를 본 적이 있는가? 아니, 없겠지. 사람들이 모습을 볼 수 없는 라디오나 빌어먹을 창고 같은 데에서나 일하겠지. 그래서 나는 앞머리가 눈을 덮도록 자라게 두고 있다. 감출 수 있게 말이다. 앞머리를 자르느니 차라리 도끼로 넓적다리를 자르고 말지.

나는 다시 태어날 거야

외할머니는 대형마트 이카 앞에서 카트를 꺼내더니 내 동생 보보를 들어다 안에 앉혔다. 보보는 평범한 유아용 시트가 아니라 상품을 담는 곳에 앉는 것을 좋아했다. 외할머니는 몇 걸음인가 내달리더니 카트에 몸을 맡기고 발을 들었다. 그렇게 그 둘은 마트 안으로 굴러 들어갔다. 보보는 큰 소리로 웃었다. 나는 몇 발자국 뒤에서 따라갔다. 다소 부끄러웠다. 그렇지만 한편으로는 여기에 아는 사람은 아무도 없었다. 어쨌든 아직까지는. 외할머니는 아는 사람이 있는 모양이었다. 외할머니는 지나치는 모든 사람에게 일일이 인사를 하고 있었다. 일부는 응대를 해 줬고, 나머지는 쳐다보기만 할 뿐이었다. 나는 그들이 서로 귓속말로 무언가를 말하는 것을 보았다. 외할머니는 전혀 개의치 않았다.

외할머니는 언젠가 "사람들이 뒷담화를 하는 것보다 더 나쁜 건 세상에 딱 하나 있단다. 바로 뒷담화를 하지 않는 거지"라고

25

말한 적이 있다.

외할머니를 한 번이라도 만난 사람은 외할머니를 기억한다. 외할머니는 척 봤을 때 65세처럼 보이지 않았다. 오늘 외할머니는 딱 달라붙는 검은 스키니 바지에 녹색 하이힐과 은색 스팽글이 달린 바람막이 재킷을 입고 있다. 긴 회색 머리카락에 최소 다섯 개는 되는 짤랑이는 금목걸이와 빨간 립스틱도.

"그래. 우리 뭐 사야 하지?"

외할머니는 땅에 발을 붙이면서 말했다.

보보는 딸기를 가리켰다.

"딸기, 꼭 사야지."

외할머니가 말했다.

보보는 비치볼만큼이나 커다란 짙은 녹색 수박을 가리켰다.

"수박, 수박도 꼭 사야지."

외할머니는 그렇게 말하고는 수박을 카트에 담았다. 수박은 둔탁한 소리를 내면서 보보의 다리 사이에 안착했다.

나는 외할머니랑 장을 보는 게 정말 좋다. 우리 모두 그랬다. 마이켄도 보보도. 그래서 우리는 항상 마트에 쫓아왔다. '스웨덴에서 가장 핫한 사람' 콘테스트에서 손쉽게 우승을 할 것 같은 마이켄은 이미 마트 저 안쪽까지 내달려 간 상태였다. 담아서 무게를 재는 젤리코너에 서서 바닥에 떨어진 젤리들을 주워 먹고 있을 것이다. 보통 그러곤 했다. "어쨌든 이 젤리들은 버려질 테니까!"라나. 마이켄이 그럴 때마다 엄마는 이성을 잃지만 외할머니는 신경도 안 쓰는 것 같았다.

우리가 외할머니와 함께 장 보는 걸 무척이나 좋아하는 이유 중 하나는 장보기 전에 목록을 적지 않기 때문이기도 하다. 외할머니는 내키는 대로 장을 봤다. 엄마는 항상 꼼꼼하게 목록을 작성했다. 총액이 너무 커지지 않는 한에서 엄마가 들고 갈 수 있는 물건이라면 카트에 담았다. 목록에 없는 물건을 사 달라고 엄마를 설득하는 것은 불가능했다. 특히 실직 상태인 지금은 더더욱 그랬다. 외할머니한테는 물어볼 필요도 없었다. 갖고 싶은 물건을 카트에 담기만 하면 됐다. E-314같은 이상한 첨가물이 너무 많이 들어 있지 않다면 외할머니는 카트에 담은 물건을 사 줬다.

나는 이 마트를 전에도 와 본 적이 있다. 그렇지만 외할머니 댁에 놀러올 때만이었다. 이제 우리가 이곳에 살게 되면서 앞으로는 이 마트에서 장을 보게 될 터였다. 우리가 먹게 될 모든 맛있는 것들을 생각하는 것만으로도 입에 침이 고였다.

이 동네로 이사 오게 되면서 원하는 바를 목록으로 작성한 게 있다. 1. 내 방. 2. 먹고 싶은 음식구입. 그렇지만 가장 중요한 것은 세 번째였다. 3. 재출발.

섀르블락카로 이사온 건 내가 재출발할 수 있다는 뜻이다. 새로운 인간이 되는 것이다. 내 계획은 인기 얻기였다. 어마어마한 인기를 끄는 것. 내가 지나가면 사람들이 환호하고 기절하길 바랐다. 사람들이 나에게 사인을 요청하고 나와 함께 셀카를 찍고 싶어하고 꺅 소리를 지르며 그 자리에서 발을 동동 구르기를 바랐다. 나는 미국 출신 가수 카니예 웨스트나 비욘세처럼 되고 싶다. 그래, 어쩌면 좀 지나치게 비현실적일지도 모르겠다. 이보다 현실적인 바람은 사람들이 마치 나를 괴물처럼 보지 않고 대화하게 되는 것이다. 나는 사람들이 운동할 때 자기네 팀에 나를 끼워 주길 바랐다. 내가 말할 때 내 이야기에 귀를 기울여 주고 식당에서는 내 옆에 앉아 주길.

스톡홀름에서는 그렇지 않았다. 분명 내게도 친구가 하나 있기는 했다. 그러나 발테르는 내가 하는 말을 대부분 귀담아듣지 않았다. 우리는 이따금 학교에서 어울렸다. 가끔가다가 문자도 주고받았다. 한두 번쯤은 주말에 만나기도 했다. 그렇지만 솔직하자면 달리 마땅히 어울릴 사람이 없어서 발테르는 내 곁에 있었다고 생각한다. 내가 정말이지 끝내주는 사람이라서 같이 있던 게 아니라. 엄마는 항상 나를 '독특한 사람'이라고 말했다. 내가 '다르고' '특별하다고'. 비록 그건 '이상하다'는 것을 돌려 말하는 것에 불과했지만.

내가 새로운 사람으로 거듭날 수 있는 기간은 딱 60일밖에 남지 않았다. 아니, 이제는 57일이다. 57일이 지나면 여름방학이 끝나고 새 학교에 가야 한다. 모스토르프 초등학교로. 57일 만에 인생을 바꾸는 건 당연히 쉽지 않겠지만 그렇다고 전혀 불가능하지도 않다. 인류가 달에 갈 수 있다면, 인기를 얻지 못할 건 뭐란 말인가? 안 그런가?

우리는 아직 채소코너도 들리지 못했는데 보보는 이미 외할머니가 카트에 담은 수박, 양상추, 옥수수 그리고 딸기 산더미 사이에 끼어 있었다.

"오위!"

보보가 외치며 산처럼 쌓인 오이를 열정적으로 가리켰다.

보보는 오이를 정말 좋아한다. 그리고 오이는 보보가 실제로 말할 수 있는 몇 안 되는 낱말이다. 보보가 12월에 4살이 되니 썩 좋은 상황은 아니지만 우리는 어쨌든 보보가 뭐라도 한마디 할 때마다 기뻐했다. 보보는 이 세상에서 오이를 가장 좋아했다. 아니 잠깐, 가장 좋아하는 건 엄마와 마이켄과 나다. 그렇지만 그다음은 오이다. 이따금 나는 보보가 자기 아빠보다도 오이를 더 좋아하는 것 같을 때가 있다.

보보와 마이켄은 나와는 아빠가 다르다. 스베드리크. 아빠의 이름이다. 다들 "프레드리크라고?"라고 묻는다. 아니, 스베드리크! 심지어 스베드리크가 보보와 마이켄과 보낸 시간이 나와 나의 아빠가 보낸 시간보다 절대적으로 긴데도 불구하고(왜냐하면, 나는 나의 아빠를 정확히 0번 봤다) 최고의 아빠라고 할 수는 없다. 스베드리크는 상냥하고 즐거우며 푸근하게 껴안아 준다. 하지만 이런 것들은 스베드리크에게는 그다지 대단한 게 아니었다. 스베드리크한테 정말로 대단한 것은 그러니까 일자리를 구하는 것이다. 설거지도. 청소도. 요리도. 장을 보고, 보보의 기저귀를 갈고, 마이켄을 학교에서 데려오거나 보보를 유치원에서 데려오려고 소파에서 몸을 일으키는 것도. 결국, 엄마는 더 이상 스베드리크와 같이 살 수 없다고 결정했다. 왜냐하면, 엄마는 말 그대로 전부 다 해야 했으니까. 엄마가 말하길 마치 아이 네 명을 돌보는 것 같다고 했다. 그중 한 명은 턱수염이 났고 맥주를 마셨지만 말이다. 엄마는 이혼하길 원했다. 괜찮은 결정이라고 나는 생각했다. 그렇지만 집은 스베드리크의 소유였고 엄마는 집이 없었다. 세 명의 아이와 고환이 하나뿐인 커다란 개, 정신없이 돌아다니는 기니피그 두 마리 타잔과 프라세, 그리고 거북이 한 마리를 보살펴야 하는 사람에게 은행은 당연하게도 그렇게 많은 돈을 빌려주지 않았다. 엄마가 소리치며 했던 설명에 따르면 "심지어 평생 모든 공과금을 항상 제때 지불했는데도!" 말이다.

그래서 우리는 이사했다. 노르셰핑에서 약간 떨어진 섀르블락카라는 지역에 있는 외할머니의 노란색 큰 나무집으로. 섀르블락카에서는 다들 말투가…… 음…… 뭐라고 해야 하지. 다소 좀 특별하다. 그리고 동네에 어마어마하게 커다란 제지 공장이 있어서 이따금 온통 똥냄새가 진동한다는 점.

젤리코너에 도착하니 진짜로 마이켄이 그곳에 서 있었다. 근데 마이켄은 젤리를 먹고 있지는 않았다. 대신 작은 상자에서 투명한 젤리박스 안으로 무언가를 쏟아 붓고 있었다.

"너 뭐해?"

내가 물었다.

마이켄은 우리를 향해 몸을 돌렸다. 주근깨투성이 얼굴이 기쁨으로 빛나고 있었다. 마이켄은 속삭이려고 했지만 그렇게 하지 못했다.

"나 지금 장난치는 중이야!"

"그렇구나. 무슨 장난이니?"

외할머니가 흥미롭다는 듯이 물었다.

마이켄은 키득거리며 우리를 향해 상자를 들어 보였다. 상자에는 '온갖 맛이 나는 젤리'라고 적혀 있었다.

"아니 마이켄!"

내가 말했다.

"이걸 젤리빈 통에 부어 놨어!"

"그게 뭐니?"

외할머니가 물으며 젤리 상자에 손을 뻗었다.

"이거 해리포터에서 나온 건데, 온 세상의 모든 맛이 들어 있대요! 녹색은 콧물이나 사과 맛이래요. 어떤 맛이 나는지는 먹기 전까진 몰라요! 똑같이 생겼거든요. 어떤 것들은 지렁이, 귀지 아니면 토사물 맛이 난대요. 그런데 운 좋으면 레몬 맛을 먹을 수도 있어요! 스톡홀름에 있는 친구한테서 받았어요. 런던에 있는 해

리포터 스튜디오에서 샀대요!"

"오 저런. 귀지랑 토사물이라니. 그다지 맛있을 것 같지 않구나."

외할머니는 그렇게 말하고는 상자를 돌려주었다.

"그죠, 저도 알아요! 그래서 이걸 여기에 부은 거라고요!"

"나한테 줬어도 됐잖아. 나 젤리빈 좋아하는데. 구역질 나는 맛은 골라낼 수 있잖아?"

"내 젤리빈이니까 내 마음대로 할 거야!"

"그건 그렇긴 한데."

나는 쌀쌀하게 말했다.

"이건 정말이지 쓸데없는 말씨름이구나. 너한테는 새 걸 사 주마, 시게."

외할머니가 말했다.

우리는 각종 무지개 색깔의 젤리빈으로 꽉 찬 투명한 젤리통을 쳐다봤다. 나는 그 앞으로 다가서 뚜껑을 열고 플라스틱 삽으로 약간 휘저어 봤다. 마이켄이 부은 것과 원래 들어 있던 것을 구분하는 건 불가능했다.

"저 혹시 다른 젤리 사도 돼요?"

나는 희망을 않고 외할머니를 올려다봤다.

"가득 담으렴, 애야."

외할머니는 그렇게 말하고는 격려라도 하듯이 젤리통을 향해 고개를 끄덕였다. 토요일도 아니었는데 말이다.*

나와 마이켄은 완전히 날뛰기 시작했다! 분명 0.5킬로그램은 담았을 것이다. 반면 보보는 오이 덕분에 상당히 만족한 모양이었다.

아까도 말했지만. 우리는 외할머니와 장을 보는 것을 무척이나 좋아한다!

* * *

엄마는 호주와 뉴질랜드를 배낭여행할 때 내 생물학적 아빠를 만났다고 한다.

엄마는 호주에서 세 번째로 큰 섬인 캥거루섬의 한 레스토랑에서 종업원으로 일했고 거기서 아빠를 만났다고 했다. 아빠는 주방장이었고 엄마는 한눈에 사랑에 빠졌다. 아빠는 곱슬거리는 검은 머리카락이 어깨까지 내려왔고 엄마가 한 번도 본 적 없는 눈이 아름다운 사람이었다. 엄마는 아빠 눈이 딱 내 눈 같았다고 했다.

엄마와 아빠는 딱 7주 동안 같이 지냈고, 그 뒤로 엄마는 스웨덴에 있는 집으로 돌아가야만 했다. 엄마는 비행기에서 내리기

---

* 스웨덴은 전통적으로 주말에 젤리 같은 간식을 먹는다.

무섭게 토했다. 쏟아냈다고 한다. 마치 분수처럼. 엄마는 처음에 배탈이 난 줄 알았다고 했다. 그러나 며칠 동안 계속해서 토한 뒤에서야 엄마는 임신한 걸 알았다. 나를 가진 것이다! 엄마는 겨우 20살에 불과했지만 한 치의 망설임도 없이 나를 낳고 싶어했다고 한다. 비록 엄마 친구 중 그 누구도 아이를 낳은 사람이 없었지만 말이다.

아빠 머리카락과 눈 말고 나는 아빠에 대해 5가지 사실을 더 알고 있다. 1. 이름은 조나단 테일러다. 2. 형편없는 인간이다(엄마가 직접 이렇게 말한 적은 없지만, 엄마가 전화로 아빠에 대해 말하는 걸 들은 적이 있다). 3. 혀 한가운데에 피어싱이 있는데 위에서 내려다보면 파란색 젤리처럼 보이고 아래에서 올려다보면 둥근 금속 공처럼 생겼다. 4. 키가 그다지 크지 않다. 5. 레스토랑이 휴업했던 어느 날 아빠는 믿을 수 없을 정도로 근사한 저녁 식사를 엄마에게 차려 주었다. 엄마는 노란색, 빨간색 그리고 파란색 램프가 바람에 넘실거리는, 바다가 내다보이는 테라스에 앉아 있었다고 한다. 아빠는 엄마에게 평생 먹어 본 것 중 가장 맛있는 닭고기를 내주었고(이건 엄마가 채식주의자가 되기 전 일이다) 후식으로는 파이에 들어 있는 사과 조각으로 엄마 이름인 '한나'를 쓰고 그 주변에 하트 모양을 그린 애플파이를 대접했다. 그러니 아빠도 엄마한테 빠져 있었던 것 같다.

아빠가 내 존재를 안다는 사실을 나는 알고 있다. 그러나 아빠는 나에게 전혀 관심이 없었다. 아빠는 지구 반대편에 살고 있어 쉽게 만나기는 어렵지만 메일을 보낼 수는 있다. 그렇지만 한 번도 그렇게 하지 않았다. 엄마는 내가 아빠의 행동을 마음에 두지 말아야 한다고 생각한다. 엄마가 나를 사랑하니까 그걸로 충분하고 극복할 수 있다고 말이다. 엄마는 외할아버지와 외할머니는 물론 더 많은 사람을 사랑한다.

우리 선생님이 이렇게 말한 적이 있다. 한 번도 가져 본 적 없는 것을 그리워해서는 안 된다고. 우리 선생님은 엄마 없이 자랐다고 했다. 선생님의 엄마는 선생님이 고작 갓난아기일 때 돌아가셨다고 한다. 하지만 난 아빠가 그리웠다. 글쎄, 어쩌면 나의 아빠는 아닐지도 모르겠다. 왜냐하면 나는 아빠에 대해 앞서 말한 5가지 외에는 아는 바가 없었으니까. 그렇지만 나는 어쨌든 아빠라는 존재 자체가 그리웠다. 물론 스베드리크라는 새아빠가 있기는 하지만, 우리는 눈이 똑같지 않았다. 우리는 전혀 닮은 구석이 없었다.

이따금 나는 내 삶에 아빠가 있었다면 친구 관계에 지금 같은 문제를 겪지 않았을 거라는 생각을 한다. 어쩌면 내가 지금처럼 스스로를 이상하다고 생각하지 않을지도 모른다. 그른 말은 아니다. 어쩌면 친아빠가 삶의 요령을 제대로 가르쳐 줄 수 있지는 않았을까? 아마도.

***

비록 엄마는 외할머니 댁으로 이사 가는 게 일시적이라고 했지만 나는 뛸 듯이 기뻤다! 반려동물들에게도 훨씬 좋았다. 아인슈타인은 더 자유롭게 뛰어다닐 수 있고, 타잔과 프라세는 케이지 크기가 훨씬 더 커졌고, 거북이 카롤리나는 우리째 외할머니가 적당히 손질해 둔 정원으로 나갔다. 정원은 가로 2미터, 세로 2미터 크기로 바닥재가 깔려 있지 않아서 카롤리나는 자그마한 거북이 발로 잔디를 밟을 수 있었다.

마이켄과 보보도 분명 이사 가는 것을 반길 것이다. 비록 스톡홀름에 있을 때 나만큼 고통받지는 않았지만 말이다. 사 달라는 음식을 죄다 사 주는 외할머니가 있다는 것 외에도, 우리는 각자의 방이 생겼다는 사실에 정말이지 만족했다. 스톡홀름에 있을 때는 보보는 엄마와 스베드리크랑, 나는 마이켄과 같은 방을 썼다. 방은 책장으로 구역을 구분했다. 난 그게 마음에 들지 않았다. 마이켄은 8살이다. 그러니까 나보다 4살 어리다. 게다가 마이켄은 매일같이 친구들을 집으로 데리고 왔고 같이 방 안에 있는 건 상상조차 할 수 없었다. 마이켄은 기겁할 정도로 큰 목소리로 말했다. 스톡홀름에 있는 마이켄의 친구들도 다를 게 없지만, 나는 걔네들이 마이켄보다 더 크게 떠들었다고 생각한다.

마이켄이 지금보다 어렸을 때 한 번은 엄마가 마이켄을 병원에 데리고 간 적이 있었다. 유치원 선생님들이 마이켄의 청각장애를 의심했기 때문이다. 마이켄이 미친 듯이 큰 목소리로 말할 뿐 아니라 다른 사람의 말을 듣는 데 문제가 있는 것 같았기 때문이었다. 하지만 검사 후에 의사 선생님은 마이켄이 고래만큼이나 잘 듣는다고 말했다. 고래는 대서양의 정 반대편에서 난 소리도 뚜렷하게 들을 수 있다고 한다. 나는 의사 선생님이 다소 과장했다고 생각하지만, 마이켄은 방이 몇 개나 떨어진 만큼의 거리에서도 빵 봉투가 부스럭거리는 소리를 들을 수 있다. 말하자면 마이켄의 초능력인 셈이다. 마이켄에 따르자면 "보통 여자들이 나한테 말할 때 잘 못 듣는 거"라고 한다.

외할머니 말마따나 마이켄의 목소리가 뼛속까지 스며드는 것 같다면, 보보는 정 반대다. 보보는 거의 아무런 말도 하지 않는다. 말할 수 있는 단어는 30~40개 정도다. 오이, 안녕, 아니, 엄마, 시게, 마예(마이켄이라는 뜻이다), 그리고 끗(끝이라는 뜻이다. 보통 화장실에서 일을 다 보고 하는 말이다)이 가장 많이 쓰는 단어다. 그리고 동물 이름을 꽤 많이 안다. 보보는 동물들에게 엄청난 관심이 있다. 그래, 오이는 빼고. 그렇지만 보보가 그다지 말을 많이 못해도 삶에 만족하는 것처럼 보인다. 하지만 엄마는 보보가 '발달이 늦기' 때문에 불안해 한다.

주제에서 벗어난 것 같다. 외할아버지가 3,4년 전에 돌아가신 이후로 외할머니는 작은 호텔을 운영했다. 현재 호텔 이름은 로열 그랜드 골든 호텔 새르블락카라고 한다. 주로 독일 여행객에게 방을 빌려줬지만, 우리가 이사해 오면서 문을 닫게 됐다.

현재 유일하게 남아 있는 호텔 손님은 크릴레 머랭이다. 하지만 그 사람은 자기 침대를 스스로 정돈하고 아침도 알아서 차려 먹는다. 크릴레 머랭은 놀랍도록 키가 크고 끔찍하게 마른 남자로 끝내주게 멋진 옷을 입으며 자신의 영화 아이디어를 이야기하는 것을 즐긴다. 아이디어들은 모두, 어떻게 말하는 게 좋을까? 특별하다. 그 사람이 말한 아이디어 중 초반 47개는 꽤 흥미로웠다. 이제는 솔직히 좀 질린다. 내가 너무 정중해서 탈이지. 엄마는 그만큼 정중하지는 않다. 엄마는 크릴레 머랭의 말허리를 끊고 "그만요"라고 말한다. 나도 구실을 찾으려고 한 적이 있다. 이를테면 "제가 지금, 어 샤워해야 해서요"처럼. 그렇지만 그렇게 말하면 나는 서서 샤워를 하고 크릴레 머랭은 옆에 서서 떠벌리는 식으로 끝난다. 다른 해결책을 찾아야 한다.

어찌 되었든 외할머니는 모든 방을 소위 50년대 스타일로 리모델링했다. 그러니까 외할머니가 어렸을 적인 50년대에 찾아볼 수 있던 스타일로 말이다. 보보 방에는 노래자동판매기인 주크박스가 있다. 동전을 넣으면 음반을 재생할 수 있는 기계다. 약간 스포티파이*랑 비슷한데 차이점이라면 주크박스에는 진짜 LP판

---

* 음악 스트리밍 서비스 업체

이 들어간다. 그리고 기껏해야 50~60개 정도의 곡밖에 재생하지 못한다. 마이켄 방에는 옛날 코카콜라 자판기가 있다. 지금은 텅 비었지만 말이다. 지난주 토요일에 마이켄은 유리병에 든 진짜 코카콜라를 5개 사 와서 그 안에 넣어 두었다. 나와 보보가 하나를 나누어 마셨고 나머지 네 개는 마이켄이 마셔 버렸다. 마이켄은 그날 오후 내내 껄껄거리며 돌아다녔다. 이미 짐작하겠지만, 마이켄은 정말 큰 소리로 트림을 한다.

내 방에는 제일 좋은 게 있다. 전자게임기인 핀볼 기계다! 기계 이름은 미스 포춘이고 나는 그걸 정말 좋아한다! 게임 한 판에 1크로나가 든다. 그렇지만 화폐개혁 이전의 크로나를 넣어야 한다. 외할머니는 게임할 때 쓰라고 동전이 가득 들어 있는 통을 게임기 옆에 두었다. 동전이 다 떨어지면 핀볼 기계 맨 아래쪽에 있는 작은 덮개를 열어 동전을 쏟아낸 다음에 다시 통에 부어 넣으면 된다. 이제 알겠지! 정말이지 천국에 온 기분이다!

엄마는 전혀 천국에 온 것 같다고 생각지는 않는 모양이다. 엄마가 항상 연회색 구름처럼 외할머니 주위를 감싸고 있는 담배 연기를 극도로 혐오하는 것 외에도, 외할머니가 물건을 너무 많이 가지고 있다고 생각한다. 엄마가 신경에 거슬려 하는 것들은 전기 휠체어(외할아버지가 돌아가시기 전에 쓰던 물건이다), 녹색 대리석으로 만든 거대하고 뚱뚱한 부처 조각상, 정각마다 짤막한 멜로디를 연주하는 시계들(적어도 방 하나당 한 개씩 있다) 그리고 1미터씩 쌓인 책 무더기들이다. 그렇지만 그것들보다도 엄마의 신경에 가장 거슬리는 것은 집안 곳곳에 놓여 있는 박제된 동물들이다. 여우, 까마귀, 개, 올빼미, 족제비, 다람쥐, 밍크, 전부 다! 게다가 외할머니는 2층으로 이어지는 계단 바로 옆, 현관에 있는 빨간 페르시아산(産) 매트 위에 얼룩말 한 마리를 통째로 올려 두었다. 외할머니는 얼룩말에 옷, 모자 그리고 아인슈타인의 목줄을 걸어 놓곤 했다. 외할머니는 박제된 동물들을 수집한다. 이따금 누가 나를 보는 것 같은 느낌이 드는데, 돌아보면 어떤 서랍장 위에 놓인 수달이 나를 뚫어져라 보고 있다.

그렇지만 엄마가 정말로 근사하다고 여기는 게 하나 있다. 우리가 여기에 공짜로 살 수 있다는 점이다. 그렇지만 임시로 사는 거라고 엄마는 똑부러지게 말했다. 엄마가 일자리를 얻고 이사할 집을 구할 때까지. 나는 그렇게 되기까지 정말이지 오랜 시간이 걸리길 바라고 있다.

발명품과 영화 시나리오

우리가 여기 머물기 시작한 지 정확히 15일이 지났다. 마이켄은 벌써 새 친구를 사귀었다. 대체 어떻게 그렇게 할 수 있는지 전혀 이해할 수가 없다. 친구 사귀는 게 그렇게 쉬웠던 적이 있었는지 기억이 나지 않는다. 마이켄은 해도 되는 말과 해서는 안 되는 말을 마법처럼 감지하는 힘이 있는 것 같다. 그렇지만 그걸 개가 어떻게 안담? 마이켄이 그저 유쾌한 사람이기 때문만은 아니다. 솔직하게 말하건대 마이켄은 자만심이 강하다. 이를테면 오늘 아침 일을 꼽을 수 있다. 마이켄은 우체통 옆에 멍하니 서서 풍선껌을 씹고 있었다. 그때 양털로 만든 너구리 모양의 옷을 입은 남자애가 지나갔는데 갑자기 마이켄이랑 그 남자애가 이야기를 했다. 그러더니 같이 노는 게 아닌가! 아니 그걸 대체 뭐라고 불러야 한담. 그 둘은 어쨌든 정원을 뛰어다니면서 꺅꺅 소리를 질러 댔다.

그 둘이 그러고 있을 때 나는 라일락 나무(주변에 라일락 덤불이 자란 정원 안에 자그마한 공간 같다고나 할까)에 앉아 내 작살 발명품을 스케치하고 있었다. 그래서 나는 개들이 하는 말을 모두 적을 수 있었다. 내 안의 학자는 나중에 그걸 찬찬히 분석할 수 있도록 체계적으로 접근하는 게 중요하다고 생각했다.

너구리 옷 입은 소년(너무 길어 너소라고 줄였다): 안녕.

마이켄: 안녕.

너소: 뭐해?

마이켄: 여기 서 있는데.

정적.

너소: 왜 그렇게 크게 말해?

마이켄: 왜 그렇게 작게 말해?

정적.

너소: 난 우리 집 트램펄린에서 엄청 높이 뛸 수 있어.

마이켄: 그렇구나. 나는 1분 만에 핫도그 3개를 먹을 수 있어.

정적.

너소: 봐도 돼?

마이켄: 그럼.

그런 다음 뛰어다니기 시작.

내 분석: 얘네는 먼저 인사를 나누고, 그런 다음에 이야기를 나

누었다(마이켄은 크게, 너구리 옷 입은 소년은 작게). 그런 다음 각자 할 수 있는 것에 대해 말했고(트램펄린에서 엄청 높게 뛰기/핫도그를 빨리 먹기) 그런 다음 너구리 옷 입은 소년이 '봐도 돼?'라고 물었고 그러더니 같이 뛰어다니기 시작.

각자 할 수 있는 것. 어쩌면 그게 관계를 형성하는 한 방법인 건가? "안녕, 난 인라인을 탈 수 있어!" 그게 처음 던지는 말로 현명한 선택일까? 아니면 그냥 어린 애들만 그러는 건가?

맙소사, 이게 대체 왜 이렇게 어렵담!

***

"여어, 안녕……."

나는 스케치북에서 눈을 뗐다. 크릴레 머랭이 회백색 재킷과 바지를 입고 손에 공책과 연필을 들고 서 있었다. 그는 연필 끝으로 머리를 긁적였다. 긁적인 부분의 두피가 회색이 됐을지 궁금했다. 어쨌든 보이진 않을 테니까. 그렇지만 크릴레의 머리카락은 정말이지 회색이었다. 그렇지만 놀라울 정도로 빗질이 잘 되었고 완벽하게 일자로 가르마를 탔다. 마치 자를 대고 빗질을 한 것처럼.

"어…… 시게. 네 이름이 시그바르드인가 시그루드였나?"

"둘 다 아니에요. 그냥 시게에요."

"그냥 시계라고? 거 참 이상하네."

"……크게 이상하지는 않을 텐데요."

"그냥 시계라고 했지."

"네."

"그렇군."

나 참. 이 대화는 아무런 의미가 없다. 나는 다시 스케치북으로 눈을 돌렸다. 스케치가 엄청 멋져서 만족스러웠다. 작살에다가 내가 개조한 부분을 더하여 자세하게 그린 스케치로, 순서대로 번호를 적어 사용법도 설명해 두었다. 어쩌면 이게 온전하게 작동하는 내 첫 번째 발명품일지도! 비록 전에도 몇 번인가 발명을 시도해 본 적이 있지만, 단순한 것들이었다. 유치했고. 이것과는 달랐다!

작동법은 이렇다. 배에 끈 두어 번을 둘러 작살을 단단히 조여 맨 다음에 인라인스케이트를 타는 거다. 그다음 끈을 매어 둔 작살 촉을 이를테면 나무에 발사한다. 끈은 아이슈타인의 리드 줄을 쓸 거다. 리드 줄은 손잡이 통 안에 돌돌 말려 있다. 리드 줄은 이를테면 아인슈타인이 갑자기 내달리는 경우 줄이 풀려나가게 되어 있다. 그리고 줄이 풀려나가지도 말려들지도 못하게 잠가 둘 수도 있다. 그러나 버튼을 누르기만 하면 번개처럼 빠르게 줄이 손잡이 통 안으로 말려 들어간다. 아인슈타인은 무척 크고 힘이 세기 때문에(몸무게가 무려 55킬로그램이다!) 리드 줄도 무척 튼튼하다. 내 발명품에 쓰기에 정말 딱 좋다.

손잡이 통은 작살에 매어 둘 거다. 이렇게 하면 작살 촉을 나무로 향해 발사할 때 줄도 손잡이 통에서 휙 풀려나갈 테니 말이다. 그런 다음 버튼을 누르면 줄이 빠른 속도로 감기게 될 테고 아무런 수고도 들이지 않고 나무 앞까지 이동할 수 있게 되는 거다! 이거면 언덕을 오르거나 지루하게 긴 직선 길을 이동할 때 도움이 될 거다. 난 천재야! 이 발명품에는 오랫동안 심사숙고해서 애로우 스패로우(Arrow sparrow)라는 이름을 붙여 주었다! 참새 화살이란 뜻이다. 이런 이름을 붙인 건 발명품을 사용하면 마치 새처럼 날아가는 기분이 들 것 같기 때문이다.

"근데 샬로트는 어디 있어?"

크릴레 머랭이 물었다.

"헛간에요."

나는 공구를 모아 둔 헛간을 가리켰다. 헛간에서는 둔탁하게 쿵쿵거리는 소리와 목재 바닥에 무언가 묵직한 게 끌리는 듯한 소리가 들려왔다.

"그래?"

"네."

때마침 헛간 문이 열리면서 흰색 칠을 한 낡은 나무문이 바깥으로 비틀렸다. 외할머니의 긴 분홍빛 손톱을 제외하고는 온통 문 너머에 가려서 보이지 않았다. 그러더니 외할머니는 갑자기 문을 쥔 손을 놓았고, 문은 엄청나게 큰 쿵! 소리를 내면서 쓰러졌다. 그 탓에 먼지와 티끌들이 흩날렸다. 그 뒤엔 목이 깊이 파인 쨍한 파란색 레이스 스웨터와 반짝이는 얼룩말타이즈 차림의 외할머니가 서 있었다. 외할머니는 정말이지 어떻게 등장해야 하는지 잘 아는 사람이다.

"굿모닝, 크리스테르! 10분이면 끝나! 앉아서 시계한테 흥미진진한 자기 인생 얘기 좀 들려주지 그래."

아, 이런. 나는 눈을 꾹 감고 눈꺼풀 아래에서 눈동자를 위로 굴렸다. 눈을 뜨고는 절대로 이렇게 하지 않는다. 누군가가 이러는 걸 보고 슬퍼하길 바라지 않으니까.

크릴레 머랭은 몇 번인가 바닥을 쿵쿵 디디고는 내 바로 맞은편에 있는 의자에 앉았다. 뒤쪽 덤불의 시든 연보라색 라일락꽃이 크릴레의 머리에 마치 베레모처럼 자리 잡았다. 크릴레는 탁자에서 꽃가루를 슬슬 털었다.

"정말이지 끝내주는 영화 시나리오가 생각났는데 말이지."

크릴레가 말했다.

"그렇군요."

"들어 볼래?"

나는 '그다지요'라고 하고 싶었지만 버릇없는 것 같다는 생각이 들었다.

"그래요."

크릴레의 안색이 밝아졌다.

"좋았어! 이야기의 주인공 이름은 바질 홀링허스트야."

갑자기 보보가 휘청거리며 다가왔다.

"안녕."

보보는 웅얼거리며 내 옆 의자를 타고 올라왔다.

크릴레 머랭은 말은 이어나갔다.

"바질 홀링허스트는 런던에 사는 영국에서 제일 중요한 뉴스 프로그램 진행자야. 뉴스 앵커지."

"앙카?"

보보가 호기심을 보였다.

"아니, 보엘. 뉴스 앵커라고."

크릴레가 말했다.

"바질은 TV 뉴스 프로그램에서 가장 중요한 사람이라고. 일종의 프로그램 진행자인데, 바로 뉴스를 읽어 주는 사람이고 다들 그 사람의 얼굴을 알아. 내 말은, 시청자들 말이야. 무엇보다도 그 사람은 프로그램의 신빙성과 중요성을 상징한달까."

보보는 눈을 크게 뜨고 크릴레 머랭을 쳐다봤다.

"TV에 나오는 사람이라고."

내가 설명했다.

"앙카."

보보가 말했다.

"비슷하지."

나는 그렇게 대답하고는 스케치로 시선을 떨어뜨렸다. 인라인의 바퀴 두 개를 지우고 다시 그리기 시작했다.

보보는 펜을 쥐고 내 종이에 선을 그으려고 했다.

"안 돼, 보보, 이건 내 거라고. 여기 네 거."

나는 스케치북에서 한 장을 뜯어내 보보에게 주었다. 보보는 불만스러워 보였지만 자기 운명을 받아들이고 그림을 그리기 시작했다. 아주 커다란 원에 눈과 제멋대로 뻗어 나가는 손가락이 달려 있었다. 크릴레 머랭은 이야기를 계속했다.

"바질 홀링허스트는 존경받는 사람이지. 진중하고 진지하고 사회의 기둥 같은 사람이야."

나는 고개를 들었다. 크릴레 머랭의 눈이 빛났다.

"그 사람이 멍청한 짓을 하는 걸 본 사람은 아무도 없어. 그는 결코 어떤 스캔들에도 휩쓸리지 않았지. 언론에서도 그 사람에 대해 안 좋게 다룬 적이 없어. 술도 안 마시고 담배도 안 피워."

"정말이지 끔찍할 정도로 지루한 남자 같은데!"

일을 다 마친 외할머니가 말했다.

외할머니는 크릴레 머랭 옆에 앉아 아마도 오늘 아침 7번째 담배에 불을 붙였다. 확신할 수는 없지만, 어쨌든 외할머니가 항상 저녁에 비우는 재떨이에 벌써 꽁초가 6개 있었다.

"시게한테 영화 아이디어 얘기를 하고 있었어."

크릴레가 말했다.

"그래, 방해 안 할 테니까. 계속하라고!"

"처음부터 얘기할까?"

"아니, 아니, 그럴 필요는 없고!"

외할머니는 잽싸게 대답했다.

"정말? 그래. 어쨌든. 밤에는……."

크릴레 머랭은 일어서더니 팔을 쭉 뻗었다. 목소리는 정말 연극 배우 같았다.

"바질 홀링허스트는 밤에는 다른 삶을 살고 있는 거지! 밤이 되면 밖에 나가서 아름다운 여성들을 만나는 거야! 한 여자를 홀리고는 또 다른 여자를 홀리는 거지. 저녁을 같이 먹고, 영화나 오페라를 보러 가는 거야. 그 사람은 그야말로 인기 만점이지."

갑자기 나는 흥미가 생겼다.

"그래요? 왜 그렇게 인기가 많대요?"

내가 물었다.

"그야, 그 사람은 멋지고 부자고 끝내주게 매력적이니까."

크릴레가 대답했다.

스케치 옆에 나는 '멋짐, 부자, 매력적'이라고 적었다.

"그런데 바질 홀링허스트는 거짓말도 해! 여자들한테 부유한 삶을 약속하지. 꼬시려고! 호화로운 여행, 보석, 차. 그 사람은 한 번에 서로 다른 여자 세 명이랑 만나는 거야. 사실 그 세 명 다 우연히도 외과 의사인데 말이지, 서로의 존재를 몰라."

크릴레 머랭은 길고 가느다란 검지를 공중에 치켜세웠다.

"들어 보라고! 바질 홀링허스트는 여자마다 결혼해서 자기 궁전으로 이사하게 해 주겠다는 약속을 하는 거야. 궁전은 바질의 상상 속에만 존재하는데 말이지. 그 사람은 여자들한테 뭐든 해 주겠다고 약속해! 근데 우연히 그 여자들은 바질이 무슨 짓을 하고 있는지 알게 되고 정말이지 머리끝까지 화를 내는 거야! 그 여자들은 복수를 다짐하지."

"아니, 크리스테르, 자기!"

외할머니가 말했다.

"너무 구시대적인 발상 아니야? 어떤 사람들은 실제로 한 번에 여러 사람을 만날 수도 있다고 생각한다고. 그리고 모든 여자가 결혼을 가장 큰 꿈이라고 생각하지는 않아."

"그래, 물론 그렇지, 근데 이 여자들은 그러길 원한다고!"

"그렇지만 여자들이 다 외과 의사인 건 이상하지 않아요? 어쩌다가 그렇게 되었을 뿐이라고요?"

내가 물었다.

"그래! 좋은 지적이다, 시게!"

외할머니는 담배를 쥔 손으로 열의에 차서 나를 가리켰다. 내 종이 위로 재가 약간 떨어졌다.

나는 미소를 지으며 재를 털었다. 내가 그린 인라인 바퀴 한쪽이 꽤 멋지게 변했다. 나는 그 바퀴를 노란색으로 칠했다.

"그래, 근데 지금은 그냥 그런 거라고!"

크릴레 머랭의 목소리가 약간 굳어 있었다. 더는 비판적인 질문은 받고 싶지 않은 것 같았다.

"어쨌든."

크릴레 머랭은 거의 소리를 지르고 있었다.

"바질 홀링허스트가 외과 의사들 중 한 명이랑 로맨틱한 저녁 식사를 하는데, 그 외과 의사가 마취제를 적신 냅킨을 바질의 코랑 입에 꽉 가져다 대서 기절시킨 거야! 바질은 마치 목각인형처럼 바닥으로 쓰러지지. 다른 두 명의 외과 의사가 그 여자를 도와 바질을 차에 태워. 그들은 곧장 병원으로 내달리지. 수술실로 가서는 침상에 눕혀 놓고 작업에 착수하지! 복수심에 가득한 미소를 지으며 첫 번째 메스를 집어 들어."

크릴레 머랭은 허공에 상상의 메스를 든 손을 겨누었다.

"바질이 정신을 차리고 보니 자기 얼굴에 붕대가 친친 감겨 있는 거야! 붕대를 풀고 나니 완전히 뜯어 고쳐진 게 아니겠어! 개가 된 거야! 귀며 이빨이며! 자그마한 코는 어떻고! 얼굴엔 온통 털이 난 거지!"

"개!"

보보가 신나서 자기 그림에서 눈을 떼고 말했다.

머리에 발이 달린 그 동그라미는 이제 입에서 소용돌이치는 연기처럼 보이는 무언가가 뿜어져 나오고 있었다.

"오, 저런!"

외할머니는 이렇게 말하더니 담배를 강하게 빨았다.

"근데 왜 하필 개예요?"

나는 궁금했다.

크릴레 머랭은 나를 쳐다봤다. 이마에는 짜증이 나는지 주름이 잡혀 있었다.

나는 말을 이어나갔다.

"그러니까. 음. 제 말은, 왜 좀 덜 귀여운 동물이 아니냐는 거죠. 이를테면 수달이나, 악어나 아니면 쥐 같은 거 말이에요. 그 여자들은 바질에게 고통을 주려고 한 거잖아요? 개가 되면 사랑스럽지 않겠어요?"

"흠…… 그래, 네 말이 맞긴 하네."

크릴레 머랭은 배낭에서 공책을 꺼내더니 무언가를 적었다. 그러고는 입을 열었다.

"바질 홀링허스트가 어떻게 뉴스 앵커로 다시 일할 수 있겠어? 수달처럼 생긴 사람 말을 누가 진지하게 듣겠느냐 말이지."

"스달?"

보보가 말했다.

"쥐. 쥐가 제격이지. 불쾌하게 생겼잖아, 알다시피. 아무도 쥐를 좋아하진 않는다고."

52

외할머니가 말했다.

"그다음엔 어떻게 됐는데요?"

내가 물었다.

크릴레 머랭은 나를 뚫어지게 보고 있었다.

"수술이 끝난 다음에 어떻게 됐느냐고?"

잠시 정적이 흘렀다. 그러고는 이렇게 말했다.

"음…… 어, 아직 생각해 보지 않았는데."

"괜찮은 시작이네요, 어쨌든."

나는 격려하듯이 말하고는 작살을 색칠하기 시작했다.

"지?"

보보가 흥미롭다는 듯이 물었다.

"굉장히 불분명하네. 정말이지."

외할머니가 말했다. 그러더니 보보가 그린 그림 위로 몸을 굽혔다.

"세상에나! 이거 나니, 보엘? 담배랑 이거 다? 이거 액자에 끼워야겠다! 넌 정말이지 예술에 재능이 있어, 얘야! 근데 당연하긴 하지, 모델이 누군데. 걸작이 될 수밖에 없지."

외할머니는 활짝 웃느라 공갈 젖꼭지를 떨어뜨린 보보에게 한쪽 눈을 찡긋해 보였다.

내 친구 아인슈타인

문틈으로 검고 반짝이는 코가 보이기 무섭게 아인슈타인이 문을 비집고 들어왔다. 문이 삐걱거렸다. 아인슈타인은 곧장 내 침대로 내달리더니 하반신이 죄다 출렁일 정도로 꼬리를 마구 흔들어 댔다. 헤벌쭉 벌린 입 사이로는 늑대를 닮은 이빨이 드러났다. 아인슈타인은 항상 열광적이라니까! 아침, 점심, 저녁 내내! 삶이 이렇게 걱정거리 하나 없었더라면.

"안녕, 귀염둥이 아인슈타인. 그래, 너 보여."

나는 잠이 덜 깬 채로 말했다.

아인슈타인의 귀 뒤쪽을 긁어 주니 내 손과 뺨을 핥았다. 혀 키스를 피하려고 입을 앙다물었다. 그때 계단을 오르는 발소리가 들렸다. 잠시 뒤 엄마가 안을 들여다보았다. 청재킷 차림의 엄마는 밝은 갈색 머리를 말꼬리처럼 묶고 있었다.

"안녕, 얘야! 벌써 일어났니?"

"아뇨, 아직 자요."

내가 대답했다.

"있지, 엄마가 일자리를 좀 알아보려고 노르셰핑에 갈 건데. 마음을 좀 가라앉히려고 컴퓨터 들고 카페 가려고 하거든. 뭐랄까 집에서는 좀 힘들어서 말이지……."

엄마는 소리 내 웃더니 말했다.

"외할머니가 너희 돌봐 주신다고 했어."

"네."

내가 말했다.

"혹시 네가 아인슈타인 산책 좀 시켜 줄 수 있을까? 지금 당장은 말고 이따가. 엄마는 시간이 없을 것 같거든. 버스가 10분 뒤에 출발해서."

"마이켄이 하면 안 돼요? 걘 진짜 아무것도 안 하잖아요."

"마이켄은 아인슈타인이랑 산책하기엔 너무 어리잖니. 아인슈타인이 다람쥐라도 발견하면 마이켄은 리드 줄에 질질 끌려갈 텐데. 게다가 아인슈타인은 마이켄 말은 안 듣잖아."

엄마는 머리를 옆으로 기울이며 부탁한다는 듯이 나를 쳐다봤다. 마치 식탁 옆에서 음식 한 입만 달라고 조르는 아인슈타인처럼 보였다.

"그럴게요, 그럼."

"고마워, 시게, 얘야. 네가 최고야!"

엄마는 침대 위로 몸을 굽히고는 내 뺨에 입을 맞췄다. 동시에 아인슈타인이 엄마 얼굴을 핥자 엄마는 잽싸게 몸을 일으켰다.

"아인슈타인, 너 입 냄새하고는! 뭘 먹은 거니? 비누?"

엄마는 손등으로 얼굴에 묻은 침을 닦았다.

"그건 그렇고, 외할머니가 오늘 네 머리 자를 시간이 될지도 모르거든? 괜찮지?"

"귀에 못이 박이겠는데요."

엄마가 대답하려는 찰나 외할머니의 시계들이 전부 딸랑거리며 울기 시작했다. 외할머니 말에 따르면 매 정각마다 런던에 있는 빅벤(Big Ben)과 똑같은 소리로 운다고 했다.

"어휴, 벌써 9시야? 이따 보자, 시계. 엄마 서둘러야겠다!"

엄마는 문틈으로 사라지더니 빠른 걸음으로 계단을 내려갔다.

나는 몸을 일으키고 하품했다. 어쨌든 마이켄을 깨워야겠다고 생각했다. 적어도 같이 산책을 갈 수는 있으니까.

마이켄의 방에 들어설 때 아인슈타인은 내 발치에 딱 붙어 있었다. 어둠 속에서 붕붕거리는 콜라 자판기에 들어온 불 몇 개가 빛났다. 엄마는 마이켄에게 자판기 안에 콜라가 없을 때는 플러그를 빼 두라고 말했다. 자판기는 냉장고라서 전기를 엄청 많이 잡아먹기 때문이다. 마이켄은 귓등으로도 안 들은 모양이었다. 마이켄은 이불을 내팽개치고는 침대에 대 자로 뻗어 코를 골고 있었다. 다리랑 팔이 제멋대로 뻗어 있었다. 노란 콜벳 자동차가 그려진 외할머니의 티셔츠를 입었고 연한 적갈색 머리카락은 머리 위에서 까치집을 틀고 있었다. 엄마랑 마이켄은 하루에 적어도 한 번은 말다툼을 벌였다. 엄마는 마이켄 머리를 빗어 주고 싶은데 거부하는 탓이었다.

"마이켄."

나는 이름을 부르며 마이켄의 팔에 손을 얹었다.

"마이켄, 일어나!"

마이켄은 옆으로 구르더니 계속 코를 골았다. 소리가 얼마나 큰지 놀라울 정도였다! 마이켄의 코 고는 소리는 스베드리크보다 심했다.

"마이켄! 마이켄! 마이켄!"

나는 마이켄의 어깨를 쥐고 흔들고, 겨드랑이를 간지럽히고, 귀에 바람을 불어넣어 봤지만 마이켄은 벽을 향해 돌아누울 뿐이었다. 나는 포기했다. 아인슈타인은 기대감에 가득 찬 눈빛으로 나를 쳐다보고 있었다.

"그럼 내가 너랑 나가야겠다. 요 복슬복슬 털 뭉치야."

***

우리는 목초지 길을 가로질러 조그마한 잔디밭을 지났다. 기다란 통나무를 실은 화물 트럭들이 제지 공장을 향해 달려가는 큰

도로를 가로지르기 전에는 주의를 기울여 길을 살폈다.

맞은편 흙길에 도착하고부터는 아인슈타인의 리드 줄을 그렇게 세게 잡을 필요가 없었다. 이 길에는 차는커녕 자전거도 다니지 않는다. 우리는 밭, 갈색 말 두 마리가 있는 방목장, 홀딱 타고 벽돌로 된 굴뚝만 남은 집, 그리고 빨간색, 보라색, 노란색, 주황색 꽃으로 뒤덮인 주택과 정원을 지나쳐갔다.

아인슈타인은 흙길을 내달려 갔다가 돌아오길 반복했다. 발걸음을 디딜 때마다 귀가 펄럭였다. 도랑에 가서 킁킁거리고 5미터마다 한 번씩 잔디에 오줌을 누었다. 이따금 내가 잘 따라오고 있는지 확인하려고 뒤를 돌아봤다.

나는 아인슈타인이 어렸을 땐 어땠는지 떠올려 봤다. 아인슈타인은 정말이지 손이 많이 갔다! 밤에는 혼자서 잠을 잘 수가 없어서 낑낑거렸고 결국 내 침대에서 아인슈타인과 함께 잤다. 아인슈타인은 내 머리 위쪽으로 누워 앞다리와 뒷다리를 뻗은 탓에 마치 작은 털모자를 쓰고 있는 것 같았다. 아인슈타인이 처음으로 입에 아무것도 대지 않았던 한 주 동안 나와 엄마는 엄청나게 불안했다(지금은 금속이나 유리로 된 게 아닌 이상 눈에 보이는 걸 죄다 먹어 치우는 통에 상상하기 어렵다). 그렇지만 그 모든 게 아무래도 상관없었다. 왜냐면 아인슈타인은 내가 살면서 본 가장 귀여운 강아지였으니까. 작고 둥글고, 털은 검었지만 발과 목 주위 털은 베이지색이었다. 눈꺼풀도 베이지색이었다. 마치 아이섀도라도 바른 것처럼 말이다. 아인슈타인은 4분의 3은 로트와일러였고 4분의 1은 셰퍼드였다. 나랑 똑같이 혼혈이었다.

아인슈타인은 우리 가족 개이긴 했지만 거의 내 개였다. 엄마는 나에게 아인슈타인을 주면서 날 보고 기르라고 했다. 나는 아인슈타인에게 허들을 뛰어넘거나 아래로 통과하기, 시소에서 균형 잡기, 터널 통과하기 같은 훈련을 시켰다. 아인슈타인은 내 말을 제일 잘 들었고 마이켄 말을 제일 안 들었다. 스베드리크 말은 절대로 안 들었고 보보는 거의 작은 강아지 취급을 했다. 보보가 항상 바닥에 음식을 흘려서 좋아하긴 했지만 말이다.

아인슈타인은 내가 9살이 되던 해 가을에 데려왔고 곧장 내 가장 친한 친구가 되었다. 내 유일한 친구였다. 당시 나는 초등학교 3학년이었다. 그때 기억은 음울하다. 수업은 괜찮았지만 쉬는 시간은 견디기 어려웠다. 나는 바쁜 척을 했다. 다른 애들과 무리지어 탈의실에 가지 않으려고 교실에 남아 있었다. 남자애들이 뭐라고 말할지, 무슨 짓을 할지 두려웠기 때문이다. 걔들은 내 모자를 가져가서는 변기에 처넣었다. 허공에 대고 쿵쿵거리고는 지린내가 난다고 했다. 내 안경을 낚아채가서는 그걸 쓰고 우스꽝스러운 목소리로 내 흉내를 냈고, 발레리노처럼 발끝으로 걸으며 눈을 가운데로 몰아 떴다. 그중에서도 부데는 최악이었다. 그래, 걔 이름이었다. 부데. 정말이지 한심하기 짝이 없는 이름이다. 난 걔가 미웠다.

개네가 항상 성가시게 굴지는 않았다. 이따금 우리는 쉬는 시간에 같이 어울리기도 했다. 그러나 이튿날이 되면 상황이 정반대로 바뀌었고 개들은 다시 못되게 굴었다. 결코, 알 수가 없었다. 내가 유튜브에 동영상을 올렸을 땐 정말이지 끔찍했다. 당시 나는 피겨스케이팅을 배우고 있었고 내가 자랑스럽게 여기던 나만의 프로그램을 만들었다. 나는 가위 모양으로 얼음을 가르며 한 발을 최대한 뒤로 들어 올려 양손으로 스케이트를 잡는 비엘만 스핀을 했다. 양팔은 머리 뒤로 비스듬하게 뻗었다. 게다가 나는 꽤나 어려운 피루엣 자세를 거의 완벽하게 소화했다. 나는 피겨스케이팅을 정말 좋아했다. 얼음, 의상, 음악 그리고 혈관을 타고 뿜어져 나오는 아드레날린이 좋았다. 그리고 속도는 또 어떤가. 마치 내가 날아다니는 것 같았다.

나는 여전히 부데가 어떻게 내 유튜브 채널을 찾아냈는지 모르겠다. 채널 이름이 내 이름을 연상할 수 없는 '영광의 날'이었기 때문이다. 그렇지만 나는 종종 그걸 폭로한 게 발테르는 아닐지 의심한다. 왜냐면 발테르는 우리 가족과 피겨스케이팅 클럽 회원들을 제외하고 유튜브 채널의 존재를 알던 유일한 사람이었기 때문이다. 내가 그 동영상을 올리고 며칠 뒤에 부데는 그걸 애들 앞에서 틀었다. 내가 입고 있던 반짝이는 바지와 셔츠를 비웃었다. 이런 게이 같은 운동을 하니까 내가 분명 게이일 거라고 했다. 나는 대꾸하지 말아야 했지만 대꾸하고 말았다. 가만히 있을 수가 없었다.

"그래서 그게 뭐 어쨌다고? 게이면 어쩔 건데?"

나는 거의 들리지 않게 조용히 말했지만, 부데 귀에 들어갔다. 그 이후로 부데는 내가 게이라고 철썩 같이 믿었다. 거의 항상 게이라고 불러 댔다.

수치심이 타올랐다. 그 동영상을 올린 게 부끄러웠다. 그 동영상에 자부심을 느꼈던 게 부끄러웠다. 더 나빴던 건 피겨스케이팅이 수치심으로 범벅이 되었다는 점이다. 더는 전처럼 재미있지 않았다. 매 훈련 시간을 그렇게 목 빠지게 기다렸었는데. 그렇지만 부데를 생각할 때마다, 걔가 한 말을 떠올릴 때마다, 그 자식의 짓궂은 웃음소리를 기억할 때마다, 나는 부데가 나를 볼지도 모른다는 두려움을 느꼈다. 부데가 왜 링크장에 나타나겠는가. 그럴 가능성은 정말이지 낮았다. 그렇지만 그럼에도 나는 피겨스케이팅을 그만두었다. 엄마는 도저히 이해할 수 없다는 눈치였다. "너 피겨스케이팅 좋아하던 거 아니었니?"라고 물었다. 나는 그저 어깨를 으쓱해 보일 뿐이었다. 결코, 이유를 말하지 않았다.

몇 달 뒤 엄마는 아인슈타인을 내게 안겨 주었다. 엄마는 비록 내가 어떻게 지내고 있는지 정확하게 몰라도 내가 학교를 좋아하지 않는다는 사실은 짐작했다. 나는 집에 친구를 데려온 적이 한 번도 없었으니까.

나는 이따금 마이켄에게 화가 났다. 마이켄은 정말이지 친구가 많았으니까. 나는 월요일을 앞두고 걱정을 너무 많이 한 탓에 일요일마다 배가 뒤틀리듯이 아팠다. 5학년이 되고는 조금 나아졌다. 담임선생님이 바뀌었고 반 친구들도 몇 명인가 달라졌다. 분위기도 변했다. 전보다 차분해졌다. 그렇지만 그다지 좋지는 못했다, 나한테는. 나는 여전히 외톨이었다.

그렇지만 아인슈타인 덕분에 견딜 만했다. 아인슈타인의 따뜻하고 단단한 몸, 아인슈타인의 뽀뽀와 애정. 내가 아인슈타인을 좋아하는 만큼 아인슈타인도 나를 좋아했다. 그런 아인슈타인이 지금 코를 수풀 깊숙이 밀어 넣더니 뭔가를 물기 시작했다.

"아인슈타인, 뭐야 그거? 너 뭐 물어뜯고 있어?"

내가 딱딱한 말투로 물었다.

아인슈타인은 나를 돌아보더니 잘못했다는 듯이 쳐다봤다. 입 가장자리 한쪽으로 뺑튀기가 삐져나와 있었다.

"그래. 그건 먹어도 돼."

내가 말했다.

아인슈타인은 흡족해 보였고 나는 웃음을 터뜨리고 말았다. 눈 깜짝할 새에 뺑튀기를 먹어치운 것이다.

"너 사랑하는 거 알지, 괴짜야."

아인슈타인의 삶은 어려울 게 없었다. 어려운 일이라고 해 봐야 고작 오래된 뺑튀기를 먹지 못하게 되는 것 정도다. 그렇지만 어째서인지 아인슈타인에게는 화가 나지 않았다.

인기를 얻기 위해
해야 할 것들

너구리 옷을 입은 마이켄의 새 친구는 벌써 며칠째 연달아 우리 집에 놀러 오고 있었다. 안 좋은 점은 개랑 마이켄이 거의 내내 뛰어다니면서 소리를 지른다는 것이다. 좋은 점은 개가 나에게 중요한 임무를 상기시켜 준다는 것이다. 인기 얻기. 섀르블락카에서 밝은 미래를 맞으려면 나는 이제 작업에 착수해야만 한다. 여름방학이긴 하지만 늘어져 있을 수는 없다. 나는 내 방 침대에 앉아 스케치북을 꺼내 들었다. 그렇지만 채 한 글자도 쓰기 전에 옆방에서 엄청나게 소란스러운 소리가 들렸다. 그게 음악이라는 사실을 깨닫기까지 몇 초가 걸렸다. 록 음악이었다. 나는 방에서 뛰쳐나가 보보 방으로 들어갔다.

주크박스에서는 이런 노래가 나오고 있었다.

흔들어 대자 다 같이, 흔들자, 독방에 갇힌 모두가

교도소 록에 맞춰 춤추고 있었다네.

"보보! 대체 뭘 한 거야?"

내가 소리쳤다.

보보는 품에 박제된 회갈색 토끼를 안고 일어서서 춤을 추고 있었다. 보보는 나를 보더니 "안녕!"하고 소리쳤다.

"소리 좀 줄이면 안 돼?"

나는 고함을 치면서 볼륨 조절 버튼을 찾아 주크박스를 훑었다. 그렇지만 보이지가 않았다.

일리노이 출신의 북 치는 소년은 쾅쾅쾅
연주를 했다네. 모든 리듬이 화려했다네.

그래서 나는 음악이 끝나길 기다렸다. 그렇게 길지는 않을 거였다. 몇 분 후 마지막 기타 음이 울렸고 귀가 먹먹해질 정도로 조용해졌다.

"이제 음악 더 틀지 마."

나는 보보에게 말했지만, 내 목소리는 다시 울리는 음악의 굉음에 묻혔다.

방금 전과 똑같은 곡이었다. 나는 주크박스의 유리 뚜껑 너머로 검고 둥근 LP판을 살폈다. 판 한 장이 그 안에서 돌아가고 있었다. 엘비스 프레슬리의 교도소 록(Jailhouse Rock)이라고 적힌 게 보였다.

"대체 돈을 얼마나 넣은 거야?"

동시에 나는 바닥으로 시선을 던졌다. 돈 통이 놓여 있었다. 돈 통은 더는 돈 통이 아닌 그냥 통에 불과했다. 동전이 하나도 없었으니까. 보보는 만족스러워 보였다.

하여간. 나는 종종 어린 동생이 있다는 사실에 주체할 수 없을 정도의 피로감을 느꼈다. 내가 다른 곳을 찾아야만 한다는 사실을 상기시킬 뿐이었다. 나는 보보 방을 나서 조금 더 차분하고 조용한 공간은 없을지 찾았다. 마이켄 방을 들여다봤지만 때마침 엄마가 방구석에 숨어 있는 큼직한 먼지 덩어리를 빨아들이려고 청소기를 돌리고 있었다. 아니, 잠깐만, 먼지 덩어리들은 전혀 방구석에 숨어 있지 않았다. 떡하니 보이는 곳에 있었다. 외할머니도 그다지 사려 깊은 사람은 아니었다. 부엌으로 내려가니 외할머니는 의자를 수리하고 있었다. 망치로 내려치고 있는 탓에 벽이 진동했고 외할머니의 팔찌가 짤랑거렸다. 마지막 희망을 안고 거실로 갔지만 소파에 앉기 무섭게 마이켄과 너구리 옷 소년이 뛰어 들어왔고, 아인슈타인이 컹컹 짖으며 그 뒤를 바짝 쫓고 있었다. 그 둘은 입을 모아 "집게벌레, 호박벌, 딱정벌레랑 풀뱀! 집게벌레, 호박벌, 딱정벌레랑 풀뱀!"이라고 소리를 질러 댔다.

이렇게나 큰 집에서 안락한 곳을 찾는 게 불가능하다는 사실에 신물이 났다! 나는 현관문을 열고 창고 입구로 걸어갔다. 주변을 살피면서. 라일락 나무는 어떨까? 나는 덤불 쪽으로 두어 걸음 옮기고는…… 안 되겠다고 판단했다. 나무 위엔 크릴레 머랭이 앉아서 셔츠 소매를 걷어붙이고 커피를 홀짝이고 있었다. 그도 분명 저 미친 집에서 달아났을 것이었다. 나는 크릴레가 나를 보지 못하도록 외할머니의 빨간 콜벳 자동차 뒤로 몸을 숙였다. 새로운 '유망한' 영화 아이디어를 듣는 데 내 시간을 허비할 수는 없었다.

나는 차들 뒤로 몸을 굽히고 지나가서는 집을 거의 한 바퀴를 돌고 나서야 썩 괜찮아 보이는 곳을 발견했다. 지붕이었다! 벽 가까이에 자란 전나무를 타고 올라가면 닿을 수 있을 것 같았다.

나는 셔츠에 스케치북을 넣고 전나무를 잡고 기어오르기 시작했다. 수액 때문에 손가락이 끈적끈적해졌고 길쭉하고 뾰족한 나뭇가지에 적어도 네 번은 찔렸지만 결국 오르는 데 성공했다! 지붕은 생각보다 경사가 있었지만 위험하지는 않아 보였다. 여기라면 방해받지 않고 앉아 있을 수 있을 듯했다. 나는 기쁜 나머지 '야호!'라고 소리치고 싶었지만, 행여나 누군가에게 발각될까 봐 감히 그러지는 못했다.

나는 스케치북을 꺼내 들고는 이렇게 적었다. 인기! 어떻게 얻을 수 있을까? 그리고 인기 있게 된다는 건 대체 어떤 걸까? 나는 위키 백과에서 단어를 검색했다. 위키 백과에 따르면 '인기'라는 단어는 여러 뜻이 있지만, 가장 일반적으로 특정 사람 혹은 물건이 대중에게 불러일으키는 흥미와 열광이라고 적혀 있었다.

흥미와 열광이라! 나는 사람들에게 그런 걸 불러일으켜야 했다. 그렇지만 어쨌든 희소식이기는 했다. 내게는 사람들의 흥미를 자극할 수 있는 능력이 있었다. 대부분 부정적인 흥미이긴 했지만. 이를테면 사람들은 내가 뭔가 이상한 말이나 행동을 하거나 이상해 보인다나. 그렇지만 어쨌든. 흥미는 끌어낼 수 있었다. 이젠 열광만 남았다.

나는 초등학교 시절의 교훈을 적어 보기로 했다. 인기를 얻기 위해 절대 하지 말아야 할 것들을.

- 말할 때 팔과 손을 휘두르지 않기. 발끝으로 걷지 않기. 모든 신체 부위를 통제할 것! 천천히 그리고 정중하게 움직일 것. 만약 뭘 가리킬 때는 손 전체로 가리키기
- 아무리 기뻐도 소리 지르며 뛰어다니지 않기(어쩌면 그 정도로 기뻐하지 않는 게 최선일지도?). 침착함을 유지하기
- 피겨스케이팅을 좋아한다고 인정하지 않기

좋았어. 이제 내가 하지 말아야 할 것들을 세 개 적었다. 그것만으로도 괜찮았지만, 내가 무얼 하는 게 바람직한지 떠올리는 데 별 도움은 안 됐다. 연필을 하도 씹어서 그런가 연필심 맞이

느껴질 정도였다. 나는 눈을 가늘게 뜨고 태양을 봤다. 노른자처럼 노란 태양이 지붕을 달궈 허벅지가 타는 듯이 뜨거웠다. 다음번에는 깔고 앉을 만한 뭔가를 들고 와야겠다.

스스로를 변화시기기 위해서 나는 정보를 모아야만 했다. 구글 검색을 하거나, 다른 사람을 관찰하거나(요즘엔 마이켄이나 너구리 옷 소년), 인기 있거나 있었던 사람들을 인터뷰할 수도 있었다. 그런 다음엔 시게 2.0 만들기에 착수하기만 하면 된다!

나는 구글에 접속해서 '어떻게 하면 인기를 얻을 수 있나요?'라고 검색했다. 세상에, 이게 웬일이래! 나만 그 방법을 궁금해한 게 아니었다! 유튜브 동영상과 글들이 얼마나 많던지! 다들 서로 다른 조언을 하고 있었다. 몇몇 조언은 정말이지 생뚱맞았다. 이를테면 인기를 얻기 위해 가죽 바지를 입고 웃통은 벗은 차림으로 복도에서 돈을 걸고 주사위 놀이를 하라는 것처럼 말이다. 맙소사. 그런 게 말이 될 리가 없잖아?

구글 검색 결과 최소한 5번 이상 반복된 조언만 적었다. 내가 반드시 해야 할 일은 이랬다.

- 멋지게 차려입기. 유명 브랜드 옷으로
- 머리 모양 뽐내기(어쩌면 외할머니가 내 머리를 자르게 됐어야 했는지도 모르겠다. 머리 모양 뽐내기에 한쪽 눈을 덮을 정도로 앞머리 기르기도 있으면 좋으련만)

- 안경 쓰지 않기(콘택트렌즈를 끼고 그전까지는 사시를 숨기기 위해 선글라스 착용하기)
- 운동한 몸처럼 보이기
- 꼼꼼하게 양치하고 껌 씹기(껌은 씹으면 멋져 보이고 다른 사람들에게 껌을 나누어 줄 수 있어 인기를 얻을 수 있다)
- 사교적으로 행동하기! 질문을 던지고 자기 자신에 대한 이야기를 하기. 사람들, 선생님, 다른 학생들과 이야기하기. 유쾌하게 행동하고 다른 사람들 웃기기(그렇지만 동시에 멋을 유지해야 하는 걸 잊지 말기)

이것들을 하는 데 문제가 있다면 다름 아닌 돈이다. 간호조무사로 일하는 데다 애가 셋이나 되는 엄마한테 어떻게 유명 브랜드 옷을 사 달라고 하겠는가? 게다가 지금 엄마는 실직 상태다.

내가 더 어렸을 적에는 가끔 엄마한테 무언가를 사 달라고 조르곤 했다. 그렇지만 나중에 나는 그런 말을 하면 엄마가 슬퍼하거나 이따금 화를 낸다는 사실을 알아차렸다. 게다가 어쨌든 내게 필요한 물건을 얻게 되는 일이 아주 드물었다. 한 번은 엄마가 내게 아디다스 재킷을 사준 적이 있다. 그렇지만 그게 워낙 비쌌던 탓에 그 뒤로 보름 동안 우리는 죽만 먹어야 했고, 그 사실에 나는 마음이 불편했다.

그렇다고 외할머니를 설득할 수도 없었다. 외할머니는 마트에서 먹고 싶은 거라면 뭐든 사 주셨지만 유명 브랜드 옷을 사는 것은 멍청하다고 생각하는 사람이었다. 외할머니는 "쓸데없이 다섯 배나 비싼 데다가 남들도 다 가지고 있는 옷을 왜 입고 싶어 하는 게냐?"라고 물었고 내 대답은 "바로 그게 다섯 배나 비싼 데다가 남들도 다 가지고 있으니까요!"였다.

그래. 이 문제는 스스로 해결해야만 했다.

인스타 팔로워 2천 명이라고?

나는 막 인라인을 신고 리드 줄을 내려 그걸 아인슈타인의 가슴팍에 둘러 단단히 고정한 참이었다. 아인슈타인은 컹컹거리며 코로 문을 밀면서 나가고 싶어 안달이 나 있었다.

"금방 나간다! 잠깐 기다려."

안전을 위해 나는 리드 줄을 내 배에도 둘렀다. 혹시나 내가 아인슈타인을 단단히 붙잡지 못할 수도 있으니까. 아인슈타인은 몸무게가 50킬로그램을 넘었지만 나는 고작 35킬로그램이었기 때문에 어쨌든 아인슈타인이 나를 잡아끌면 상대가 되지 않았다. 아인슈타인이 하는 대로 내버려 둘 수밖에 없었다. 게다가 나는 사실 그러길 바랐다.

조금 전에 나는 소시지 매단 끈을 플로어볼 스틱*에 묶어 그걸

---

* 실내에서 즐기는 하키형 스포츠

문 밖에 설치했다. 마치 낚싯대처럼 말이다. 비록 낚싯바늘은 없었지만. 나는 그걸 아인슈타인의 게걸스러운 늑대 입 앞에 덜렁거릴 생각이었다. 물샐 틈 없는 전략이라고 생각했다! 아인슈타인은 그 어떤 것보다도 소시지를 좋아했다. 나는 심지어 재킷 주머니에 소시지를 몇 개 더 쑤셔 넣었다.

바깥문이 열리자 아인슈타인은 크고 거칠게 짖기 시작했다. 크릴레 머랭은 빳빳하게 다린 셔츠부터 작은 술이 달린 보트 슈즈까지 베이지색으로 차려입고 안으로 들어왔다. 이럴 수가.

"안녕 시게! 샬로트 봤니?"

"네, 저 위에 계셔요. 계단 손보는 중이세요. 가자, 아인슈타인, 아무 일도 아냐, 가자!"

입 밖으로 분홍색 혀를 내밀고 기쁨에 차서 네 발로 경중경중 뛰는 아인슈타인은 정말이지 흥분으로 가득 찬 것 같았다. 크릴레 머랭은 어색하게 아인슈타인을 토닥였고, 아인슈타인은 냉큼 그의 손을 핥았다.

"오호라. 너 개랑 산책가려는 모양이구나. 그래, 나도 산책을 좀 해야겠다."

아니 왜! 나는 아인슈타인이 끄는 힘을 사용해서 인라인을 타는 연습을 할 계획이었는데. 애로우 스패로우를 시험해 보기 전에 연습해 보려는 생각이었다. 나는 내 의지로만 가는 게 아닐 때, 그러니까 이를테면 끌어당기는 개가 있을 때 균형을 잡는 연습을 해야만 했다. 아니면 빠르게 나를 끌어당길 작살 촉에 묶은 끈이라든가.

나는 크릴레 머랭을 지나쳐 현관 충계 참으로 나섰다. 나는 아인슈타인이 곧장 내달리지 못하도록 줄을 바짝 잡아야만 했다.

"외할머니는 분명 말동무를 원할 거예요. 그냥 올라가 보는 게 어때요?"

"다들 몸을 움직이는 게 좋다잖아."

크릴레 머랭이 말했다.

"외할머니한테 약간 도움이 필요할 수도 있잖아요. 목공 같은 거 잘 하지 않아요?"

크릴레 머랭은 내 말을 들을 생각이 없어 보였다.

"하루에 1만 미터는 걸어야 한다잖아."

크릴레 머랭은 숙고하듯이 말했다.

"저기 커피 있어요, 엄마가 내려 둔 거. 한 잔 마시고 외할머니도 한 잔 드리세요."

"아니 그게 걸음이었나? 미터였나 걸음이었나?"

나는 포기했다.

"이거 좀 들고 있어 주실래요? 근데 아인슈타인 못 보게 소시지는 숨겨요."

나는 크릴레 머랭에게 플로어볼 스틱을 건넸다.

"당연하지! 그럼 이 기회를 틈타서 요새 내가 생각하고 있는 영화 아이디어 얘기를 해 주지. 네가 지난번에 해 준 피드백은 정말이지 끝내줬다니까."

"아…… 어, 감사해요. 아인슈타인, 기다려!"

아인슈타인은 내가 길에 나서기 전까지는 내달릴 수 없었다. 만약 아인슈타인이 달려 나갔다면 나는 아인슈타인에게 힘없이 질질 끌려다녔을 것이다. 나는 돌로 된 현관 위로 비틀거리는 와중에 아인슈타인을 향해 작은 소시지 조각을 이곳저곳으로 내민 덕분에 아인슈타인이 걷게 만들 수 있었다. 아인슈타인의 큰 갈색 눈은 내내 나를 주시했다. 아니, 뭐, 정확히는 소시지를 나눠 주고 있는 내 손이라고 해야 하나. 크릴레 머랭은 플로어볼 스틱을 들고 뒤를 따라오고 있었다.

"아름다운 오페라 가수 엘리제 슈마허 본머스가 출근길에 끔찍한 교통사고를 당한 거야!"

크릴레 머랭의 목소리는 전과 마찬가지로 연기하는 톤을 띠고 있었다.

"그 TV 앵커는 어떻게 됐어요? 이름이 뭐더라? 바질?"

내가 물었다.

"바질 홀링허스트 말이니? 글쎄, 솔직히 말하자면 그 아이디어는 포기했어. 몇 군데 부족한 부분이 있어서. 이번 얘기는 훨씬 낫다고. 어쨌든! 이제 들어 봐! 엘리제 슈마허 본머스가 길을 건너려다가 버스에 치인 거야. 그녀는 공중에서 거의 10미터나 날아서 낮은 담장에 추락하고 의식을 잃은 상태로 병원으로 실려가. 혼수상태에 빠진 그녀를 의사들도 깨우질 못하지."

"저런. 꽤 심각하네요."

내가 말했다.

"그렇다고 할 수 있지. 그녀는 머리에 온통 붕대를 친친 감게 된 거야!"

크릴레가 말했다. 솔직히 말하자면 크릴레는 붕대로 둘러싼 머리에 집착하고 있는 것 같았다.

"그 여자도 개로 바뀌나요?"

내가 물었다.

"아니, 아니야! 전혀 그렇지 않아. 그런데 의사들이 붕대를 제거하니 그 아름다웠던 그녀의 얼굴이 엉망이 된 거지. 온통 상처투성이인 거야. 몇 달 뒤 혼수상태에서 깨어난 그녀는 자기 얼굴을 보고 충격을 받아. 마치 프랑켄슈타인이 만든 괴물처럼 생긴 탓에 다시는 오페라 가수로 활동하지 못할 테니까! 드디어 퇴원하는 날 그녀는 엄마에게 자기 집에 있는 거울을 모두 치워달라고 부탁해. 자기 자신을 보는 걸 견딜 수가 없었으니까. 그녀가 처음으로 용기를 내서 집 밖으로 산책을 나갔을 때, 갑자기 사람들의 이마에 숫자가 적힌 게 보이는 거야!"

나는 마지막 걸음을 헛디디면서 외할머니의 우체통을 지나친 뒤 결국 아스팔트로 넘어졌다.

"앉아, 아인슈타인, 앉아!"

아인슈타인은 순순히 앉았고 보상으로 소시지 한 조각을 얻었다.

"플로어볼 스틱 다시 줄래요?"

크릴레 머랭은 플로어볼 스틱을 내밀었다. 아인슈타인은 소시지를 보기 무섭게 그걸 쫓아 뛰었다.

"아니, 아니! 앉아! 앉으라고!"

나는 재킷 주머니에서 소시지 조각을 하나 더 꺼내 아인슈타인에게 주었다. 크릴레 머랭은 내 앞에 서서는 내 주의를 끌려고 했다.

"그런데 오페라 가수인 엘리제 슈마허 본머스는 곧 자기만 이 숫자를 볼 수 있다는 사실을 알아."

"미안해요, 크릴레, 근데 제가……."

나는 얌전히 앉아 있지 못하는 아인슈타인을 향해 고개를 끄덕여 보였다. 나는 등 뒤에 숨기고 있던 플로어볼 스틱을 아인슈타인의 코앞으로 내밀었다. 아인슈타인은 날뛰기 시작했다! 끈에 매달린 소시지를 쫓아 뛰면서 낚아채려고 했다. 나는 플로어볼 스틱을 최대한 높이 들려고 했지만, 기껏해야 아인슈타인의 머리 위까지밖에 들지 못했다. 크릴레 머랭은 바로 자기 눈앞에서 소동이 벌어지고 있다는 사실을 전혀 눈치채지 못하고 있는 것 같았다.

"엘리제 슈마허 본머스는 자기 할아버지의 이마에 적힌 숫자 몇 개를 보는데, 그 숫자에 해당하는 날에 할아버지가 돌아가시게 돼. 엘리제는 자기 눈에 보이는 숫자가 날짜라는 사실을 알게 돼. 사람들이 죽는 날짜 말이야! 알겠니, 시게? 엘리제는 사람들 이마에 적힌 죽는 날을 읽을 수 있는 거야!"

크릴레 머랭은 자기 이마를 세게 쳤다.

아인슈타인은 이제 완전히 내 말을 무시하고 소시지를 쫓아 뛸 뿐이었다. 나는 한 번에 10센티미터씩 끌려가며 쓰러지지 않으려고 다리를 활짝 벌리고 서야만 했다. 아인슈타인은 갑자기 전에는 한 번도 본 적 없는 정도로 높이 뛰더니 소시지를 낚아채서는 씹지도 않고 삼켜 버렸다. 그러고는 기대에 찬 눈으로 나를 바라봤다.

"맙소사, 아인슈타인. 이런 게 아니었는데."

나는 말했다.

크릴레 머랭은 아무 일도 없었다는 듯이 계속 떠들어댔다.

"오페라 가수인 엘리제 슈마허 본머스는 공포에 질렸어! 이 능력을 어떻게 해야 좋을까?"

그는 하늘을 향해 팔을 뻗었다.

"어, 잘 모르겠는데요. 저기, 크릴레. 저 좀 도와줄 수 있어요?"

크릴레 머랭은 놀란 표정을 지었다.

"어, 물론. 당연하지."

나는 아인슈타인에게 딱딱한 말투로 지시해 앉혀 둔 상태였다. 그러고는 소시지 포장지에서 새 소시지를 꺼내서 플로어볼 스틱 끝에 맨 끈의 끄트머리에 단단히 묶었다. 아인슈타인은 소시지를 뚫어져라 보고 있었다. 나는 아인슈타인이 제멋대로 움직이지 못하도록 분노에 찬 시선을 날렸다.

"크릴레, 플로어볼 스틱이랑 소시지를 가지고 아인슈타인 앞으로 뛰어갈 수 있어요? 제 생각에는 그게 유일한 방법인 거 같아요. 그렇지만 빨리 달려야 하고, 또 아인슈타인이 소시지를 먹어 치우지 못하게 충분한 거리를 둬야 해요."

"문제없지!"

나는 플로어볼 스틱을 크릴레 머랭에게 건넸다.

"제가 말하면 달리면 돼요."

나는 그렇게 말하면서 아인슈타인의 엉덩이에 손을 얹어 신호를 주기 전까지는 달려가면 안 된다고 일러주었다.

크릴레 머랭은 플로어볼 스틱을 들고 내 앞으로 몇 미터 떨어진 곳에 가서 섰다. 소시지가 끈에 매달려 흔들리고 있었다. 아인슈타인의 넙데데한 얼굴이 흥분으로 주름이 잡혔다. 나는 아인슈타인이 금방이라도 뛰쳐나갈 거라고 판단했다. 나는 크릴레 머랭에게 눈짓을 주었고 첫발을 내디디며 외쳤다.

"달려요, 크릴레, 달려!"

크릴레 머랭은 플로어볼 스틱을 앞으로 쥐고 달리기 시작했다.

아인슈타인도 곧장 내달렸다. 내 손에서 리드 줄이 떨리면서 길고 팽팽하게 당겨졌지만 나는 만반의 준비를 한 덕분에 균형을 잃지 않았다. 눈 깜짝할 사이에 나는 인라인을 타고 미끄러지기 시작했다. 나는 크릴레 머랭이 그다지 빨리 달리지 못할 거라고 생각했다. 그는 다른 모든 부분에서 정말이지 느렸으니까. 말하는 투하며 몸짓하며. 그렇지만 크릴레 머랭은 표범처럼 달렸다! 빠르고 경쾌했다. 맨 앞에 크릴레 머랭이, 그 뒤에 플로어볼 스틱과 소시지가, 마지막으로 리드 줄을 맨 아인슈타인과 인라인을 탄 내가 따라가고 있었다. 다소 불안정하기는 했지만, 내가 발을 놀리면 균형 잡기가 더 쉬울 것 같았다. 온몸이 떨렸다. 반짝이며 솟아나는 에너지가 느껴졌고 내가 온전히 현재에 머무르는 느낌이었다. 바로 그때였다! 내 눈을 스쳐 지나는 나무와 주차된 차들이 마치 막대기와 잡동사니처럼 보였다. 나는 웃음을 터뜨렸다! 기쁨이 차올랐다!

학교에서 우리는 마음 챙김 연습을 했다. 담임선생님은 우리가 과도한 스트레스를 받고 있으니 좀 더 '현재에 머무를' 필요가 있다고 했다. 우리는 앉아서 30분 동안 건포도를 뭉개면서 건포도의 질감, 냄새 그리고 모양을 반 친구들에게 설명해야 했다. 심지어 마지막에는 건포도를 한 입 물기도 했다. 그래. 한 입 문다고! 건포도를!

건포도 수업, 아니 마음 챙김 연습이 끝나고 나는 스트레스가 줄어든 느낌을 전혀 받지 못했다. 나는 현재에 머무르는 데 딱히 관심이 있지도 않았다. 왜냐하면 솔직하게 말하자면 현재는 전혀 가치가 없었으니까. 나는 굳이 따지자면 미래에 관심이 있었다. 내가 하고 싶은 모든 것들에. 그렇지만 크릴레 머랭과 아인슈타인의 뒤를 쫓아 인라인을 탈 때 나는 갑작스럽게 정말이지 현재에 머무르고 있다는 느낌을 받았다! 그리고 난 그 느낌이 좋았다! 이런 현재라면 정말이지 견딜 수 있을 것 같았다. 담임선생님이 생각했던 것도 이런 거였겠지. 그렇지만 한편으로는 수업을 위해 플로어볼 스틱 25개, 소시지 25개, 강아지 25마리 그리고 인라인 25개를 마련하기는 어려웠을지도 모르겠다는 생각이 들었다. 건포도 한 봉지로 수업을 하는 게 더 쉬웠겠지. 그리고 돈도 덜 들고.

아인슈타인이 갑자기 소시지를 향해 펄쩍 뛰어 리드 줄이 당겨졌다. 나는 비틀거렸지만 다행히 균형을 잡았다. 크릴레 머랭은 아슬아슬하게 플로어볼 스틱을 당겼고 소시지는 앞뒤로 크게 흔들렸다. 아인슈타인은 지그재그로 달리면서 잔뜩 흥분해 짖었다.

"그래, 뭐 아무튼!"

크릴레가 헐떡이며 입을 열었다.

"엘리제 슈마허 본머스는 죽는 날을 알고 있으니 (헉헉) 책임을

져야 한다고 생각했어. 어쩌면 (헉헉) 사람들의 죽음을 막을 수 있지는 않을까? 그녀는 매일같이 시내에 나갔지. (헉헉) 날짜가 머지 않은 사람을 보면 (헉) 그 사람의 뒤를 쫓으면서 구할 수는 없을지 살펴봤지."

"아이고, 크릴레, 미안한데, 진짜로 집중이 안 되거든요!"

나는 거의 목숨이 위태로운 속도로 미끄러져 나가면서 외쳤다.

"그래, 아무렴, 이해해!"

우리는 집 여러 채와 정원, 가로등과 배전함을 빠른 속도로 스쳐 지나갔다. 갑자기 모든 게 멈춰 서더니 내가 공중을 날고 있었다. 마치 몇 초에 걸쳐 벌어진 일처럼 느껴졌다. 나는 나뭇잎과 가지가 스쳐 지나가는 걸 봤다. 나무엔 따끔따끔한 가지가 잔뜩 있었고, 내 몸무게 때문에 부러지는 소리가 났다. 그렇게 나는 부드럽고 촉촉한 잔디 위로 굴러떨어졌다. 나는 아인슈타인이 짖는 소리와 크릴레 머랭이 지르는 비명 소리를 들었다. 그러더니 조용해졌고 내 얼굴 위에, 이윽고 온몸에 흩뿌려지는 차가운 물방울이 느껴졌다. 비인가? 나는 의아하게 생각했다. 아니, 하늘은 파랬다. 흩뿌리는 물방울이 사라졌다. 나는 눈을 몇 번 깜빡였다. 내 주변을 둘러봤다. 약간 떨어진 곳에 기껏해야 1미터 정도 돼 보이는 작은 나무 세 그루가 보였다. 세 그루 간 거리가 똑같아서 누가 자를 대고 길이를 잰 것 같았다. 더욱 특이했던 점은 세 그루가 제각기 다른 모양으로 다듬어져 있었다는 사실이다. 하나는 정육면체, 하나는 피라미드 그리고 나머지 하나는 구형이었다. 흰 집 외벽을 따라서는 예쁜 꽃들이 줄지어 피어 있는 화단이 있었다. 모두 흰색이었다. 화단 중 하나에서 빨갛고 뾰족한 모자를 쓰고 파란 재킷을 걸치고 갈색 벨트를 찬 정원 도깨비가 나를 보고 있었다. 흩뿌리는 물방울들이 되돌아오더니 몸 위로 부드럽게 비를 뿌렸다. 스프링클러였다.

그때 울타리 너머에서 크릴레 머랭의 머리가 불쑥 튀어나왔다. 아인슈타인은 미친 듯이 짖고 있었다.

"얘가 소시지 먹었어, 시게."

"그래요."

나는 그렇게 대답하고는 몸을 일으키려고 했다.

아인슈타인이 리드 줄에서 풀려나기 위해 젖 먹던 힘까지 짜냈을 때 내 허리에 둘렀던 리드 줄이 강하게 당겨진 것이다.

나는 매듭을 풀려고 했지만, 아인슈타인이 리드 줄을 강하게 잡아당기고 있으니 그럴 수가 없었다.

"크릴레, 아인슈타인 좀 잡아 줄래요. 이거 좀 풀어야 해서요."

내 입에서 신음소리처럼 말들이 쏟아져 나왔다.

만신창이가 된 몸에서 리드 줄을 풀기 무섭게 아인슈타인은 내달렸다. 크릴레 머랭이 그 뒤를 빠르게 쫓았다.

"나머지 얘기는 나중에!"

크릴레 머랭은 그렇게 외치고는 모퉁이를 돌아 사라졌다.

그제야 통증이 몰려왔다. 엉덩이, 무릎, 뺨. 나는 조심스럽게 얼굴을 매만졌다. 그러고는 내 손가락을 봤다. 피가 묻어 있었다. 검지가 긁힌 것이다. 스프링클러가 다시금 약한 물줄기를 뿜어 내 위로 비를 내렸다. 손에 묻은 피가 물로 희석됐다.

세상에나 맙소사.

나는 몸을 일으켰다. 인라인을 신고 일어서기는 쉽지 않았다. 무릎이 아팠다. 나는 아래를 내려다봤다. 청바지 무릎 부분이 온통 초록색으로 물든 데다가 찢어졌다. 무릎이 약간 까지긴 했지만, 피가 나지는 않았다. 아이고, 이걸 어쩐다. 엄마는 분명 기분이 상할 터였다. 나도 만신창이가 됐으니 엄마는 기분 나쁜 티를 내지 않겠지만, 어쨌든 기분은 상할 것이다. 이 청바지는 거의 새 거나 다름없으니까.

다시 시선을 위로 올리니 한 여자애가 서 있었다. 마치 허공에서 등장한 것 같았다. 머리카락은 청록색이었고 어깨 밑으로 한참 내려올 정도의 길이었다. 거의 허리까지 닿았다. 그리고 발까지 끌리는 일본어인지 중국어인지 모를 글자가 적힌 실내복을 입고 있었다. 그 애는 자기 휴대전화를 꺼내 들더니 나를 찍었다.

"뭐 하는 거야?"

내가 물었다.

"사진 찍지."

"나를?"

"아니, 네 뒤에 있는 조그마한 저글링 원숭이."

본능적으로 나는 뒤를 돌아봤다. 그렇지만 원숭이는 어디에도 없었다.

"날 멋대로 찍지 마!"

"1. 이미 찍었고, 2. 그래도 되고, 3. 넌 날 막지 못해."

나는 입을 다물었다. 그 애의 오만함에 큰 충격을 받았다. 나는 그 애를 향해 비틀거리며 걸어갔다.

"걱정할 거 없어. 멋진 필터를 씌웠거든."

그 애는 그렇게 말하면서 한 발 뒤로 물러섰다.

"뭐야, 너 그거 업로드할 거야?!"

"인라인을 신은 사람이 털 달린 괴물에 끌려 내 화단으로 날아들었으니 그걸 알려야겠다는 사회적 사명을 느꼈달까. 나는 블락 카에서 벌어지는 모든 일을 적고 있거든. 난 기자야."

그 애는 자랑스럽다는 듯 씨익 웃었다.

나는 그 애를 향해 몇 걸음인가를 더 움직였다. 그 애는 계속해 뒤로 물러섰다. 그러더니 웃으며 이렇게 말했다.

"팔로워 2천 명밖에 안 되니까 신경 쓸 거 없어."

"2천 명이라고?!"

내 팔로워는 22명이었는데 그중 7명은 매번 비밀번호를 잊어 새로 계정을 만드는 마이켄이었다.

"너 차단할 거야!"

내가 말했다.

"프리랜서 저널리스트를 막겠다? 언론의 자유에 반대하는 거야? 너 반민주주의자야?"

"어…… 그건 아닌데."

"그럼 됐어. 블랙카 뉴스에서 전부 다 읽어볼 수 있으니까. 안녕, 얼간이."

그 애는 몸을 돌려 문이 열린 발코니 쪽으로 걸어가더니 집 안으로 사라졌다. 뒤쫓아야 할지 말아야 할지 망설이고 있는 사이에 발코니 문이 쾅 소리를 내면서 닫혔다. 유리 너머로 그 애의 청록색 머리가 엿보였지만, 하필이면 태양이 바로 그 위치에 반사된 탓에 얼굴이 보이지는 않았다. 그럼에도 나는 그 애가 나를 살펴보고 있다는 확신이 들었다.

머릿속에 붉은 혜성처럼 분노가 스쳤다. 불붙은 꼬리를 달고 뇌 주위를 돌며 떠오르는 모든 생각에 불을 붙였다. 빌어먹을 멍청이! 나는 뭔가를 부수고, 소리를 지르거나 그 애한테 복수하고 싶었다.

나는 이를 악물고 창고 입구 한쪽을 따라 심은 둥글게 자른 덤불을 향해 걸어가기 시작했다. 그때 문득 작고 빨간 게 눈에 들어왔다. 아래를 내려다보니 뾰족한 모자를 쓰고 회색 수염을 길게 기른 정원 도깨비가 서 있었다.

길게 생각하지 않고 나는 그걸 집어 들었다. 도깨비를 품에 안고 나는 아스팔트 쪽으로 몇 걸음을 옮겼다. 그러고는 인라인을 한쪽, 그런 다음 다른쪽을 미끄러뜨렸다. 인라인이 길 위를 매끄럽게 굴러갔다. 나는 내 복수에 큰 소리로 웃었다. 크고 미친 듯이. 집에 가는 내내 그랬다.

* * *

저녁 10시 반이나 되어서야 나는 어떤 멍청이가 찬장에 둔 내 휴대전화를 찾았다. 아마도 바로 내가 그랬겠지. 보랏빛으로 크게 멍이 든 무릎이 쑤셨다. 정원 도깨비가 책상에서 나를 뚫어져라보고 있었다.

"그래, 어쩌면 그다지 용의주도한 게 아닐지도 모르지. 그렇지만 오만한 것도 정도가 있어야 하지 않아?"

나는 정원 도깨비에 말했다. 나는 인스타그램에 들어가 블랙카뉴스를 검색했다. 곧장 계정을 찾을 수 있었다. 계정명 밑에 이름이 적혀 있었다. 유노.

나는 최신 피드를 살폈다. 아, 이럴 수가. 내가 몰랐던 사진이 여러 장 있었다. 내가 그 애의 존재를 알아차리기 전부터 우리를 본 게 분명했다. 사진 중 한 장은 충돌 전에 찍힌 거였다. 크릴레 머랭이 플로어볼 스틱과 소시지를 들고 맨 앞에, 그 뒤에 눈에 광기가 서린 채 질주하는 아인슈타인이, 맨 뒤에 입을 쩍 벌리고 인라인을 타는 내가 있었다. 사진 속의 나는 말로 설명할 수 없을 정도로 얼빠지게 못생겼다. 내가 왜 선글라스를 안 꼈담? 안타깝지만 머리 모양에 관해서는 엄마가 옳았던 것 같다. 내 머리카락은 지나치게 길었고 사방으로 휘날렸다. 그다음 사진에서 나는 화단으로 날아가고 있었다. 세 번째 사진에서 나는 땅에 누워 있었다. 그 애는 그 사진 속 내 머리 주변에 날아다니는 만화 새 필터를 씌워 놨다. 마치 연재만화라도 된다는 듯이. 팔로워 수는 2,123명이었다. 그러니까 이걸 볼 수 있는 사람 수가 그렇다는 거다. 그 사실에 나는 미치고 팔짝 뛸 것 같았다.

나는 새로 다닐 학교 학생 중에 그 애를 팔로우하는 사람이 없기를 신에게 빌었다. 만약 팔로우하는 학생이 있더라도 학기가 시작하고는 나를 알아보지 못하기를. 아직 49일이나 남았으니까.

그렇지만, 그것 말고도 다른 게 더 있었다. 사진 속의 내가 사시인 게 뚜렷하게 보였고 나는 그게 싫었다. 싫었다고! 어떻게 그 빌어먹을 유노라는 애는 나한테 먼저 묻지도 않고 내 최대 약점을 모든 사람 앞에 드러낼 수 있단 말인가? 가슴에 열이 오르고 불타는 것 같았다. 그건 아마도 수치심일 거다. 영화나 만화에서 미쳤거나 얼간이거나 멍청한 사람을 어떻게 그리는 줄 아는가? 그렇다, 사시로 묘사한다. 혹은 사람들 말마따나 사팔뜨기로 그린다. 수치심은 분노에 불을 붙였고, 거기에다가 기름까지 부었다. 이런 젠장. 이젠 망할 전쟁이다!

나는 대충 '도망 중인 작은 도깨비'란 뜻을 담은 '런어웨이놈 Runawaygnome'이라는 새 인스타그램 계정을 만들었다. 믿거나 말거나 내 방보다 더 난장판인 보보 방으로 들어갔다. 디스코 볼에는 전원이 켜 있어서 초록색, 파란색 그리고 빨간색 빛줄기를 벽에 쏘아대고 있었다. 보보는 자주 엄마 방에서 자기 때문에 나는 방해받을 걱정 없이 방을 돌아다니면서 괜찮은 물건은 없는지 살펴봤다. 나는 금발 곱슬머리 인형의 튼튼한 골판지로 된 작고 빨간 가방과 선글라스를 발견했다. 그런 다음 나는 찾아낸 물건을 가지고 정원으로 내려갔다. 나는 정원 도깨비를 산딸기 덤불 아래에 놓고는 선글라스를 씌우고 가방을 옆에 놓았다.

뭔가 부족했다. 나는 주변을 둘러봤다. 그때 재떨이와 그 안에 쌓인 꽁초 더미가 눈에 들어왔다. 외할머니는 아직 재떨이를 못 비운 모양이었다. 나는 그 안을 뒤적여 립스틱이 묻은 꽁초를 찾아냈다. 막대풀을 가져와 담배에 바르고는 그걸 정원 도깨비의 입가에 단단히 물렸다. 좋아! 정원 도깨비는 이제 겉모습이 완전히 바뀌었다. 좀 비뚤어졌다고나 할까.

나는 정원 도깨비 사진을 찍었다. 어두컴컴한 탓에 플래시를 켜야 했다. 사진에 멋진 필터를 씌우고 이렇게 적었다.

이제 떠나련다. 이 땅굴이 지긋지긋해. @blackanews랑 그 가족에게 남기는 개인적인 메시지: 안녕, 루저들! 이젠 다시 말 안 섞어! / 빌보.

나는 사진을 업로드하고는 큰 소리로 웃음을 터뜨렸다. 복수는 달콤했다! 복수는 달콤하다 못해 황홀했다! 마치 작고 통통한 아기 천사들이 더없이 아름답게 합창하는 걸 듣고 있는 것 같았다. 천사들이 금색 하프를 연주하는 가운데 은색 종들이 짤랑거리고 동시에 일곱 마리의 반짝이는 유니콘들이 아름답게 꽃이 핀 언덕을 뛰어다니는 것 같았다. 고운 빛깔의 무지개가 짙푸른 하늘에 떠있었다. 말하자면 그런 느낌이었다.

　젠장, 내가 시인이 되었어야 하는 건데!

나의 외할머니, 샬로트

"준비됐니?"

외할머니가 말했다.

"단두대 앞에서 죽을 준비가 된 만큼요."

내가 답했다.

"우리가 그렇게 극적인 상황은 아니다만……."

외할머니는 그렇게 말하더니 이발기구에 전원을 켰다. 이발기구는 큰 소리로 불길하게 웅웅거렸다.

나는 수영복 바지만 입고 정원 의자에 앉아 있었다. 나는 어쩔 수 없이 머리를 자를 수밖에 없었다. 엄마의 잔소리와 블락카 뉴스에 실린 사진 탓에 결국 나는 마음을 굳게 먹고 "그래요, 그럼!" 하고 툴툴거렸다. 맑고 푸른 하늘에서 태양이 빛나고 있었지만 쌀쌀한 바람 탓에 닭살이 돋았다. 외할머니는 빨간 플라스틱 집게로 내 앞머리를 들어 올렸다.

"전에 멋지게 머리를 자른 적 있어요?"

나는 불안하게 물었다.

"머리를 자른 적이 있느냐고? 매달 크리스테르의 머리를 잘라
주는걸."

외할머니는 당연하다는 듯이 대답했다.

"그래요. 근데 제가 물어본 건 멋지게 잘라 본 적이 있냐고요."

크릴레 머랭의 머리는 60대로서는 나무랄 데 없었으나 어떤
게 멋진 머리인지는 생각이 일치하지 않을 것 같았다.

외할머니는 바리캉을 내 목덜미에 대고는 뒷머리 위쪽으로 밀
어 올렸다. 첫번째로 잘려나간 머리카락 뭉치가 등을 간질이며
아래로 떨어졌다.

"걱정할 거 없다, 시게. 크리스테르랑 아인슈타인 말고도 박제
동물들을 하나씩 다 다듬어 줬으니까. 너도 알잖니, 걔네 털이 군
데군데 뭉치고 뜯어지고 그러는 거."

내가 벌떡 몸을 일으킨 탓에 의자가 뒤로 넘어졌다.

"죽은 동물들 털 자를 때 쓴 바리깡이라는 거예요?!"

산 동물도, 크리스테르도 괜찮았다. 그런데 죽은 동물이라니?!

"애야! 진정하렴. 당연히 자른 뒤에 세척했단다. 넌 나를 뭐로
보는 게냐? 내가 그렇게 지저분한 사람인 줄 아니?"

외할머니는 평소와 마찬가지로 무릎을 굽히지 않고 똑바로 아
래쪽을 향해 몸을 숙이고는 의자를 일으켜 세웠다.

"앉으렴."

외할머니는 그렇게 말하면서 길고 파란 손톱으로 등받이를 톡 톡 쳤다.

나는 갑자기 엄청 의심스러웠다.

"아무튼, 전 머리를 자르고 싶은지 잘 모르겠어요."

"네가 결정하렴. 나중에 후회하는 건 내가 아니니까."

외할머니는 그렇게 말하고는 어깨를 으쓱해 보였다.

"안녕!"

마이켄이었다. 마이켄은 냉동실에서 막 꺼낸 것 같은 콩소시지 를 씹으면서 걷고 있었다.

"네 목소리는 정말이지 죽은 사람도 깨울 것 같구나."

외할머니는 그렇게 말하고는 귀를 틀어막았다.

"저도 알아요! 너 진짜 웃긴 꼴이다!"

마이켄은 즐거워하면서 말했다.

마이켄은 자기 휴대전화를 꺼내더니 내 뒤쪽에서 머리 사진을 찍고는 웃음을 터뜨렸다.

"보여 줘."

내가 마지못해 말했다.

마이켄은 휴대전화를 보여 줬다. 뒷머리에는 머리카락이 거의 보이지 않는 긴 길이 하나 나 있었고 양쪽으로는 긴 갈색 머리카 락이 드리워져 있었다. 머리 한가운데에는 플라스틱 집게에 집힌 앞머리가 솟아 있었다.

"아까도 말했듯이. 네가 결정하렴."

"그럼 계속하죠, 뭐. 그래도 앞머리는 신경 써 주세요!"

나는 뚱하게 대꾸하고 의자에 앉았다.

바리캉이 다시 웅웅거렸다.

"그리고 그거 지워!"

나는 씩씩거리며 경고의 뜻으로 마이켄의 들창코가 더 젖혀지
도록 손가락으로 눌렀다.

"어떻게 할지 두고 보지 뭐."

"지워! 안 지우기만 해!"

"글쎄."

마이켄은 시가를 물듯이 소시지를 입에 끼우고는 정원 저 멀
리 걸어갔다. 대체 왜 내가 멍청한 꼴을 하고 있을 때마다 사람들
이 죄다 사진을 찍는담? 외할머니는 내 뒷머리로 바리캉을 가져
다 댔다. 머리카락이 한 움큼 한 움큼 등 위로 떨어졌다.

"할머…… 아니 샬로트."

내가 말했다.

"응?"

"예전에 인기가 많았어요?"

"무슨 뜻이니? 남자들한테? 당연하지! 파리에서 사람들이 어
찌나 에워싸던지! 여기 작은 할스타함마르에서는 말할 것도 없

고. 남자들이 완전히 미친 것 같더라니까. 아주 쥐락펴락할 수 있을 정도였지. 여자도 몇 명 있었고!"

외할머니의 애정 생활에 대해 다소 필요 이상으로 많은 정보를 알게 됐다.

"아니, 아니요. 제 말은 친구들 사이에서요? 친구가 많았어요? 학교 같은 데서? 직장에서?"

나는 재빨리 말했다.

"물론, 나한테도 친구들이 있었지. 그렇지만 많은 친구가 절망스러울 만큼 지루해서 시간이 멈춘 것 같았어. 사람들이 그렇게 끔찍하게 지루할 수도 있다는 걸 너는 이해하지 못하겠지만 말이다. 사람에게는 여러 좋은 점과 나쁜 점이 있지만 그건 정말이지 하나도 중요하지 않단다. 사람들은 우아하거나 지루하거나 둘 중에 하나라는 게 내 지론이다. 내가 일했던 한 곳에서는 사람들이 음식 얘기를 내내 하더구나. 음식 말이야! '오늘 도시락 뭐 싸 왔어요, 샬로트?' 참…… 거기는 그만둘 수밖에 없더구나.

"그럼 학교 다닐 때는요?"

"그래, 친구들이 있긴 했지. 그렇지만 잘 모르겠구나. 나는 사실 혼자서도 시간을 잘 보냈거든. 많은 사람은 정말이지 상대하기가 힘들어. 정작 안부 인사나 하려고 문을 열고 들어가면 '더는 오지 마!'라고 빽 소리를 지르지. 그러고는 부엌을 어떻게 꾸밀지 얘기를 하더라니까! 아니면 그리스로 여행을 간다든가 말이다.

정말이지 아무것도 아닌 것에 대해 지루하기 짝이 없는 잡담을 하지 뭐니!"

"그래서 외할아버지랑 사랑에 빠진 거예요? 말수가 없으니까?"

외할머니는 웃음을 터뜨렸다.

"그래, 그렇게도 말할 수 있겠구나. 그 사람은 나를 있는 그대로 내버려 뒀단다. 그건 그 사람의 가장 훌륭한 능력이었지."

외할머니는 바리캉을 내려놓고 빗과 가위를 들었다. 그리고는 내 머리카락 한 움큼을 빗어 올리더니 그 끝을 잘랐다. 그리고 한 번 더. 작은 갈색 머리카락 뭉텅이가 무릎에 떨어졌다. 나는 외할머니가 한 말을 곱씹고 있었다. 마치 외할머니가 사람들을 따돌린 것처럼 들렸다. 사람들이 외할머니를 따돌린 게 아니라.

머리를 다 자른 다음 외할머니는 금테를 두른 거울을 내 앞에 들이밀었다. 나는 내 새 외양을 찬찬히 살펴보려고 요리조리 몸을 돌려 보았다. 앞머리는 확실히 짧아졌지만 여전히 눈을 가릴 정도였다. 옆머리는 고작 몇 밀리미터밖에 안 되어 보였다. 나는 긍정적인 의미로 깜짝 놀랐다. 괜찮아 보였다! 전보다 더 멋있어졌다.

"와, 감사해요, 샬로트. 진짜 멋져요."

내가 말했다.

"나도 안다. 저 안에 있는 여우랑 수달로 연습한 거에 고마움을 좀 느끼겠구나."

외할머니가 말했다.

"맞아요, 진짜로."

내가 대답했다.

할머니는 거울을 내려놓고 바리캉을 집어 들더니 갈색 머리카락을 후 불어 떨어뜨렸다. 외할머니의 금색 슈미즈가 햇빛을 받아 빛났다.

"그런데 어떻게 하면 될까요? 인기를 얻으려면요."

"내가 어렸을 땐 담배를 빌려 주거나 춤을 출 줄 알면 인기를 얻었는데 말이다."

"음, 감사해요, 할머…… 샬로트."

그다지 유용한 조언은 아니었지만 어쨌든 나는 그걸 내 스케치북에 적어 두기로 했다.

"다른 사람들에게 인기를 얻는 거 말이다."

할머니는 곰곰이 생각에 잠겼다.

"그거 좀 과대평가된 것 같지 않니? 반대로 네가 너 스스로 사랑하는 건 어때? 그건 평생 가는 사랑의 시작인데 말이지!"

***

외할머니는 외할아버지가 돌아가시고 일을 그만두었다. 정년까지 몇 년 남긴 했지만 계속할 마음이 들지 않았고 게다가 일을 더 할 필요도 없었다. 외할머니는 외할아버지가 꽁꽁 숨겨 두고 아무에게도 말하지 않았던 약간의 돈을 유산으로 받았으니까. 나쁜 비밀은 안고 가는 거라고 외할머니는 말했다. 영국에 사는 외할머니 친구 메리 루도 남편과 사별했다. 그런데 남편이 생전에 전혀 알지도 못하던 가족을 꾸리고 있었다는 사실이 발각됐다. 아이 둘과 다른 여자와 모든 빌어먹을 것들. 그 남자는 확실히 업무상 출장을 자주 다니긴 했고 그런 식으로 자기 아내와 다른 도시에 살던 여자 친구를 모두 속일 수 있었다. 그걸 생각하면 외할머니는 외할아버지가 은행에 100만 크로나가 있다는 얘길 하지 않은 게 그다지 큰 잘못이 아니라고 생각했다. 그건 정말이지 즐거운 소식이지 않은가!

돈은 외할아버지가 발명한 물건들로 벌어들인 것이었다. 외할아버지는 소위 발명가였다. 나랑 마찬가지로. 여가에만 발명가이긴 했지만. 외할아버지는 낮에는 제지공장에서 종이 만드는 일을 했다. 그렇지만 저녁이나 주말이 되면 외할아버지는 지하실에 틀어박혀 발명을 하거나 모형 철도를 가지고 놀았다. 외할아버지는 그다지 사교적인 사람이 아니었다. 사회적 능력도 그다지 뛰어나지 못했다. 말수도 그다지 많지 않았다. 주로 하는 말은 네다섯 어절에 그쳤다. "안녕", "커피 고마워" 그리고 "잘 자." 예전에 외할머니가 해 준 말에 따르면 외할아버지는 서른 살 전에는 말을 하고 싶어 하는 편이었지만, 서른 살 이후로는 입을 다물었다고 한다. 나는 아직도 그게 농담인지 아닌지 확신할 수 없다.

외할아버지는 굉장히 쓸모없는 많은 것들을 발명했다. 이를테면 버터막대처럼 말이다. 그건 막대풀처럼 생긴 버터 통이었다. 칼로 버터를 퍼 바르는 대신 막대를 사용해 버터를 바르면 됐다. 마치 샌드위치에 풀칠을 하는 모양새였다. 목걸이 병홀더도 외할아버지의 발명품이다. 이름 그대로 탄산음료나 맥주병을 손으로 쥘 필요 없이 목에 걸 수 있도록 만든 가죽 목걸이다. 인라인을 탈 때 정말 유용하지 않겠는가! (물론 이 경우에는 마개를 단단히 잠그는 게 정말이지 중요하겠지만. 나는 이 사실을 뼈저리게 배웠다.)

내가 가장 좋아하는 발명품은 눈뭉치 국자다. 아이스크림 국자처럼 생겼지만 좀 더 크고 그걸로 완벽하게 동그란 눈뭉치를 만들 수 있었다. 외할머니 지하실에는 그런 빨간 국자들이 대충 천 개 정도 있다. 그다지 잘 팔리지 않았던 탓이다. 사람들이 손으로 꾹꾹 눌러 눈뭉치를 만드는 데 그다지 큰 문제가 없었으니까. 게다가 스쿱을 만드는 데 엄청나게 돈이 드는 탓에 한 개당 400크로나에 팔아야만 했다.

뭐 어쨌든. 외할아버지는 또 전설적인 달걀 슬라이스 기기를 발명했다! 작은 플라스틱처럼 생긴 물건인데 달걀 모양으로 생긴 틀에 달걀을 넣으면 된다. 달걀을 자르려면 가느다란 금속 끈이 10개 정도 달린 틀을 내리면 된다. 그러면 달걀을 얇게 저밀 수 있다. 칼을 꺼내서 달걀을 자를 수도 있겠지만 달걀 슬라이스

기기를 사용하면 손에 묻을 염려도 없고 모든 조각이 똑같은 두께로 썰렸다. 외할아버지는 달걀 슬라이스 기기로 거의 대부분의 돈을 벌어들였다. 외할머니도 그 사실을 알고 있었지만 그 돈을 다른 발명품을 만드는 데 사용했을 거라고 생각했다. 버터막대, 병 목걸이 그리고 눈뭉치 스쿱 같은 걸 개발하고 제작하는 데 상당한 비용이 들었기 때문이다. 리컴번트 자전거, 드라이어 모자, 이를테면 지하철 문간 같은 곳에 '단단히 들러붙어' 출근길에 서서 잘 수 있도록 고안된 후두부에 흡착판이 붙은 안전모 같은 건 말할 나위도 없다. 그 안전모는 대부분의 직장인들이 엄청나게 붐비는 지하철에 서서 출근하는 일본에서 대박을 쳤다.

외할아버지가 몰래 모아 둔 돈은 외할머니가 곧장 직장으로 가 바로 사표를 써도 될 정도로 충분했다. 외할머니는 다시는 복직하지 않았다. 불과 몇 주 전에 엄마는 외할머니에게 직장이나 직장 동료들이 그립진 않느냐고 물었다. 외할머니는 무슨 미친 소리냐는 듯이 엄마를 봤다.

"작년 여름에 생긴 사마귀만큼 그립구나."

외할머니와 엄마는 정말이지 극과 극이었다. 엄마는 일하는 걸 좋아했고 자주 "이웃들이 뭐라고 하겠니?"라고 말하거나 '평범한 삶'을 꿈꾸었다. 외할머니는 직장에 매여 있는 걸 싫어했고 다른 사람들이 뭐라든 개의치 않았고 '평범한 삶'이 왜 중요한지 이해하지 못했다. 외할머니는 삶이 장엄하고, 웅장하며 특별하길 바랐다. 단순히 말하자면 숭고하길 바랐다. 나 또한 그랬다.

　나는 외할아버지가 그리웠다. 지하실에서 크고 작은 발명품을 만들던 외할아버지 옆에 앉아 있는 때가 그리웠다. 외할아버지는 거의 아무런 말도 하지 않았지만, 외할아버지가 그림을 그릴 때 연필이 종이에서 사각거리는 소리와 자세를 바꾸거나 무언가를 집으려고 손을 뻗을 때 가죽 소파가 삐걱거리는 소리를 듣고 있으면 마음이 편했다. 외할아버지는 놀라울 정도로 그림을 잘 그렸다. 다각도에서 본 발명품의 그림을 완벽하게 그렸다. 외할아버지는 내가 8살이 되던 해에 아이디어를 적는 두툼한 공책을 선물해 주었다. 무선노트라서 아이디어를 스케치할 수 있다는 점이 중요하다고 외할아버지는 말했다. 아마 그때부터 진지하게 그림을 그리기 시작했던 것 같다. 그전에는 그림에 딱히 관심이 없었다. 그렇지만 내 아이디어를 그림으로 옮기기 시작하고부터는 갑자기 흥미가 붙었다. 나는 그리고 또 그렸다. 외할아버지처럼 잘 그리고 싶었다. 나는 다양한 관점에서 그림을 그리는 방법을 익혔다. 위에서, 아래에서, 옆에서. 명암을 주는 방법과 금속에 반사된 빛이 플라스틱에 반사될 때와는 어떻게 다른지 구분하는 법을 배웠다. 나는 아직도 그 공책을 가지고 있다.

　나는 항상 외할아버지에게 내 발명품을 보여 드렸다. 그렇지만 유치하고 단순한 것들이었다. 그렇지만 외할아버지는 항상 내 그림을 유심히 살폈다. 응시하고는 흠 하는 소리를 냈다. 이따금은 개선할 부분을 지적했지만, 거의 항상 웃기만 할 뿐이었다. 그리고는 내 머리를 헝클면서 "멋지네!"라고 말했다. 나는 외할아버지에게 내 애로우 스패로우를 보여 드리고 싶었다. 외할아버지를 통해 배운 내 첫 번째 진정한 발명품이었다. 외할아버지가 어떻게 생각하는지 듣고 싶었다.

종종 나는 외할아버지가 더는 살아 있지 않다는 사실을 잊곤 했다. 외할아버지가 지하실에 앉아서 뭔가를 발명하거나 모형 철도를 가지고 놀고 있을 것 같았다. 아마 천국에서 그러실 거라고 믿는다.

***

나는 외출할 때마다 유노가 뛰쳐나와 정원 도깨비가 사라졌다며 나를 의심하지 않을까 두려웠다. 그러나 그런 일은 벌어지지 않았다. 그리고 하루하루가 지날수록 나는 차츰 마음이 편해졌다. 어쩌면 정원 도깨비가 사라졌다는 사실을 눈치채지 못했을 수도 있다. 아니면 그걸 훔친 게 나라고 생각하지 못했거나.

그런데 소파에 누워 보보가 노란색과 빨간색 레고로 높은 탑을 쌓는 걸 지켜보고 있던 어느 날 나는 그 애가, 아니 블락카 뉴스에서 내가 인스타그램에 올린 정원 도깨비 사진에 단 댓글을 봤다. 계정을 어떻게 찾아낸 거지 하는 의문이 들었다가 곧 내가 그 애의 인스타그램 계정을 태그했다는 사실을 떠올렸다. 불가사의한 일은 아니었다.

나는 숨을 멈추고 댓글을 읽었다.

Blackanews: 이건 도둑질이야! 당장 정원 도깨비를 내놔!

나는 몸을 일으켰다. 심장이 쿵쾅거렸다. 이건 좋은 소식이다! 그 애는 그게 나라는 걸 모르는 것 같았다! 나는 잠시 생각에 잠겼다. 그러고는 이렇게 적었다.

Runawaygnome: 난 자유롭게 여행 중이야. 작은 도시에서의 삶은 이제 싫어. 갇힌 것 같았다고. 내가 인간으로 성장하지 못하는 기분이었어.

나는 쓴 걸 지우고는 다시 적었다. 내가 어엿한 정원 도깨비로 성장하지 못하는 기분이었어. 그리고는 이어서 이렇게 적었다.

지금은 훨씬 기분이 좋다고. 날 찾지 마. 난 내가 있는 곳에서 잘 지내고 있으니까. / 빌보.

Blackanews: 정원 도깨비를 내놔!!! 멍청아! 그리고 걔 이름은 빌보가 아냐! 걘 톰 텔란데르라고!

Runawaygnome: 내 이름이 뭔지는 내가 제일 잘 알 것 같은데. 그리고 왜 내가 납치됐다고 생각하는 거야? 여행 좀 떠나고 싶어 하는 게 이상해? 시야를 넓히는 게? 나는 몇 년 동안 너희 잔디밭에 서서 똑같은 곳만 보고 있었다고. 넌 그게 정원 도깨비한테 어떤 건지 이해하지 못할 거야. 이제 나는 자유롭다고! 전보다 숨이 덜 막혀!

Blackanews: 경찰에 신고할 거야!!!

나는 글을 뚫어져라 봤다. 경찰이라고? 정원 도깨비를 훔쳐간 게 나라는 걸 밝혀내면 어떡하지? 정원 도깨비 도난 처벌이 어떻게 되더라? 벌금인가? 교도소에 가지는 않겠지? 나는 그 애가 경찰서에 전화해서 뭐라고 말할지 궁금했다. "경찰관님, 안녕하세요! 제 정원 도깨비를 도난당했어요!"

나는 키득거렸다. 보보는 한쪽 입가에 공갈 젖꼭지를 물고 위를 올려다보며 웃고 있었다. 나는 웃음을 터뜨렸다. 보보의 미소가 더 활짝 피었다. 그러더니 보보도 까르륵 웃었다. 보보는 까르륵 웃을 때 정말이지 사랑스러웠다. 곱슬머리와 푸른 눈도. 나는 한층 큰 소리로 웃었고 보보의 웃음소리도 더 커졌다. 결국 나는 소파에서 앞뒤로 구르면서 박장대소를 했다. 소파에서 텁수룩한 스칸디나비아산 수제 융단 리아 위로 굴러 떨어져도 웃음은 그치지 않았다. 심지어 뾰족한 레고 조각 위로 떨어졌는데 말이다.

딱 다섯 명과 이야기할 것!

나는 외할머니와 함께 자동 세차기에 들어섰다. 우리는 선루프를 연 외할머니의 빨간 콜벳 스포츠카를 타고 있었다. 차체 전체를 감싼 파랗고 푹신한 브러시가 위협적으로 회전하며 다가오는 걸 보고 있었다. 나는 다급하게 선루프를 닫고 창문을 올려야 한다고 했지만 외할머니는 그저 웃으며 괜찮다고 할 뿐이었다! 이렇게 해야 차랑 우리가 모두 깨끗해진다나. 며칠 동안은 샤워하지 않아도 된단다! 나는 반박하려고 했지만 갑자기 아무런 말도 할 수가 없었다. 빙빙 도는 브러시가 마침 내 얼굴에 닿은 탓이다. 브러시는 뜨뜻하고 약간 까끌까끌했다. 마치 아인슈타인의 혀처럼.

나는 잠에서 눈을 떴다. 그건 진짜로 아인슈타인의 혀였다! 나는 아인슈타인을 밀어내려고 했지만 그럴 수가 없었다. 내 눈에는 아인슈타인의 크고 검은 코와 계속해서 열광적으로 내 코 위,

코 아래, 한쪽 콧방울을 핥는 분홍빛 혀밖에 보이지 않았다.

"아이고, 아인슈타인, 아니, 안 돼. 이제 그만 해, 괴짜야. 나 깼다고! 그만."

나는 몸을 일으켜 축축한 침을 닦을만한 걸 찾았다. 침대 옆에 주로 두는 작은 탁자인 협탁 위에 둔 공책밖에 없었다. 나는 한 장을 뜯었다. 그걸 얼굴에 가져다 대려는 순간 뭔가 글자가 눈에 들어왔다. 나는 한밤중에 새로운 발명 아이디어가 떠오를 때를 대비해서 평소에 옆에 공책을 두고 잔다. 정말 번뜩이는 아이디어가 종종 떠오르긴 한다. 작살 발명품도 그랬다. 그렇지만 보통은 내가 뭐라고 쓴 건지조차 알아볼 수가 없었다. '고리 블라그 요리' 따위가 적혀 있곤 했다. 꿈에서는 정말이지 환상적인 아이디어였을지도 모르지만, 깨고 나면 전혀 이해할 수가 없었다.

이번에 내가 적어 둔 건 발명품이 아니라 전혀 다른 것이었다. 공책에는 '다섯 명과 이야기할 것'이라고 적혀 있었다.

아인슈타인이 내 팔을 꾹 밀었다.

"어, 그래, 귀염둥이."

나는 그렇게 말하고 아인슈타인의 귀 뒤를 긁었다.

아인슈타인은 내 손에 머리를 들이밀면서 한쪽 입가로 혀를 내밀고 헥헥거렸다. 아인슈타인을 양치시켜야 했다. 입 냄새가 썩 좋지 않았다. 나는 다시 종이를 봤다. 다섯 명과 이야기할 것. 왜 그렇게 썼는지 이제야 기억이 났다. 나는 도심으로 가서(뭐 새르블락카가 딱히 도시는 아니다만) 아무튼 나는 시내로 가서 사람들과 이야기하는 연습을 하려고 했다. 나를 이야기하고, 질문을 던지고, 농담도 좀 주고받고. 나는 숨을 깊이 들이마셨다. 내가 새로이 인기 있는 사람으로 거듭나려면 용기를 내야 했다. 나는 아인슈타인의 눈을 깊이 들여다보았다.

"인생에 변화를 줘야 할 때가 오면 그저 상상만 하고 있을 수는 없어, 알지, 아인슈타인. 시험도 해 봐야 하는 거야. 어떤 게 먹혀들지 그리고 어떤 걸 하면 안 되는지 배우려면."

발명할 때와 똑같았다. 외할아버지는 항상 그렇게 말했다. 아이디어를 시험해 보고 작동이 안 된다면 바꿔서 시험해 보고, 완벽한 발명품을 만들 때까지 계속해 바꿔야 한다고!

아인슈타인은 내 크나큰 지혜에 고맙다고 말이라도 하듯이 손을 핥았다.

* * *

아침 식사 후 나는 입에서 향긋한 냄새가 나도록 장장 7분에 걸쳐 꼼꼼히 이를 닦았다. 그러고는 흰 티셔츠와 검은 청바지를 입었다. 마지막으로 나는 인라인을 신고 버클을 잠그고는 뒷주머니에 풍선껌 한 통을 쑤셔 넣었다. 오렌지 맛이었다. 제정신이 박힌 사람이라면 마다할 리가 없다고 나는 스스로 되뇌었다. 헬멧이 어디 갔는지 보이지 않았지만 곧 얼룩말이 쓰고 있는 걸 발견했다. 영광의 날이라 그런지 얼룩말도 둥근 목에 반짝이 스카프를 두르고 앞발굽에는 마이켄의 노란 부츠를 신고 있었다.

헬멧을 쓰고 있자니 부엌에서 엄마와 외할머니의 목소리가 들렸다. 그 둘은 어떻게 하면 식기 세척기에 접시를 가장 잘 넣을 수 있는지 얘기하고 있었다. 하여간. 내가 천 년 동안 생각하더라도 그만큼 지루한 얘깃거리는 떠올리지 못했을 거다. 엄마는 같은 재질로 된 유리를 한 곳에 몰아 놓고 같은 크기의 접시를 모두 한 줄로 세우고 포크는 포크끼리, 칼은 칼끼리 그리고 숟가락은 숟가락끼리 모아야 한다고 주장했다.

"그러면 꺼낼 때 훨씬 편하니까요!"

엄마는 그렇게 생각했다.

할머니는 엄마가 고집을 누그러뜨려야 한다고 여기는 모양이었다. 그런 규칙은 멍청하다나. 외할머니는 아무거나 집으면 어떠냐는 주의였다.

굳이 따지자면 결론까지 듣지 않아도 될 것 같은 토론이라고 생각했다.

나는 선글라스를 끼고는 "저 나가요!"하고 소리친 뒤 발을 내디뎠다.

차고 입구에 서 있는 자동차들을 조심스럽게 스쳐 지났다. 흰지프, BMW, 그리고 빨간 콜벳은 특별히 눈여겨보았다. 꿈속에서

와는 달리 콜벳이 전혀 물기 없이 말라 있는 걸 확인하고는 만족감을 느꼈다.

아스팔트로 내려서서야 나는 마침내 제대로 미끄러지듯이 탈 수 있었다. 정말이지, 인라인을 타는 것 만한 게 없다니까. 걷는 건 지루했다. 뛰는 건 더 싫었다. 반면 인라인은 어떤가! 그 속도며, 스치는 바람하며, 미끄러지는 느낌! 마치 날아가는 것 같았다.

내 계획은 단순했다. 나는 맨 처음에 발견하는 다섯 명과 이야기를 나눌 것이다.

사람 1

집 근처를 벗어나기도 전에 나는 다리에 솜뭉치가 달린 것처럼 털이 복슬복슬한 흰 개를 데리고 걸어오는 여자를 봤다. 여자는 엄마보다 나이가 많아 보였지만 외할머니보다는 젊어 보였다. 그리고 밝은 노란색의 차양모를 쓰고 있어 얼굴에 그늘이 졌다. 나는 그 앞으로 끼어들었다.

"안녕하세요."

내가 말했다.

"안녕하세요."

여자가 놀란 듯 말했다.

"개가 정말 멋져요! 무슨 종이에요?"

그녀는 개를 내려다보고는 미소 지었다.

"고마워요, 얘는 웨스티라는 종이에요."

그녀는 확신에 찬 어투로 말했다. 심한 사투리 억양에 깜짝 놀랐다. 얘넌 웨스티라는 종이에요. 외할머니보다도 더 심했다.

"이름은 뭐예요?"

"돌리요."

"아하, 몇 살이에요?"

"다섯 살이요."

"어릴 적부터 키운 거예요?"

그녀는 미간에 주름을 잡더니 머뭇거리다가 대답했다.

"……네, 그런데요."

"그땐 어땠어요? 그러니까, 강아지로서요. 성격이 어땠나요?"

"왜 이런 걸 다 묻는 거죠?"

"어…… 그냥 제가 개에 관심이 많아서요."

망할. 아무래도 질문을 너무 많이 한 것 같았다. 내 얘기를 하는 편이 낫겠다.

"저도 개를 키워요. 개 이름은 아인슈타인이에요."

"그래요? 개가 똑똑해서 이름을 그렇게 붙였나요?"

나는 웃음을 터뜨렸다.

"글쎄요, 그냥 고환이 하나 달려 있어서 그렇게 붙였는데. Einstein. 독일어거든요. '돌멩이'라는 뜻이고요."

나는 만족스러웠다. 분명 농담으로 받아들여 주겠지? 나는 그녀가 웃기를 기다렸지만 그런 일은 벌어지지 않았다. 그녀는 나를 이상한 사람 보듯이 쳐다보고 있었다. 젠장. 그건 해서는 안 되는 거였다. 나는 침을 꿀꺽 삼켰다. 이제 어떻게 해야 한다? 그때 생각이 났다! 나는 뒷주머니에서 풍선껌을 꺼냈다.

"풍선껌 하나 씹을래요? 오렌지 맛이거든요!"

"아뇨, 됐어요. 전 이만 가 봐야겠네요."

그녀는 리드 줄을 당겨 돌리를 데리고 갔다. 돌리는 두어 번 종종 걸음을 걷더니 뒤를 돌아 나를 쳐다봤다. 나는 돌리에게 윙크를 했다. 그렇지만 돌리는 그저 고개를 털고는 계속 걸음을 옮겼다. 겉멋만 들어서는.

사람 2

다음 희생양을 발견할 때까지는 다소 시간이 걸렸다. 그걸 달리 뭐라고 부르는 게 좋을까. 섀르블락카는 1미터 걸러 한 명씩 새로운 사람과 맞닥뜨리는 스톡홀름과는 달랐다. 이번에 발견한 남자애는 머리부터 발끝까지 검은 옷을 입고 판다처럼 도보를 어기적거리며 걷고 있었다. 귀에 이어폰을 꽂은 판다이긴 했지만. 나는 마이켄과 너구리 옷을 입은 소년의 전략을 써 보기로 했다. 약간 편안하게 접근하는 것이다. 나는 그 남자애를 향해 인라인을 미끄러뜨렸다.

"여어, 여기를 걸어가고 있군 그래."

"뭐?"

"어…… 여기를 걸어가고 있다고?"

"잠깐만, 아무 것도 안 들려."

그 남자애는 귀에서 이어폰을 빼고 나를 쳐다봤다.

"뭐라고?"

그 애는 엄청나게 큰 소리로 음악을 듣고 있던 게 분명했다. 1미터나 떨어져 있는데도 음악 소리가 들렸다.

"아니, 난 그냥 네가 여기를 걸어가고 있다고."

"어…… 그래서?"

"난 안 걷고 있거든. 난 인라인 타고 있어서. 보다시피."

나는 그렇게 말하고 웃음을 터뜨리면서 인라인을 가리켰지만 그 남자애는 도통 이해할 수 없다는 듯이 나를 보고 있을 뿐이었다. 우리는 서로에게 시선을 고정한 채 몇 초 동안 아무 말도 없이 있었다. 결국 그 남자애가 입을 열었다.

"그렇구나. 뭐 할 말 더 있어?"

"아니, 사실은 없어."

그 남자애는 다시 이어폰을 꽂고 걷기 시작했다. 아니, 어기적거린다고 해야 하나.

"잘 가!"

나는 그 남자애 뒤에 대고 소리쳤다.

그렇지만 내 목소리를 듣지 못한 것 같았다.

사람 3과 4

우연히 나는 아는 사람을 발견했다. 청록색 머리카락과 샐쭉한 눈빛의 소유자, 유노였다. 집으로 가는 길인 것 같았다. 나는 그 애랑은 얘기를 나누지 않으려고 했다. 처음 만난 다섯 명과 이야기를 나누겠다는 계획을 버렸다. 그건 그냥 일종의 목표치니까.

대신 나는 이카 쪽을 향해 계속 내려갔다. 그 부근에는 항상 수많은 사람들이 모여서 어울리곤 했으니까. 나는 매장 안으로 미끄러져 들어가 주위를 둘러봤다. 사방 천지에 사람들이 있었지만 이번에는 누구랑 이야기를 나눌지 선택하기에 앞서 잠시 고민에 빠졌다.

출입구 바로 왼쪽에 빨간 자판기 두 개가 있었다. 계산대에서 2~3미터 정도밖에 떨어져 있지 않았다. 나, 마이켄 그리고 보보는 여기에서 장을 볼 때마다 외할머니에게 5크로나 혹은 10크로나를 달라고 애걸하곤 했다. 돈을 넣고 손잡이를 돌리는 게 설명할 수는 없었지만 끝내주게 재미있었기 때문이다. 자판기 하나는 5크로나를 넣으면 여러 색깔의 둥근 풍선껌을 한가득 뽑을 수 있었다. 다른 자판기는 10크로나를 넣으면 장난감이 든 녹색 혹은 빨간색 플라스틱 공이 나왔다. 그 안에는 웃는 이모티콘이 달린 열쇠고리나 작은 액체괴물 장난감 슬라임 혹은 올가미 밧줄처럼 빙빙 돌리다가 벽에 던져 붙일 수 있는 형광색 고무로 된 끈끈이 손 같은 게 들어 있었다.

자판기 옆에는 내 또래, 혹은 약간 나이가 더 많아 보이는 여자애 둘이 서 있었다. 한 명은 갈색 곱슬머리를 어깨까지 늘어뜨리고 있었고, 다른 애는 금발이었다. 나는 숨을 깊이 들이쉬고 인라인을 몇 번 미끄러뜨려 그 애들 앞에 딱 멈춰 섰다. 금발머리 여자애는 마침 장난감 자판기의 손잡이를 돌린 참이었다. 그 애는 몸을 숙이고 덮개를 열더니 안을 뒤적여 조심스럽게 플라스틱 공을 꺼내들었다.

"헬로."

나는 느긋하면서도 약간 멋진 느낌이 나길 바라면서 그렇게 말했다.

여자애들이 나를 보더니 서로 마주 본 다음 키득거렸다. 웃음소리가 어찌나 크던지 계산원 두 명과 계산하려고 계산대 옆에 서 있던 남자 한 명이 이쪽으로 시선을 돌렸다. 나는 주눅 들지 않으려고 애썼다.

"뭐 나왔어?"

나는 물어보면서 플라스틱 공을 향해 고갯짓을 해 보였다.

내 질문에 또 다시 키득키득했다. 맙소사, 뭐가 그렇게 웃기담? 갈색 머리 여자애가 금발 머리 여자애 쪽으로 몸을 굽히더니 뭐라고 귓속말을 했다. 그러기 무섭게 금발 머리 여자애가 갑자기 나를 쳐다봤다.

"모르지. 이제 볼 거야."

마침내 금발 머리 여자애가 그렇게 말했다.

그러고는 플라스틱 공을 열려고 했지만 잘 열리지 않았다. 그러더니 내게 그 공을 내밀었다.

"너 한번 열어 봐."

나는 자신만만하게 고개를 끄덕였다. 나는 그걸 쥐고 돌린 다음 한 번 누르고 다시 돌렸다. 그렇지만 갖은 힘을 써도 반으로 쪼갤 수가 없었다. 누가 엄청나게 강력한 풀로 붙여 놓은 것만 같았다.

"쏘리, 참 나. 계산대 가서 망치 같은 거 있나 물어봐."

내가 말했다.

농담으로 한 말이었는데 그 애들은 웃지 않았다. 하여간 내가 뭔가 노리고 말을 하면 아무도 웃질 않더니, 내가 웃기려는 기색조차 보이지 않을 땐 웃겨 죽으려고 한다니!

나는 플라스틱 공을 금발 머리에게 건네주려다가 의도치 않게 떨어뜨렸다. 아니 어쩌면 그 애가 그걸 받아들지 않았을지도 모르겠다. 판단하기 어려웠다. 그건 통통거리며 몇 미터인가를 굴러가더니 두 개로 쪼개졌다. 다른 한쪽은 서서 스포츠 복권을 긁고 있는 아저씨 둘이 서 있는 탁자 밑으로 굴러들어갔다. 나머지 한쪽은 바닥에서 원을 그리며 빙빙 돌더니 멈춰 섰다. 나는 그 앞으로 인라인을 밀고 나가 몸을 굽히고 집어 들었다. 선글라스가 거의 떨어질 뻔했지만 재빠르게 그걸 제자리로 밀어 올렸다.

"안에 뭐 들었어?

금발 머리가 궁금하다는 듯이 물었다.

"열쇠고리. 똥 이모티콘 있는 거."

내가 대답했다.

나는 손을 뻗어 열쇠고리와 플라스틱 공 반쪽을 그 애에게 건넸다. 그 애는 똥 이모티콘을 본 다음 친구에게 시선을 돌렸다. 그러더니 서로 팔로 얼싸안고는 미친 듯이 웃었다. 매장을 나설 때까지 내내 그랬다. 반쯤 몸을 숙이고 숨이 차게 웃으면서. 나는 그 자리에 서서 도저히 이해할 수 없다는 눈빛으로 그들을 바라봤다.

사람 5

매장을 나서려는데 마침 익숙한 목소리가 들렸다.

"안녕, 시계. 여기서 뭐 해?"

크릴레 머랭이었다. 흰 셔츠에 회색 바지 차림으로 식료품이 가득 찬 비닐봉투를 들고 있었다. 더워서 땀이 나는 모양이었다.

"설명하기 좀 어려워요. 저는 인기 있는 사람이 되고 싶었거든요. 근데 잘 안 돼요."

대체 내가 왜 그렇게 솔직했는지 알 수 없었다. 다른 사람에게는 말하지 않았는데. 그렇지만 말이 그냥 입 밖으로 튀어나왔다.

"인기있는 사람이라, 흠, 그렇군. 왜 인기를 얻고 싶은데?"

크릴레가 말했다.

"아니 다들 그걸 원하지 않아요?"

"난 잘 모르겠다. 한 번도 생각해 본 적이 없어서."

크릴레가 말했다.

나는 대답하지 않았다. 그런 생각을 하지 않을 수 있다니 정말 멋질 것 같았지만, 한편으로 크릴레 머랭은 학교에 가서 부데 같은 멍청이를 하루가 멀다 하고 만날 필요도 없고 게이라고 불릴 필요도 없으며 지린내 난다는 소리를 듣지 않아도 된다.

크릴레는 생각에 잠긴 표정으로 나를 봤다.

"집에 가는 길이니? 같이 갈까?"

"좋아요. 사실 진짜 피곤하던 참이거든요."

내가 말했다.

사람들과 이야기를 나누는 연습은 정말이지 쉽지 않았다. 나는 크릴레를 내 다섯 번째 희생양으로 정했다.

"그건 그렇고 널 만나서 진짜 다행이다. 방금 떠오른 끝내주는 영화 아이디어를 들려주기에 네가 딱이야. 들어 봐. 탐험가 로리 바움가르텐 카스티요가 마침 브라질의 가장 깊은 정글에 산다는 독특한 선사시대 동물 얘기를 들은 거야."

크릴레가 말했다.

맙소사. 오히려 내가 크릴레의 희생양이 된 셈이었다.

* * *

슬슬 땅거미가 지고 있었다. 나는 서서 핀볼 게임 점수를 높이고 있었다. 나는 은빛 핀볼 공을 쏘아 올릴 때와 그 공이 벽과 장애물 사이에서 튕길 때의 느낌이 좋았다. 나는 통통 튕기는 소리, 반짝이는 불빛 그리고 크게 울리는 짤랑거리는 소리가 좋았다. 공을 좁은 터널에 쏘아 넣어 빨간 버튼을 누르면 뎅뎅거리는 소리가 나면서 5만 점을 추가로 얻을 수 있었다. 할 수 있는 만큼 최대한 멀리까지 핀볼 공을 쏘아 올리는 도전을 무척 좋아했다. 게임 소리가 멎으면 보보 방에 있는 주크박스에서 소리가 들렸다.

제발, 과거는 잊어요
앞에 펼쳐진 미래가 밝아 보이는 걸요
아아, 진실한 마음에게 가혹하게 굴지 말아요

귀에 익은 목소리였다. 또 엘비스 프레슬리였다. 보보는 정말이지 그 옛날 가수에게 사로잡혀 있는 것 같았다. 나는 창문 쪽으로 다가가 정원을 내다봤다. 하늘은 회백색이었고 부슬비가 내리고 있었다. 그게 마이켄과 너구리 옷 소년을 집 안에 묶어둘 수는 없었나 보다. 그 둘은 뱅뱅 뛰어 다니며 커다란 민들레 잎 다발을 뽑아들고는 카롤리나의 우리 안에 쏟아 넣었다.

117

카롤리나는 우리가 여기로 이사 온 뒤로 사정이 훨씬 좋아졌다. 스톡홀름 아파트에서 지낼 때처럼 우리에 갇혀 있는 게 아니라 맑은 공기를 마시며 돌아다니는 게 훨씬 즐거울 것이다.

사실 거북이는 스베드리크 것이었지만 스베드리크는 거북이한테 관심을 가졌던 적이 단 한 번도 없었기 때문에 엄마는 이사하면서 거북이도 데리고 왔다. 엄마는 동물이 제대로 보살핌을 받지 못하는 걸 견디지 못했고 스베드리크는 카롤리나에게 밥과 물, 사랑을 주는 걸 곧잘 까먹곤 했다. 엄마는 똑같은 이유로 기니피그들도 데리고 왔다. 엄마 친구네 애들이 돌보던 기니피그들이지만 그 애들이 고작 한두 달 지나고는 싫증을 낸 탓이다. 엄마는 그 사실을 정말 유감스럽게 생각했고 곧장 그 기니피그들을 입양했다.

그런 면에서 엄마는 다른 부모들과는 꽤나 달랐다. 우리 반, 적어도 저학년 때 같은 반 애들은 대부분 반려동물을 키우고 싶어 했지만 부모들이 반대했다. 엄마는 그러지 않았다. 엄마가 충분히 딱하게 여기는 동물이라면 그 동물이 뭐가 됐든 집으로 데려오려고 할 것이다. 나는 그렇기 때문에 외할머니의 박제 동물들을 보고 엄마가 못 견뎌하는 거라고 생각한다. 지금 현관에 세워진 박제 얼룩말 대신 살아 있는 얼룩말이 있었다면 엄마는 훨씬 마음이 편했을 것이다.

이제 마이켄과 너구리 옷 소년은 숨바꼭질을 하는 중이다. 창가에 서서 보니 마이켄이 해먹 뒤에 숨은 게 보였다. 그렇지만 너구리 옷 소년은 그게 보이지 않는 모양이었다. 그 애는 빙 둘러 걸어 다니며 이곳저곳을 살폈다. 라플란드 지역 방식으로 지은 나무 오두막 뒤, 장작더미 뒤 그리고 산딸기 덤불 그늘을 들여다봤다. 짜증이 내 몸을 간질였다. 질투 같았다. 내가 숨바꼭질을 하고 싶어서가 아니라, 마이켄은 같이 어울릴 누군가가 있었기 때문이다. 나는 인기를 얻으려고 연습을 해야만 하는데 마이켄은 저절로 인기를 얻었으니까.

빨갛고 뾰족한 모자를 쓴 정원 도깨비는 책상 위에 서 있었다. 선글라스를 쓰고, 미소 짓는 한쪽 입가에 단단히 풀칠한 담배꽁초를 물고서. 나는 유노가 최근에 언제 보였는지를 생각했다. 그 청록색 머리카락과 샐쭉한 표정을. 나는 내 인스타 계정에 새로운 내용을 올리기로 결심했다.

나는 정원 도깨비를 데리고 욕실로 가서 우리가 더 어렸을 적에 목욕할 때 쓰던 노란 목욕통을 찾았다. 엄마도 그걸 썼다고 했다. 엄마가 거기에 몸이 들어갔을 적을 상상하기는 어렵지만. 나는 목욕통에 물을 채운 뒤 거품비누를 풀고 그 안에 정원 도깨비를 담갔다. 물이 너무 많아서 정원 도깨비를 꺼내고 물을 좀 덜어냈다. 이제 흰 거품 위로 머리만 솟아날 정도가 됐다. 그렇지만 뭔가가 부족했다. 나는 주크박스에서 엘비스 프레슬리가 목청이 터져라 노래를 부르는 보보 방으로 달려 들어갔다.

엄마는 방에서 마침 보보에게 잠옷으로 갈아입히는 중이었다.
엄마는 연보라색 잠옷 웃옷을 보보 머리 위로 씌우면서 말했다.
"알겠니, 보보, 저녁이 되면 말이지 기계에 돈을 그렇게 많이
넣으면 안 된단다. 그러면 엘비스가 계속 노래를 할 거고 엘비스
가 그렇게 큰 소리로 노래를 부르고 있으면 잠을 잘 수가 없잖니.
알아듣겠지?"
보보는 고개를 끄덕였다. 마치 엄마가 하는 말을 정말로 이해
하기라도 했다는 듯이. 비록 어제 저녁에도 똑같은 얘기를 하는
걸 듣긴 했지만.
"나 뭐 하나만 빌려가도 될까, 보보? 부엌놀이 물건 중에서?"
"뭐 할 건데?"
엄마가 물었다.
엄마는 음악 소리에 묻히지 않기 위해 큰 소리로 말했다.
"그냥 하나만요."
나는 그렇게 말하고 뚜껑을 열었다. 그러자 분홍색 플라스틱
접시, 꽃무늬 도자기 컵 그리고 작은 주전자들이 몽땅 바닥 위로
쏟아졌다.
나는 물건들을 뒤진 끝에 정원 도깨비 피부색과 비슷한 플라
스틱 머그잔을 찾았다. 완벽해! 나는 방을 나서려고 몸을 일으켰
지만 엄마가 눈총을 보냈다.
"왜요?"

"아니, 네가 쏟아 놓은 물건은 주워 놓고 가야지."

나는 냉큼 돌아와서 부엌놀이 안으로 다시 전부 다 밀어 넣고는 아무것도 밖으로 나오지 못하도록 재빨리 뚜껑을 닫았다. 내가 침대 옆을 지나칠 때 보보는 통통하고 작은 팔을 내 쪽으로 뻗으며 "안녕!" 하고 말했다. 나는 보보를 들어 안아 잘 자라고 포옹해 주며 부드럽고 곱슬곱슬한 머리를 쓰다듬었다.

음악 소리가 그쳤지만, 다시 재생되기 시작했다. 엄마는 한숨을 쉬었다. 나는 주크박스 코드 선으로 다가가서는 그걸 잡고 콘센트에서 뽑았다. 엘비스의 목소리는 곧장 멈췄다. 엄마의 얼굴에 화색이 돌았다.

"정말 고맙다, 시게! 맙소사, 왜 그 생각을 못했담?"

나는 어깨를 으쓱해 보였다.

"왜냐면 가족 중에서는 제가 천재라서요?"

"그런 게 분명하구나. 나갈 때 문 좀 닫으렴!"

마이켄 방에서는 마이켄이 마시다가 침대 옆에 세워 둔 코카콜라 병을 발견했다. 나는 컵에 콜라를 붓고 그걸 목욕통 가장자리에 놓았다. 안락한 분위기를 만들려고 촛불도 몇 개 켰다. 그런 다음 부엌으로 달려 내려가 오이를 두 조각 정도 썰었다. 보통 스파에 가는 사람들이 눈꺼풀 위에 오이를 올리지 않던가? 나는 오이 조각을 정원 도깨비 눈 위에 얹었다. 얼굴이 거의 가려졌다. 오이가 물속으로 미끄러져 떨어지지 않도록 나는 정원 도깨비를 약간 기울였다.

인스타그램에 올릴 사진 몇 장을 찍는 동안 거품이 터졌다. 내 계정 팔로워가 103명이나 된다는 사실에 깜짝 놀랐다! 대체 이 사람들은 어디서 나타난 거람? 나는 이렇게 적었다.

스파 중. 아로마 오일로 럭셔리 마사지 받고 유기농 장미수로 목욕하고 있어. 평생 동안 몸이 엄청 가려웠는데, 이제야 드디어 편안하네. / 빌보

그저 자기 자신이 되기

사람들과 이야기를 나누는 건 정말이지 쉽지 않았다. 나는 이 걸 잠깐 멈추고 대신 돈에 집중하기로 했다. 새롭게 거듭나려면 돈이 필요했다. 엄청나게 많은 돈이! 나는 침대에 앉아 모아 둔 돈을 살펴봤다. 노란 코끼리 저금통에는 667크로나가 들어 있었다. 꽤 많은 돈이지만, 내게 가장 필요한 렌즈를 사기엔 부족할 것 같았다. 내가 잘 모르는 사람 앞에서 이따금 이상한 행동을 하는 건 사시 때문이다. 나는 차마 사람들의 눈을 쳐다볼 수 없었다. 대신 땅을 내려다 봤다. 아니면 사시라는 게 티 나지 않도록 옆얼굴을 보여 주거나. 머리도 그랬다. 나는 항상 앞머리가 한쪽 눈을 덮게 두었다. 비록 사람들이 날 이상하게 여기곤 했지만 사팔뜨기 멍청이처럼 보이는 것보다는 나았다. 렌즈가 있으면 사람들의 눈을 볼 수 있을 거다.

잠시 동안 나는 작살을 산 게 멍청한 짓이었나 생각했다. 무려

300크로나나 했으니까. 그렇지만 나는 결국 작살을 산 건 잘 한 선택이라고 결론지었다. 발명하는 데 쓸 물건이 없다면 내가 발명가로서 어떻게 발전할 수 있겠는가?

나는 매주 용돈으로 50크로나를 받고 있었다. 여름이 끝나기 전까지 대충 6주 정도가 남았으니 300크로나는 더 받을 수 있다. 그렇지만 여전히 돈이 너무 적었다. 어떻게 하면 돈을 더 많이 받을 수 있을까? 일자리를 구하면 어떨까? 그렇지만 12살짜리에게 일자리를 주려는 사람이 있을까? 내가 일을 해낼 수 있기는 할까? 일자리를 구하는 게 엄마에게도 얼마나 어려운 일인지를 생각해 보면 내게 일자리 제안이 빗발칠 것 같지도 않았다.

갑자기 외할머니가 문을 두드렸다. 오늘 외할머니는 녹색 반짝이 바지 정장을 입고 1킬로그램은 돼 보이는 수많은 은색 목걸이를 차고 있었다. 외할머니는 끙끙거리며 이렇게 말했다.

"여기 와서 좀 도와다오."

나는 침대에서 뛰어 내려 외할머니가 벼룩시장에서 산 거대한 여우 그림을 비틀어 넣는 걸 도왔다. 그걸로 핀볼 게임기 옆에 있는 벽에 난 구멍을 덮을 예정이었다. 구멍은 호텔에 묵었던 독일 손님이 피아노를 밖으로 옮기다가 의도치 않게 낸 게 분명했다. 그 남자는 자기가 슈퍼맨이라도 되는 줄 알았던 게 틀림없다. 그렇지 않고서야 누가 혼자서 피아노를 밖으로 옮기겠는가? 그리고 대체 어떤 사람이 다른 나라로 피아노를 가지고 다닌담?! 아무튼 그 사람은 막 선크림을 발라서 손이 미끈거렸고, 그 탓에 피아노를 놓치면서 쾅! 벽에 큼지막한 구멍이 난 거다. 구멍은 거의 눈썰매만큼 컸다. 운 좋게도 그 독일인은 깜짝 놀라고 엄지에 멍이 드는 데 그쳤다.

다행히 벽이 뻥 뚫린 건 아니었다. 그랬으면 같이 방을 쓸 때처럼 마이켄 목소리가 선명하고 또렷하게 들렸을 테니까. 지금은 10센티미터 정도 얇아진 벽을 사이에 둔 느낌이다. 나는 벽에 난 구멍이 그다지 신경 쓰이지 않았지만 엄마는 그게 '음침해 보인다'고 했다. 처음에 외할머니는 그 앞에 통통한 적갈색 박제 밍크 두 개를 올린 작은 테이블을 놓아 문제를 해결해 보려고 했다. 그렇지만 이건 확실하게 말할 수 있는데, 딱히 어둠을 무서워하는 사람이 아니더라도 잠들 무렵의 어슴푸레한 어둠 속에서 동그란 두 쌍의 눈을 보는 건 정말이지 오싹한 일이다. 밍크들은 그 다음 날 바로 치웠다. 그 두 녀석은 대신 보보 방에 있는 책장 한 칸에 두었다. 보보는 밍크들이 끔찍하지 않은 모양이었다. 마치 장난감 인형처럼 여기며 구이코와 밍코라는 이름을 붙여 줬다.

그림을 방으로 들인 뒤 외할머니는 공구 상자를 가져와서 구멍 위 벽에 커다란 고리를 드릴로 박았다. 그런 뒤 우리는 같이 그림을 들고 그걸 고리에 걸었다.

그림이 제대로 걸렸는지 보려고 우리는 약간 뒤로 물러섰다. 그림은 거의 똑바로 걸려 있었다. 완벽했다. 이제 구멍이 감쪽같이 가려졌다.

"하이파이브, 얘야."

할머니는 그렇게 말하면서 자기 손바닥을 내 손바닥에 내려졌다. 손바닥이 아렸다.

나는 손을 털었지만 외할머니는 눈치채지 못한 모양이었다.

"그 위대한 예술가 브루노 릴리예포슈의 걸작을 아무나 자기 방에 걸 수 있는 건 아니란다."

할머니가 말했다.

"맞아요, 그렇죠."

나는 솔직히 실제로는 맨 아래쪽에 루네 릴리예포슈라고 적혀 있지 않느냐던 벼룩시장의 부루퉁한 아저씨 말에 동의하긴 했지만 그렇게 대답했다.

우리는 침대에 나란히 앉아 그림을 감상했다. 다람쥐 꼬리에 나무 의족처럼 보이는 두툼한 앞발을 단 그 비스듬한 포즈의 동물을.

"저게 여우인 것 같아요?"

나는 물었다.

"당연히 여우지!"

할머니가 말했다.

"그림에 눈 천지인데다가, 또 여우도 눈 덮인 둑에 서 있고, 그런데도 호수에서 물을 마시는 게 좀 이상하진 않아요?"

"그게 뭐가 이상하다는 거니?"

할머니가 물었다.

"아니, 그게 눈이 쌓일 정도면, 호수에 있는 물이 얼어 있어야하는 거 아녜요?"

"흠…… 물이 분홍빛이긴 하다만 말이다. 어쩌면 물이 아닐지도 모르잖니? 밀크셰이크는 아닐까?"

할머니는 유쾌하게 말하고는 몸을 일으켜 공구 상자를 집어들었다.

"저기요, 샬로트. 저한테 시킬 만한 일 없어요?"

내가 말했다.

"일?"

"네, 해야 하는 일 같은 거요? 제가 약간의 돈을 받을 수 있는일 같은 거?"

"아하. 이제 이해했다. 생각 좀 해 보자! 안될 것도 없지."

할머니는 문 밖으로 나서면서 문틀에 공구 상자를 들이받는바람에 약간 패인 자국이 생겼다.

"아이고 저런! 구멍 하나를 고쳤는데 새로 하나가 생겼네."

"그러게요, 하지만 거의 안 보여요."

내가 말했다.

"그렇긴 하다만 정말이지 성가시구나."

할머니는 그렇게 말하더니 담배에 불을 붙였다.

"그러면 저기에 아주 조그만 그림을 걸죠."

내가 말했다.

할머니가 웃음을 터뜨리자 입을 통해 희뿌연 연기가 소용돌이치며 솟았다.

"괜찮은 생각이구나, 시게! 아주 괜찮은 생각이야!"

* * *

그건 그렇고 외할머니네 호텔의 유일한 투숙객이 어쩌다가 크릴레 머랭이라는 이름을 얻었는지 궁금할지도 모르겠다. 크릴레가 지난해 봄에 막 외할머니네 호텔로 왔을 때 우리도 와 있던 참이었다. 당시 먹을 걸 찾던 우리는 큰 머랭쿠키 봉지를 발견했다. 우리는 거실 소파에 앉아 머랭 쿠키를 입에 털어 넣었다. 바삭하고 흰 머랭 가루들이 공중에 눈송이처럼 날렸다. 그때 갑자기 엄마가 들이닥쳤다.

"머랭 다 먹지 마! 그거 크리스테르 아저씨가 먹을 수 있는 유일한 간식이라고! 다른 건 다 알레르기가 있단 말이야!"

엄마가 외쳤다.

엄마는 이번 외할머니댁 방문에 다소 긴장하고 있었다. 이번에 엄마는 외할머니께 한동안 외할머니 댁에 머물러도 되는지 물어봐야 했으니까. 그건 꽤나 큰 부탁이었다. 왜냐하면 외할머니가 로열 그랜드 골든 호텔 새르블락카에 더는 손님을 받을 수 없다는 뜻이기도 하니까. 그렇지만 엄마는 걱정할 필요가 없었다. 외할머니는 잠깐 생각하더니 "당연하지, 애야! 원하는 만큼 지내도 된단다!"라고 말했기 때문이다. 나중에 알았지만 머랭은 크리스테르가 커피를 마실 때 곁들일 수 있는 유일한 디저트였다. 아저씨는 몸에서 밀가루 음식 섭취 거부 증상을 보이는 글루텐 불내증이었다. 롤빵 종류인 번이나 과자에는 밀가루가 들어 있어서 먹을 수가 없었다. 그렇지만 나와 마이켄은 그 사실을 이해하지 못했다. 우리는 엄마가 한 말을 듣고 크리스테르는 머랭만 먹을 수 있다고 생각했다. 처음에 질투가 났다. 머랭 말고 다른 음식에 죄다 알레르기가 있다고 상상해 보라! 죽을 때까지 머랭만 먹어야 하는 셈이지 않은가. 얼마나 사치스러운 일인지!

그렇지만 이 사실에 대해 곰곰이 생각한 뒤, 우리는 머랭만 먹으면 하루 이틀 뒤면 꽤나 물릴 것 같다고 결론지었다. 저녁식사 전까지 우리는 정말이지 크리스테르가 딱해서 견딜 수가 없었다. 우리는 그를 쫓아다니면서 무엇이든 편하게 해 주려고 했다. 이를테면 나는 크리스테르가 실내화를 찾는 걸 도와줬고 마이켄은 머리를 빗어 주겠다고 제안했다(크리스테르가 거절하긴 했지만).

엄마가 저녁 먹으러 오라고 했을 때 우리는 머랭이 가득 담긴 접시를 크릴레 자리에 두었다. 엄마는 고개를 저으며 접시를 치웠지만 우리는 다시 크릴레 자리 앞에 접시를 가져다 놓았다.

"벌써 까먹었어요? 크릴레는 머랭만 먹을 수 있다고요!"

마이켄이 말했다.

그제야 엄마는 설명을 했고 우리는 오해를 풀 수 있었다. 그날 이후로 모든 스웨덴 사람들이 그를 크릴레 머랭이라고 부르기 시작했다. 뭐, 모든 스웨덴 사람은 아니겠지만 일부 스웨덴 사람들은 그렇게 불렀다. 아주 적은 스웨덴 사람들이. 그렇지만 나와 마이켄 그리고 보보에게 그는 크릴레 머랭이다. 영원히.

* * *

저녁 10시가 넘었는데 여전히 밖이 밝았다. 나는 블라인드를 내렸지만 옆으로 빛이 새어 들어오는 탓에 방 안이 옅은 노란색으로 물들었다. 아인슈타인은 침대 위에 올라와 내 발 위에 누워 있었다. 묵직하고 따뜻했다. 늑대를 닮은 입에서 작고 귀여운 코골이 소리가 났다. 아인슈타인은 털이 워낙 많이 빠지는 탓에 침대에 올라오면 안 됐지만 나는 그냥 내버려 뒀다. 이러고 있으면 세상에 둘도 없이 안락했으니까. 그리고 외로움도 느껴지지 않았다. 문이 딸깍이더니 엄마가 머리를 들이밀었다.

"안녕, 얘야. 그냥 너 아직 깨어 있나 보려고. 잘 자렴."

엄마는 조심스레 들어오더니 침대 가장자리에 앉았다. 엄마는 잠옷 바지와 물 빠진 티셔츠 차림이었고 갈색 머리카락은 머리

한가운데에 술처럼 묶고 있었다. 머리카락이 사방으로 삐져나와 있었다. 마치 작은 분수 같았다.

"아니! 여기에 있는 게 누구람?"

엄마는 아인슈타인을 보더니 그렇게 말했다.

엄마는 일부러 딱딱한 말투로 말했다.

"죄송해요. 그냥 이러고 누워 있으면 기분이 진짜 좋거든요."

내가 말했다.

아인슈타인이 위를 올려다봤다. 마치 우리가 자기 얘길 하고 있다는 걸 알고 있다는 듯이 말이다.

"나도 안다. 옆으로 좀 움직여 보렴."

엄마는 그렇게 말하며 미소 지었다.

내가 벽 쪽으로 붙자 엄마가 옆에 누웠다.

"너 머리 정말 예쁘다고 내가 말했던가?"

"한 열 번 정도요."

엄마는 웃음을 터뜨렸다. 그러더니 다시 진지한 표정으로 돌아왔다.

"어떻게 지내니, 귀여운 시계?"

"괜찮아요."

"정말 확실하니?"

"네. 전 여기서 지내는 게 좋아요."

"그런 것 같더구나. 그래서 엄마는 기뻐."

엄마는 내 앞머리 사이에 손가락을 밀어 넣고는 뒤로 쓸어 넘겼다. 나는 엄마가 내 걱정을 하고 있다는 걸 알고 있다. 내게 친구가 한 명도 없다는 사실을 걱정하고 있다는 걸. 나를 보는 엄마 눈에 그런 걱정을 하고 있는 게 보였다.

지난해 가을 내 생일날이 기억났다. 엄마는 반 애들을 모두 초대하기로 결정했다. 적어도 남자애들은 전부. 다 같이 볼링을 치면서 생일을 축하하려고 했던 모양이다.

"다들 볼링 좋아하지 않니?"

엄마가 물었다.

나는 반 애들이 볼링을 좋아하는지 알지 못했다. 그렇지만 걔네가 볼링을 좋아하든 아니든 나는 볼링을 좋아하지 않았다. 게다가 내가 주인공인 볼링 생일파티라면 애들이 오고 싶어하지 않을 거라는 걸 알고 있었다. 왜 오겠는가? 걔네는 내 친구도 아닌데. 우리는 서로 얘기를 나눈 적도 없다. 엄마는 자기 아이디어에 열이 올라서인지 내 의견은 어떤지 물어보는 걸 까먹을 정도였다. 그리고 나는 엄마를 슬프게 만들고 싶지 않았다. 생일파티를 준비하는 엄마는 정말이지 기뻐 보였다. 질문을 수천 개나 했다. "'잔치'라는 말을 쓰니? 네 또래에서는 좀 이상하게 들리나?" "볼링 치고 피자 먹는 거 괜찮을 거 같니? 애들이 피자 좋아해?" "알레르기 있는 애는 없니?" 나는 질문에 두 번 중 한 번은 반항하듯이 "몰라요"라고 대답했다. 엄마는 볼링장과 피자를 예약하고 저녁 내내 컴퓨터 앞에 앉아 직접 초대장을 만들었다. 나는 또렷하게 기억한다. 크고 검게 빛나는 볼링공 그림 위에 형광빛이 나는 연보라색으로 이렇게 적었다. '시게의 볼링 생일파티에 초대합니다!' 엄마가 남자애들의 부모님 이메일로 초대장을 보냈을 때, 나는 결국 끼어들고 말았다. 어쩌면 엄마가 진짜로 초대장을 보냈기 때문에 끼어들었을지도 모르겠다.

"엄마, 왜 몰라요? 나는 파티 같은 거 하고 싶지 않다고요!"

나는 울었다.

내가 그 말을 했을 때 엄마의 표정을 절대로 잊지 못할 것이다. 엄마는 놀란 동시에 상처받은 표정이었다.

"왜? 엄마는 이렇게 하는 게, 그러니까 유대감을 쌓는 데 엄청 좋을 거라고 생각하는데. 그리고 뭔가를 같이 하면…… 그러니까 훨씬 편해지지 않을까? 그냥 앉아서 얘기하는 거 말고."

"그렇지만 아무도 안 올 거라고요! 이해를 못 하겠냐고요!"

나는 소리를 질렀다.

그랬다. 엄마는 이해를 못 했다. 나는 엄마 눈에도 눈물이 차오르는 걸 봤다.

"그래도 엄마는 이게…… 괜찮을 것 같았는데?"

"아뇨. 괜찮지 않을 거라고요."

나는 힘을 줘서 말했다.

그리고 실제로 괜찮지 않기도 했다. 일부는 초대장에 회신조차

하지 않았고, 나머지는 거절했다. 심지어는 발테르마저도.

그제야 엄마가 드디어 진짜로 이해한 것 같았다.

우리는 볼링장 예약을 취소했다. 엄마, 마이켄 그리고 나는 대신 롤러스앤보울러스에 갔다. 거기도 볼링 레인이 있기는 했지만, 무엇보다도 롤러스케이트 레인에서 롤러스케이트를 빌려 탈 수 있었다. 그런 다음 우리는 비건 버거를 먹고 밀크셰이크를 마셨다. 어떤 면에서는 다소 슬펐지만, 멋진 생일이었다.

아인슈타인이 가장자리에 눕자 침대가 다시 삐걱거렸다. 졸리는지 발을 흔들었다. 엄마는 내 이마를 쓸면서 내 두 눈이 보이도록 앞머리를 치웠다. 엄마한테는 내가 사시인 게 문제가 되지 않았다. 나는 엄마를 봤다.

"엄마."

내가 입을 열었다.

"응."

"혹시 좋은 방법 알아요? 사람들이랑 관계를 맺을 수 있는 요술 같은 방법이요."

엄마는 생각에 잠긴 것처럼 보였다.

"그게 있잖니…… 엄마는 그저 자기 자신이 되는 게 가장 좋은 방법이라고 생각해."

엄마는 내 이마에 입을 맞췄다.

"특히 너처럼 정말이지 끝내주는 사람이면."

나는 얼굴을 찡그렸다.

"엄마는 내 엄마니까 그렇게 말하는 거죠."

"그럴지도 모르지. 하지만 그게 사실이기도 해서 하는 말이란 다. 사랑한다, 시게야. 이제 자렴. 엄마도 가서 누워야겠다. 내일 면접이 있어서 정신 바짝 차려야 하거든. 정말이지 부디 제발 반 드시 취직했으면 좋겠다."

"저도 그래요."

내가 말했다.

엄마는 몸을 일으키고는 문을 열었다. 문은 또 삐걱거렸다.

"경첩에 기름칠 좀 해야겠다! 좋은 꿈꾸렴."

"엄마도요."

아인슈타인이 한층 큰 소리로 코를 고는 동안 나는 엄마가 한 말을 곱씹어 봤다. 그저 자기 자신이 되는 것. 나는 그렇게 생각 하지 않았다. 마이켄이나 외할머니나 아인슈타인이라면 그랬을 지도 모르지만 그건 나한테는 전혀 소용이 없었다.

그냥 낡은 정원 도깨비

"그럼 이제 엄마만 믿어요."

엄마는 그렇게 말하며 외할머니에게 시선을 고정했다.

"너무 믿지는 말렴."

할머니는 그렇게 말하고는 담배에 불을 붙였다.

엄마는 짜증스럽게 손을 내저어 연기를 흩었다.

"아뇨, 그런데 확실히 괜찮은 거 맞죠? 어쨌든 서너 시간은 집을 비우니까요."

엄마가 말했다.

엄마의 이마에는 의문으로 가득 찬 주름이 잡혀 있었다.

"당연히 괜찮을 거란다, 한나. 네가 전에도 집을 비웠을 때 괜찮았잖니, 안 그러니?"

"좋아요, 좋아."

엄마는 그렇게 말하고는 헛기침을 했다.

전에 엄마가 자리를 비웠을 때 마이켄과 너구리 옷 소년은 파티를 벌이기로 결심하고 모든 동물에 반짝이는 파티 모자를 씌웠다. 박제된 동물뿐만 아니라 심지어는 아인슈타인, 기니피그 그리고 카롤리나한테도 모자를 씌웠다. 카롤리나는 머리가 너무 작았던 탓에 모자를 쓸 수가 없어 등딱지에 씌웠다. 타잔과 프라세는 자신의 파티 모자를 먹어 치웠고 나중에 한 이틀 정도 아주 자그마한 보라색과 초록색 반짝이 종잇조각 똥을 쌌다. 아인슈타인은 자기 파티 모자를 쓰고 돌아다녔고 엄마가 돌아오기 전까지 울적한 표정을 짓고 있었다.

"그렇게 의심스럽게 보지 말렴, 얘야. 나도 전에 아이들을 돌본 적이 있단다! 너도 어쩌면 기억하고 있을지도 모르겠다만."

할머니가 말했다.

할머니는 번이 담긴 접시를 식탁에 놓았다. 당연히 집에서 직접 구운 건 아니었다. 외할머니는 그런 생각조차 하지 못했을 테니까. 전에 봉지로 산 냉동 번을 전자레인지에 돌린 것이다. 그렇지만 거기에 버터를 더 바르고, 건포도를 얹고 계핏가루를 뿌려 먹기 때문에 내가 지금껏 먹은 그 어떤 수제 번보다도 맛있었다

"어, 그래요, 그 생각을 못 했었네."

엄마는 나를 껴안으며 내 귀에 속삭였다. 그런 뒤 뺨에 입을 맞췄다. 뺨이 온통 축축해졌다. 나는 미소를 짓고 팔로 뺨을 닦았다.

엄마는 외할머니가 자신을 양육한 방식을 좋아하지 않았다. 외

할머니는 정해진 규칙을 신봉하지 않았던 탓에 엄마는 원하는 것들을 모두 약간씩 해 볼 수 있었다. 놀랍게도 엄마는 규칙을 세우기로 결심했다! 엄마네 담임선생님이 아홉 살이던 엄마에게 늦어도 저녁 8시 30분 전에는 자는 게 좋다고 했을 때, 엄마는 세상에 정해진 취침 시간이 있다는 것에 깜짝 놀랐다고 한다. 엄마는 그 말을 마치 신이 정한 규칙처럼 신봉하며 그 이후로는 항상 그 시간이면 자러 갔다.

엄마는 식탁을 빙 둘러 보보와 마이켄에게 포옹을 하고 입을 맞추고 머리를 헝클었다. 그러고는 주머니를 뒤적였다.

"열쇠, 지갑, 휴대전화…… 휴대전화! 휴대전화가 어디 있지?"

엄마가 스트레스 받는 눈빛으로 부엌을 성큼성큼 걸어 다니며 종이, 공구상자, 호랑이 인형을 들췄다.

"악! 대체 어디 갔지? 찾는 것 좀 도와줄래? 지각하면 안 되거든! 지각해서는 안 돼! 지각할 수는 없어!"

엄마는 면접을 앞두고 긴장하고 있었다. 눈에 보일 정도로. 엄마는 머리카락을 단단히 매듭지어 묶었고 면접이 아니었다면 입지 않았을 흰 블라우스를 입고 있던 데다 목소리는 크고 긴장감이 깃들어 있었다. 마이켄은 앉아서 느긋하게 번을 씹고 있었지만, 나는 엄마 목소리가 무슨 뜻인지 알고 있었다. 보보도 의자에서 뛰어 내려 아무렇게나 부엌을 쏘다니며 찬장과 서랍을 열었다. 심지어는 식기세척기와 전자레인지 위에 서 있는 쩍 벌어진 박제 여우의 입도 들여다봤다.

"아니, 한나 얘야, 버스가 출발할 때까지 15분이나 남았잖니."

할머니는 그렇게 말하며 식탁 위에 뿌옇게 드리운 회백색 먼지를 털었다. 그러고는 이렇게 말했다.

"시간이 이렇게나 많은데 침착하렴. 나는 기본적으로 만날 늦는다만 말이다."

"가서 거실 볼게요."

나는 그렇게 말하고 거실로 빠르게 발걸음을 옮겼다.

"엄…… 아니, 샬로트랑 저의 차이점을 꼽자면 저는 일에 신경을 쓰는 편이라고요!"

엄마는 화난 목소리로 말하고는 가방을 필사적으로 뒤졌다.

"시간은 세속적인 거란다."

할머니가 말했다.

"면접을 봐야 할 땐 그렇지 않을걸요!"

엄마는 거의 소리를 지르고 있었다.

나는 곧장 엄마의 휴대전화를 발견했다. 탁자 위 TV 리모컨 옆에 놓여 있었다.

"찾았어요!"

엄마가 문간에 나타났다.

"찾았니? 맙소사, 다행이다! 고맙다, 사랑하는 시계야. 정말이지 너무 고마워!"

엄마는 신발을 신은 채 들어와서 휴대전화를 집더니 가방 안에 넣었다.

"행운을 빌어다오."

"아니, 행운을 빌지 말아다오. 그러면 운이 없어지니까. 대신 내 엉덩이 좀 걷어차 보렴. 연극배우들이 그러거든."

"엄마가 연극에 출연하러 가는 건 아니잖아요?"

"아니지. 그렇지만 가끔은 연극을 하는 것 같으니까."

엄마는 그렇게 말하고는 웃음을 터뜨렸다.

나는 엄마 엉덩이에 살짝 발을 가져다 댔다. 엄마는 그대로 달려 나가면서 이렇게 외쳤다.

"안녕! 이번엔 파티 모자 안 돼!"

엄마는 발코니 문을 열고는 모습을 감췄다.

"이제 겨우 숨 좀 돌리겠어. 에스프레소 마실 사람?"

할머니는 농담으로 한 말이었지만 보보는 고개를 들더니 열광적으로 팔을 흔들었다.

"좋아, 보엘, 에스프레소 추출 중입니다."

할머니는 그렇게 말하더니 머신에 커피 가루를 채웠다.

***

정원 일광욕 의자에 앉아 휴대전화로 피겨스케이팅 동영상을 보고 있던 오후에 나는 블락카뉴스가 인스타그램에서 나, 그러니까 런어웨이놈을 태그한 걸 봤다. 나는 SNS를 클릭했다. 맨 처음 눈에 들어온 건 정원 도깨비 사진이었다. 그건 정원 도깨비가 걔네 화단에 서 있을 때 찍은 꽤나 흐릿한 사진이었다. 사진을 옆으로 넘기니 내가 맨 처음에 올린 선글라스를 끼고 담배꽁초를 문 정원 도깨비 사진이 등장했다.

샤르블락카에서 도난 맞았어요! 누가 블락카뉴스Blacka News 직원의 집에 있는 정원 도깨비를 훔쳐갔어요. 정원 도깨비 키는 한 30센티미터 정도이고 도난 당시에 뾰족한 빨간 모자, 파란 셔츠 그리고 갈색 벨트랑 버클을 차고 있었어요. 도둑들은 정원 도깨비를 훔쳐갔을 뿐만 아니라 훼손한데다가 정원 도깨비의 이름을 딴 가짜 인스타그램 계정 런어웨이놈@runawaygnome도 시작했어요. 정원 도깨비를 보셨거나 실종과 관련해 알고 계신 분이 있다면 곧장 블락카뉴스Blacka News 직원에게 제보해 주세요.

처음에 나는 약간 양심에 찔렸다. 그렇지만 내가 이상하게 눈을 뜨고 머리를 사방으로 휘날리며 걔네 집 정원으로 날아가는 사진을 다시 보니 곧장 죄책감이 사라졌다. 비열하게 군 건 유노라고! 게다가 대체 누가 낡은 정원 도깨비에 신경이나 쓴다고? 내가 자전거, 고양이 혹은 금괴 같은 걸 슬쩍한 것도 아니고. 그건 그냥 아무짝에도 쓸모없는 무가치한 정원 도깨비라고!

정원 도깨비 계정에 접속하니 놀랍게도 팔로워 수가 240명으로 늘어 있었다! 사람들은 댓글과 눈물 흘리며 웃는 이모티콘을 달았다. 심지어 많은 사람들이 자기 친구를 태그하면서 계정을 팔로우하라고 추천하고 있었다. 이건 정말이지 환상적이다!

나는 의자에서 벌떡 일어나 집 안으로 달려 들어갔다. 오늘은 커다랗고 검은 챙모자를 걸치고 있는 얼룩말을 지나 계단을 뛰어 올라 내 방에 도착했다. 마치 정원 도깨비가 책상에서 나를 기다리고 있는 것만 같았다. 새로운 모험을 떠날 준비가 됐다는 듯이. 나는 아이디어가 떠올랐다! 나는 반짝이는 파티 모자를 한동안 찾아 헤매다가 마침내 부엌 전자레인지 위에 놓여 있는 걸 발견했다(이 모자들은 기니피그들이 먹어치우지 못한 것들이다). 그런 다음 나는 보보 방으로 가서 박제 밍크 구이코와 밍코 옆에 정원 도깨비를 세운 뒤, 세 녀석들에게 각각 모자를 하나씩 씌웠다. 사진을 찍고 이런 글과 함께 업로드했다. 파티 밍크들과 나! #정원도깨비 #도망중인정원도깨비 #정원도깨비들을해방하라

나는 만족감에 몸을 뒤로 젖혔다. 첫 번째 좋아요가 쏟아지기까지 몇 분 걸리지 않았다.

엄마의 눈물

이날 아침에 엄마가 일어나지 않았다. 엄마는 다른 누구보다도 먼저 일어나는 사람이었기 때문에 이상한 일이었다. 외할머니는 엄마가 충분히 잠을 자야 한다며 가만히 내버려 두자고 말했다. 그렇지만 나와 보보는 엄마가 침대에서 아침을 먹게 해 주고 싶었다. 나는 샌드위치를 굽고 커피를 끓였다. 보보는 스무디를 만들려고 했다. 그런데 보보가 믹서기 쓰는 걸 도와주려고 했을 때 나는 보보가 바나나, 요구르트, 우유 그리고 딸기 외에도 냉동 연어 한 조각을 넣은 걸 발견했다. 나는 그걸 숟가락으로 낚았다. 우리는 내가 연어를 '낚아' 올리는 걸 보고 깔깔 웃었다. 어쨌든 스무디는 맛있게 만들어졌고 연어 맛은 아주 조금밖에 나지 않았다. 우리가 쟁반을 들고 살금살금 계단을 올라가니 콜벳 티셔츠를 입은 마이켄이 자기 방에서 나오고 있었다. 머리카락은 록스타처럼 산발이었다.

"지금 뭐 해?"

마이켄이 물었다.

"쉿! 엄마 깜짝 놀라게 해 줄 거야."

내가 말했다.

"나도! 나도 같이 해!"

이건 나와 보보의 아이디어였기 때문에 약간 짜증이 났지만 마이켄도 끼워 줬다. 우리는 하나, 둘, 셋을 세고는 문을 활짝 열고 외쳤다.

"서프라이즈!"

뭐, 보보는 "안녕!"이라고 했다만.

엄마는 이미 잠에서 깨어 있었다. 엄마는 턱 밑으로 무릎을 끌어안고 있었다. 나는 엄마가 울고 있다는 것을 알았다. 마치 뱃속에 검은 구멍이 뻥 뚫린 것 같았다. 엄마. 나는 최근에 엄마가 마지막으로 운 게 언제인지 기억조차 나지 않았다. 엄마는 스베드리크와 이혼할 때조차도 울지 않았다. 엄마는 우리를 보더니 손으로 급하게 눈물을 닦았다.

"와, 아침 만들어 온 거야?"

엄마가 말했다.

그렇지만 엄마 목소리는 거칠었고 이내 다시 눈물을 흘리기 시작했다.

보보는 침대로 달려가 엄마 옆으로 기어 올라갔다.

"울어요?"

마이켄이 물었다.

"아니야. 아마도…… 꽃가루 때문인 것 같아."

엄마가 말했다.

보보는 곱슬곱슬한 금발 머리를 엄마 머리에 가져다대면서 자기 호랑이 인형을 위안삼아 건넸다.

"난 꽃가루가 진짜 싫어!"

마이켄이 말했다.

그러더니 잠깐 생각하고는 다시 입을 열었다.

"엄마가 원하면 정원에 있는 꽃 다 잘라 버릴까요? 그럴까요, 엄마?"

엄마는 고개를 저었다.

"그래도 진짜라고요, 엄마. 저 할 수 있어요. 전혀 안 귀찮아요."

"아니, 아냐, 마이켄. 그러지 마."

마이켄은 침대 근처로 다가가서는 바닥에 앉았다. 엄마는 마이켄의 뺨을 쓸었다. 그렇지만 나는 몸을 움직일 수가 없었다. 나는 쟁반을 든 채 문간에 동상처럼 서 있었다.

"괜찮아, 시게. 이리 와."

엄마는 그렇게 말하며 이불을 두드렸다.

나는 천천히 침대로 다가가 협탁에 트레이를 올려놓고 앉았다.

"무슨 일이에요?"

나는 물었다. 배에 난 구멍은 점점 더 깊고 컴컴하게 자라났다.

"아니, 그냥…… 그게…… 내가 지원했던 일자리를 못 얻어서…… 오늘 아침에 거기서 전화가 오더니 내가 탈락했다는 거야. 내가 거기 간 지 이틀밖에 안 됐는데 난 결과를 그렇게 빨리 들을 준비가 안 돼 있었거든. 정말이지 엄청 슬퍼."

보보가 엄마를 껴안았다. 목에 매달려서 이렇게 말했다.

"엄마, 엄마, 엄마."

"그래도"

엄마는 입을 열더니 침을 꿀꺽 삼키고 말했다.

"괜찮아질 거야. 항상 그렇잖니. 안 그래? 전에도 문제를 해결한 적이 있잖니."

엄마는 미소를 지으려고 했지만 눈이 새빨갰고 뺨은 축축했다. 그래서 그다지 설득력이 없어보였다.

"꽃가루 때문이 아니에요?"

마이켄이 말했다.

"근데 대체 그 사람들이 왜 엄마를 안 뽑았대요? 엄마는 세계 최고의 간호조무사인데."

내가 물었다.

"글쎄, 시게야. 나도 모르겠다. 엄마 생각엔 엄마가 면접을 잘 못 보나 봐. 너무 긴장해서 말이지. 그 사람들이 질문을 던질 때 제대로 대답을 하지도 못했거든."

엄마는 내 뺨을 톡톡 두드렸다. 보보는 엄마에게 자기 공갈 젖꼭지를 주려고 했다. 그걸 엄마 입으로 들이밀었다.

"고맙다, 보보, 귀염둥이. 정말 상냥하구나. 그렇지만 엄마는 공갈 젖꼭지가 필요하지 않단다."

엄마가 그렇게 말하며 미소 지었다.

"그렇지만 전 여전히 이해할 수가 없어요. 엄마는 엄청 오래 일했고 엄마는 병원 최고의 간호조무사였다면서요. 아니에요?"

"그래, 그건 그렇지만 지금 당장 낮에만 일할 수 있는 일자리는 그렇게 많지 않은 것 같더라고. 그리고 나는 출근 몇 시간 전에 전화로 통보하는 곳에서는 일할 수가 없잖니. 너희들도 있으니 계획도 세워야 하고. 근무 시간표가 어떤지 가늠할 수 있고 매월 얼마나 벌지도 알아야 해."

"그래도 낮에만 근무해야 한다니, 밤에는 일 못 해요?"

"그럼 누가 너희를 돌보겠니?"

"할머니요! 그리고 제가 도와드릴 수 있어요."

"내가 어떻게 너처럼 사랑스러운 아이를 가지게 됐을까?"

엄마의 눈에 다시 눈물이 차올랐다.

"네가 동생들을 정말 잘 보살핀다는 거 알아. 외할머니도 그렇고. 그렇지만 이따금 외할머니한테 너희를 돌봐 달라고 부탁하는 거랑 내가 밤에 내내 집을 비우는 거랑은 다르단다. 그리고 너희가 유치원이나 학교에 가기 전에 집에 못 올 수도 있고. 그러면 외할머니가 내내 도와주셔야 하잖니. 게다가 아인슈타인, 타잔이 랑 프라세, 카롤리나도 있고. 엄마가 밤에 일하는 건 안 될 것 같 아. 그리고 너희가 아침에 항상 번을 먹게 되는 것도 싫고."

엄마는 웃음을 터뜨렸다.

나는 뭐라고 말해야 할지 알 수 없었다. 마이켄은 놀란 표정으 로 엄마에게서 내게로 시선을 옮겼다.

"꽃가루 때문이 아니라고?"

"아니란다, 마이켄, 꽃가루 때문이 아니야. 그냥 그렇게 말한 거야. 뭐라고 말해야 좋을지 모르겠어서."

보보는 쟁반에 놓인 샌드위치를 집으려고 엄마 배 위로 올라 탔다. 보보는 샌드위치를 집어 엄마에게 내밀었다. 그 안에는 치 즈와 오이가 들어 있었다.

"오위."

보보는 그렇게 말했다. 엄마가 곧장 한 입 베어 물지 않자 보보 는 샌드위치를 엄마 입에 들이밀면서 다시 말했다.

"오위!"

"그래, 그렇구나, 보보야, 먹는 게 좋지. 그럼 기분도 나아질 테 고. 그리고 오이! 정말 맛있지!"

"그럼 이젠 어떡해요?"

내가 물었다.

"이미 벌어진 일은 뭐…… 글쎄 계속 노력해 봐야지. 더 많이

지원해야지."

"그렇지만 전 엄마가 더 노력해야 되는 게 싫어요."

"다들 노력해야만 한단다. 원래 그런 거야. 그리고 다들 무언가를 위해 노력하고 있잖니, 안 그래?"

엄마가 말했다.

나는 고개를 끄덕였다. 엄마 말이 맞았다. 나는 인기를 얻기 위해, 친구를 만들기 위해 노력하고 있었다. 크릴레 머랭은 영화 아이디어를 놓고 씨름 중이었고 보보는 말하는 법을 익히기 위해 노력하고 있었다.

"혹시 모르니까 확인 차 꽃들을 다 잘라 버릴까요? 사실은 그게 꽃가루 때문일 수도 있잖아요."

마이켄이 말했다.

"안 돼, 마이켄!"

엄마와 내가 동시에 말했다.

"그래도 도움을 주고 싶다니 고맙구나."

엄마가 그렇게 말하면서 마이켄에게 미소를 지었다.

"그저 엄마한테 황금비 같은 게 내렸으면 좋겠어요. 돈 걱정 안 해도 되게요."

내가 말했다.

그러자 엄마는 샌드위치를 내려놓고 나와 마이켄, 보보를 가까이 끌어안았다. 엄마한테서는 자다 깬 엄마 냄새가 났다. 평소보다도 엄마 냄새가 진했다.

"그거 아니? 엄마는 이미 필요한 모든 황금을 가지고 있단다. 너희 셋이 내 황금 만두란다. 이것보다 더 많은 황금은 엄마한테 필요하지 않단다."

***

그날 저녁 늦게 나는 엄마와 외할머니가 부엌에서 나누는 얘기를 들었다. 평소 같았으면 얘기가 길어질수록 둘의 목소리는 커지지만 이번에는 그렇지 않았다. 둘은 말다툼을 벌이지 않았다. 나는 말소리를 더 잘 들으려고 조심스럽게 발걸음을 옮겨 계단 맨 위층에 앉았다. 아인슈타인이 내 옆에 와서 앉았다. 나는 아인슈타인에게 팔을 두르고 거친 검은 털에 코를 묻었다. 가을날 젖은 나뭇잎 냄새가 났다. 나는 이 냄새가 좋았다.

"그렇지만, 한나. 왜 내가 널 돕게 내버려 두지 않는 거니? 내가 로열 그랜드 골든 호텔 섀르블락카 문을 닫은 것도 바로 그래서잖니. 널 도와주고 싶으니까! 그리고 나도 병원 일이 어떤지 안다. 근무 시간도 그렇고. 안타깝게도 사람들은 뻔뻔하게도 하루 중 아무 때나 아플 수 있잖니! 사람들이 염치가 있어야지!"

엄마가 웃음을 터뜨렸다. 하지만 그건 불행한 웃음이었다. 외할머니가 말을 이었다.

"나는 네가 정말로 원하는 일자리를 발견했다면 그게 낮 근무가 아니더라도 지원해야 한다고 생각한다. 네가 밤새도록 근무해서 낮에 잠을 자야 한다고 해도 아이들을 돌보는 건 나한테 전혀 문제될 게 아니란다. 보엘을 언어치료사한테 데리고 갈 수도 있고 저녁, 아침, 점심 식사를 모두 차릴 수 있어. 너도 알잖니, 내가 그 조그마한 말썽꾸러기들을 사랑한다는 걸. 사실 내 삶보다도 더 사랑한다는 걸. 그리고 내내 애들을 보살펴야 하더라도 나는 여전히 삶에 진정한 기쁨을 느낄 거란다!"

엄마가 너무 많이 훌쩍거리는 탓에 뭐라고 말했는지 들리지는 않았다. 아인슈타인은 내게 코를 쿵 찧더니 부드럽게 뺨을 핥았다. 그제야 나는 나도 울고 있다는 사실을 알았다. 아인슈타인이 내 눈물을 닦아주었다. 세심하고 꼼꼼하게. 나는 아인슈타인이 그러도록 내버려 두었다. 아인슈타인에게서 더운 여름날의 쓰레기통 같은 입 냄새가 나도 상관없었다. 그때 다시 엄마 목소리가 들렸다.

"그렇지만 전 골칫덩이가 되고 싶지 않아요!"

"네가 골칫덩이였던 적은 한 번도 없었잖니? 아니 뭐, 네가 9살 때 터키로 휴가를 갔을 때 볼썽사나운 염소를 입양하고 싶다고 고집을 피우면서 우리가 스웨덴 집까지 그 끔찍한 동물을 비행기로 데려갈 수 없는 이유를 이해할 수 없었을 땐 좀 그랬다만. 그땐 솔직히 말하자면 약간 성가시긴 했단다. 그렇지만 아주 약간이었지."

정적이 맴돌았다. 의자가 바닥을 긁는 소리가 나더니 갑자기 정각마다 시계에서 흘러나오는 빅벤 멜로디가 울렸다. 이제 11시가 된 게 분명했다.

"그래도 엄마가 힘들 수도 있어요. 그러니까, 새 학교에 새 유치원 같은 거랑…… 보보는 아직 말도 제대로 못 하고, 시계도…… 전 시계가 걱정돼요. 학교에서 어떨지. 그리고 마이켄……."

"얘야, 마이켄 일이라면 걔가 반 친구들 고막을 뒤흔들고 선생님을 귀머거리로 만드는 것 말고는 걱정할 게 없단다. 아무런 문제없을 거야. 보엘에게도, 시계에게도. 모두 다. 그리고 네가 외국으로 나가는 것도 아니잖니. 너는 여기 있을 거야. 내가 종종 너를 몇 시간씩 도와주는 것뿐이고. 아니니?"

"그래도…… 정말 확실해요? 괜찮을까요?"

"이 이상 더 확실할 순 없단다."

"그러면 매일 아침에 식사로 번을 주면 안 돼요."

"이틀에 한 번은 어떠니? 괜찮을까?"

엄마는 웃음을 터뜨렸다.

외할머니가 말을 이었다.

"네가 원한다면 그 끔찍하고 영양가 있는 죽을 끓여 주마. 네가 좋아하는 그 돼지죽처럼 생긴 거 있잖니. 그렇지만 난 그걸 안 먹을 게다! 나한테도 허용치라는 게 있으니."

잠시 침묵이 찾아왔다. 아인슈타인은 내 무릎에 누워 크고 아름다운 눈으로 나를 올려다보고 있었다. 나는 아인슈타인의 등을 쓸었다. 쓸고 또 쓸었다. 숨을 들이쉬고 내쉴 때마다 아인슈타인의 묵직한 몸이 오르락내리락 하는 걸 느꼈다.

저 아래 부엌에서 엄마의 말소리가 들렸다.

"고마워요, 샬로트. 정말로 고마워요."

"엄마라고 불러도 된다, 원한다면. 이런 순간에는 원하는 대로 불러도 될 것 같구나."

"고마워요, 엄마."

엄마가 말했다.

나는 몸을 일으켜 살금살금 내 방으로 돌아왔다. 아인슈타인이 뒤따라오더니 침대 내 발 위에 누웠다. 그 뒤로 아무것도 기억나지 않는 걸 보면 곧장 잠든 모양이었다.

울버린 엉덩이 수선하기

외할머니가 내게 줄 일거리가 있다고 했을 때 처음에는 엄청 기뻤다. 외할머니가 그 일이 무엇인지 설명하고 나서는 나는 사실 기쁜 마음이 조금 가셨다. 외할머니의 박제 동물을 수선하는 일이었기 때문이다. 외할머니의 소장품은 정말이지 엄청났고 대부분은 싸우다 온 꼴이었다. 실이 늘어져 있었고 안을 채운 솜은 갖은 이상한 부분에서 튀어나와 있었다. 엄마가 외할머니한테 왜 하필 박제 동물을 모으냐고 물었을 때 외할머니는 웃으며 말했다.

"낡고 빨간 나무 말을 모아다가 뭐에 쓰겠니?"

엄마는 이렇게 맞받아쳤다.

"아니, 그러면 박제한 동물들은 모아다가 뭐에 쓰게요?"

그러자 외할머니는 어쩌다 보니 그렇게 됐다고 말했다. 엄마는 그 해명을 받아들이지 않았다.

"아니 대체 어떤 사람이 어쩌다 보니 박제 동물을 수집해요?"

그러자 외할머니는 대부분의 박제 동물을 스포츠카 사교 모임의 어떤 나이든 남자로부터 받았다고 했다.

그 남자는 자기 아내가 좋아하는 치와와가 수많은 밍크, 수달, 여우 박제를 못 견뎌한 데다가 공격까지 한 탓에 내다 버리려고 했단다. 외할머니는 그 동물들을 딱하게 여겨 콜벳 한가득 박제 동물을 싣고 집으로 왔다고 한다. 그 소문이 나중에 퍼지게 됐고 그래서 다른 사람으로부터도 밖에 세워 뒀거나 지하실에 처박혀 있던 박제 동물도 선물 받게 됐다고 한다. 외할머니는 호텔에 박제 동물을 두는 게 재미있다고 생각한 모양이다. 마치 로열 그랜드 골든 호텔만의 특별한 물건이라도 되는 것처럼. 가장 크고 유용한 동물은 당연히 현관에 있는 얼룩말이었다. 그건 브레멘의 남작에게서 받은 거라고 한다.

"어떤 호텔은 1700년대풍 인테리어로 유명하고 또 다른 호텔은 유명인들이 묵는 걸로 유명하니 로열 그랜드 골든 호텔 새르 블락카는 이걸로 유명해질 거란다!"

"죽은 수달로요?"

엄마는 그렇게 말하며 눈썹을 추켜세웠다. 정말 의심스럽다는 표정이었다.

"그럼. 과장하는 게 성공의 비결이지."

외할머니는 만족스럽다는 듯이 대답했다.

내 첫 번째 임무는 그 치와와에게 엉덩이를 공격당한 낡은 울버린을 수선하는 거였다. 외할머니는 울버린에게 프란스 애게르라는 이름을 붙여 주었다. 이유는 아무도 몰랐다.

나는 책상에서 정원 도깨비와 작살을 치우고 프란스 애게르를 놓았다. 꽤 큰 울버린이었다. 아마 80센티미터는 되는 것 같았다. 끝에는 풍성한 꼬리가 달려 있었다. 외할머니는 굵고 검은 실과 큰 바늘을 줬다. 나는 울버린을 뚫어져라 봤다. 울버린의 머리가 반대쪽을 향해 있는데도 마치 나를 보는 것처럼 느껴졌다. 나는 숨을 깊이 들이마시고 "미안!"하고는 프란스 애게르의 엉덩이에 바늘을 찔렀다. 나는 프란스 애게르가 소리를 지르거나 나를 물지도 모른다고 생각했다. 그렇지만 그런 일은 벌어지지 않았다. 프란스 애게르의 엉덩이는 족제비 파블로프와 마찬가지로 부드럽지도 푹신하지도 않았다. 오히려 단단했다. 회반죽이나 점토 같았다. 나는 한 땀 더 찔렀다. 그리고 한 땀 더. 내 손은 벌벌 떨렸다. 심장은 쿵쾅거렸다. 가죽과 털 조각을 이어 붙이는 것은 꽤나 어려웠다. 조각이 너무 작았기 때문이다. 마치 꽉 끼는 바지의 지퍼를 잠글 때와 같은 느낌이었다. 프란스 애게르가 죽은 다음에 몸무게가 불어나기라도 한 걸까? 게다가 도중에 길고 풍성한 꼬리도 있었다. 나는 울버린 엉덩이를 꿰매는 데 천부적인 재능이 있지 않았고 한편으로는 바느질 수업에서 울버린 엉덩이 꿰매기를 연습한 적이 없기도 했다. 내가 다섯 번째 땀을 놓으려는 순간 갑자기 끔찍하게 큰 소리가 들렸고 나는 겁을 집어먹고 마치 화상이라도 입은 듯이 프란스 애게르에게서 잽싸게 손을 뗐다.

교도소장이 주 교도소에서 파티를 열었다네
교도소 밴드가 등장해 울부짖기 시작했다네

하느님 맙소사. 주크박스 볼륨 조절이 대체 왜 안 되는 건데! 보보가 음악을 틀 때마다 나는 심장이 멎을 것만 같았다. 나는 프란스 애게르를 옆으로 떨어뜨리는 바람에 마치 그게 나를 응시하는 것만 같았다. 나를 죽일 것처럼 보였다.

"미안, 미안, 귀여운 프란스 애게르, 이제 두 번만 더 찌르면 돼!"

나는 마지막 땀을 최대한 빨리 꿰맸다. 마무리 지었을 때 나는 완전 녹초가 돼었다! 이마에서 땀이 흐르고 가슴에서는 심장이 고동쳤다.

나는 외할머니를 외쳐 불렀다. 외할머니가 문을 열자 문은 큰 소리로 삐걱거렸다. 외할머니는 큰 녹색 안경을 쓰고 프란스 애게르의 뒷부분이 잘 꿰매졌는지를 살폈다.

"잘했구나, 시게! 정말이지 장래에 박제 사무소에 취직해도 되겠는걸!"

외할머니는 금색으로 반짝이는 핸드백에서 20크로나 네 장을 꺼냈다.

"네가 손볼 수 있는 동물이 적어도 일곱 마리는 될 거다."

일곱 마리. 80크로나를 7번 곱하면 560크로나다. 엄청 많은 돈이다. 좋아!

그래. 울버린 엉덩이 수선하는 건 어쩌면 세상에서 가장 쉬운 일거리는 아닐지도 모른다. 그렇지만 무슨 상관이람. 덕분에 나는 인기를 얻겠다는 내 목표에 한 발 더 다가설 수 있었다. 머지 않아 나는 렌즈를 살 수 있을 거다.

"그저 가져오기만 하세요. 울버린, 수달, 족제비!"

"언제든 회색곰을 손봐야 하는 날이 오면 네가 한 말을 명심하길 바란다, 잊지 말렴!"

외할머니는 문을 나서려다가 우뚝 멈춰 섰다.

"이거 정말 짜증나는구나!"

외할머니가 그렇게 말했다.

"뭐가요?"

"여기 구멍!"

외할머니는 파랗게 반짝이는 손톱으로 문간에 난 작은 구멍을 가리켰다. 전에 외할머니가 공구 상자를 들이박은 곳이었다.

"어휴, 아무도 그런 건 신경 안 쓸 거라고요."

내가 말했다.

"아니, 내가 신경 쓴단다!"

외할머니는 그렇게 말하고는 다시 핸드백을 열었다.

외할머니는 뭔가를 찾아 뒤적거리더니 우표 뭉치를 꺼내 들었다. 그중 하나를 떼어 구멍 위에 붙였다.

"좋았어, 이제 네 방엔 스웨덴의 가장 위대한 풍경 화가의 엄청 커다란 그림뿐만 아니라 우리 국왕 칼 구스타프 16세의 아주 자그마한 초상화도 생겼구나! 장엄하고, 웅장하며 특별하지. 아주 딱이야!"

D-40

아빠, 나의 아빠

엄마는 외할머니의 지프를 빌려 마이켄과 보보를 데리고 스톡홀름으로 갔다. 마이켄과 보보가 스베드리크를 만나고 또 아파트에 두고 온 물건 몇 개를 가져오기 위해서다. 엄마는 같이 갈 거냐고 물었지만 나는 거절했다. 어쩌면 같이 가야 했을지도 모르겠다. 스베드리크는 9년 동안이나 내 새아빠였으니까. 그렇지만 잘 모르겠다. 우리는 공통점이 전혀 없었다. 스베드리크는 축구를 좋아했다. 축구를 직접 하기보다는 보는 걸 좋아해서 TV로 보거나 경기장에 가곤 했다. 스베드리크는 정말이지 나의 관심을 받으려고 갖은 애를 썼다. 우리가 같이할 취미를 찾고자 했던 것 같다. 그렇지만 나는 축구에 관심이 생기지 않았다. 아니, 그걸로는 충분히 설명할 수 없다. 나는 축구를 증오한다고 말하고 싶을 정도였다. 증오는 강한 단어라는 걸 안다. 엄마가 그렇게 말하곤 했으니까. 그렇지만 나는 그렇게 느꼈다. 스베드리크가 우리 삶에 끼어들기 전에 나는 축구에 중립적이었다. 당시 나는 겨우 세 살이었지만, 어쨌든. 스베드리크가 매번 집에 돌아와서 가장 먼저 하는 일은 소파에 앉아 축구 경기를 보는 거였다. 한 시간 정도 그러고 있었다.

스베드리크는 내게 축구에 대해 가르치려고 했었다. 선수들의 포지션이라든가, 오프사이드룰, 지역방어, 옐로카드와 레드카드 같은 것들. 그건 마치 외국어를 듣는 기분이었다. 어쩌구저쩌구, 그룹 경기 이러쿵저러쿵, 킥오프-웅얼-웅얼-죽음의 충돌, 아니 죽음의 조였던가? 기억나지 않는다. 나는 스베드리크가 떠들어대면 내가 죽음의 조에 속한 것 같았다.

스베드리크가 어쩌다가 TV 앞에서 일어날 때면 나와 같이 밖에 나가 '공으로 노는' 게 좋을 거라고 생각했던 것 같다. 나는 구기종목은 젬병이다. 공을 잡고, 던지고, 발로 차는 것들을. 나는 그저 겁을 집어먹고 몸을 피하기 일쑤였다. 대체 누가 돌처럼 단단한 공이 사타구니 한가운데에 날아오길 바라겠는가? 스베드리크가 내게 재능이 부족하다고 툴툴대자 엄마는 큰 목소리로 나를 옹호했다. "그건 얘가 사시라서 그런 거잖아! 거리를 가늠하지 못 한다고!" 나는 그게 사실인지 알 수 없었지만, 나는 공이 딱 한 개만 날아오더라도 잡을 수가 없었다. 나는 스케이트를 빼고 운동은 뭐가 됐든 꽝이다. 공 관련 스포츠는 정말이지 쓸모가 없다. 축구, 배구, 핸드볼, 야구 등등……

문제는 마이켄이 항상 공과 축구에 관심이 있다는 사실이다. 스베드리크가 세뇌시켜 그런 게 아니었다. 누군가가 골을 넣을 때마다 스베드리크가 매번 꽥꽥 고함을 쳐 댄 상대는 다름 아닌 나였다. "봐라, 시게, 하이라이트 봐 봐, 골대 한가운데야!" 정말이지 나는 전혀 관심이 안 갔는데 마이켄은 축구 유니폼을 입고 잔뜩 열이 올라 있는데도 말이다. 나는 마이켄이 딱했다.

그래도 어쨌든, 나는 스베드리크가 시도를 해 본 건 괜찮다고 생각한다. 내 생물학적인 아빠는 굳이 따지자면 시도를 해 본 적이 없으니까. 단 한 번도.

어렸을 적에 나는 자주 아빠가 나타나는 꿈을 꿨다. 그냥 딱하고 거기에 나타나는 거다! 모래색 옷에 흰색 무늬가 있는 헬멧을 쓰고 걸어오는 모습을 상상했다. 아빠가 왜 하필 그 옷을 입고 있는지 이유는 알 수 없지만, 그런 옷을 입고 등장하는 영화를 봐서 그런 것 같았다. 그리고 아빠가 연락하지 못한 것에 대해 아주 그럴싸한 변명을 하는 상상도 했다. 어쩌면 아빠는 지구의 평화를 위해 일하느라 너무 바빠서 연락을 못 할 수도 있다. 어쩌면 달에서 고립된 채 우주비행사들의 요리사로 근무하다가 그 사람들이 우연히 아빠를 떠나게 됐을 수도 있다. 아니면 멸종 위기에 처한 동물을 구하려다가 머리에 못된 오랑우탄이 던진 돌을 맞아 의식을 잃었을지도 모른다.

아빠가 돌아오면 내가 뭘 좋아하는지에 엄청나게 관심을 가질 거라고 생각했다. 발명하기, 그림 그리기, 인라인 타기, 피겨스케이팅 보기 같은 것들에. 아빠는 분명 축구에는 전혀 관심이 없을 것이다.

멍청한 소리라는 거, 나도 안다. 아빠는 변명의 여지가 없다. 그저 신경을 쓰지 않을 뿐인 거다. 그래서 나는 더는 그런 꿈을 꾸지 않는다.

악마 바나나

어느 날 오후 거실로 내려오니 보보, 마이켄 그리고 너구리 옷 소년이 TV 앞서 춤을 추고 있었다. 너구리 옷 소년은 그 너구리 옷을 항상 입고 있는 것 같았다.

유튜브에서 저스트 댄스 동영상을 틀어 놓고 있었다. 음악이 웅웅 울렸다.

곧 일이 터질 거야, 나는 고래고래 소리를 지르고 있어
어서 움직이는 게 좋을 걸, 어서 춤추는 게 좋을걸
끝내주는 밤을 보내자, 넌 기억도 못 할 거야
내가 바로, 네가 잊지 못할 단 한 명이야

뮤직비디오도 아닌 동영상은 그저 춤추는 사람들만 있을 뿐이었다. 아니, 정확히는 사람 하나랑 곰 하나라고 해야 하나. 동영상에서 춤추는 사람들을 똑같이 따라하는 게 목적인 것 같았다. 처음에는 그냥 지나쳐 갈까 했지만, 외할머니가 했던 말이 떠올랐다. 담배를 빌려주거나 춤을 출 줄 알면 인기를 얻을 수 있다나. 내가 사람들에게 담배를 빌려주는 건 불가능하지만, 춤추는 걸 좀 배우는 건 나쁠 게 없지 않겠는가? 피겨스케이팅은 어떤 면에서는 약간 춤추는 것과 비슷했고 나는 인라인을 신고 스핀을 할 줄 안다.

마치 끊임없이 스스로 검열해야만 하는 것 같았다. 내가 공을 이상하게 던지거나, 너무 부드러운 말투로 말하거나, 좋아한다고 말해서는 안 되는 것(피겨스케이팅)을 좋아한다고 말해 버린 바로 그 순간. 다른 사람들의 그 시선. 주로 다른 남자애들의 시선이었다. 그런 식으로 행동하고, 말하고, 생각해서는 안 됐다. 비록 왜 그런 건지 결코 이해할 수는 없지만.

보보는 박제 밍크 중 한 마리를 팔 아래에 끼고 서서 들썩이고 있었다. 반면 마이켄과 너구리 옷 소년은 TV를 뚫어져라 보며 똑같이 따라하려 애쓰고 있었다.

네 파트너를 빙빙 돌려
오늘 밤이 끝날 무렵, 일이 터질 거야

"이제 빙빙 돌아야 돼."

마이켄이 외치고는 너구리 옷 소년과 함께 뱅글뱅글 돌기 시작했다. 그때 마이켄이 나를 봤다.

"어! 오빠, 곰처럼 춤을 출 수 있어?"

마이켄이 그렇게 말하더니 웃음을 터뜨렸다.

"할 수 있을 거 같은데."

나는 그렇게 대답하고 양손을 공중으로 뻗었다.

"나도!"

너구리 옷 소년이 외쳤다.

나는 딱히 놀라진 않았다. 걘 곰을 좋아하는 것 같았으니까.

나는 둥글게 걸으며 TV에 나오는 곰과 똑같이 팔을 이쪽저쪽으로 휘둘렀다. 그런 다음 무릎을 꿇고 팔을 십자 모양으로 교차했다. 똑같이. 음악이 끝나자 마이켄은 그걸 다시 한번 틀었다.

"다른 노래 틀면 안 될까?"

내가 말했다.

"아니, 왜 그래야 돼? 이게 짱인데! 원래 제일 좋은 거 듣고 싶은 거잖아?"

우리는 춤을 추고 또 췄다. 처음에는 곰의 움직임을 따라 했지만 나중에 나는 곰이 어떻게 춤을 추든 내 마음대로 췄다. 보보를 공중으로 들어 올려 웃음을 터뜨릴 때까지 보보와 밍크를 뱅글뱅글 돌렸다. 마이켄과 너구리 옷 소년이 집중력을 잃을 때까지 팔아래를 간질였다. 바닥에 누워 다리와 팔을 휘저었고, 펄쩍 뛰어 올라 바닥을 딛고 두 발로 통통 뛰었다. 그러자 아인슈타인이 짖기 시작했다.

갑자기 엄마가 거기에 서 있었다. 엄마는 집에 돌아온 게 분명했다. 엄마는 신발을 신고 있었다. 평소에는 결코 신발을 신고 집 안으로 들어오지 않았는데 말이다. 엄마는 TV 앞으로 가서 전원을 껐다. 모든 게 갑작스럽게 조용해졌다. 엄마는 진지한 표정으로 우리를 봤다.

"바나나에 큰 글씨로 '악마'라고 쓴 게 누구니?"

마이켄이 몸을 배배 꼬았다.

"왜 날 봐요?"

"마이켄, 이제부터 내가 면접 보러 가서 대기하면서 있었던 일을 얘기해 주마. 엄마는 면접 때 배고플지도 모르니까 바나나 하나를 집어 갔어. 핸드백에서 바나나를 꺼내자마자 한 남자가 내 이름을 외치더구나. 그래서 나는 손에 바나나를 쥐고 그 사람 사무실에 들어갔지. 그 사람이 나더러 자리에 앉으라기에 옆에 있던 의자에 핸드백이랑 바나나를 내려놨지. 그런데 그 남자가 내 눈을 똑바로 쳐다보지 못하더구나. 대신 바나나를 뚫어지게 보더라고. 그제야 나는 바나나를 봤는데 거기에 '악마'라고 적혀 있더구나. 마이켄, 그 사람이 뭐라고 생각했을 것 같니?"

마이켄의 눈이 똥그래졌다. 웬일인지 꽤 죄책감을 느끼는 것 같았다. 마이켄도 분명 엄마가 취직하는 게 얼마나 중요한 일인지 알고 있을 것이다.

"마이켄, 왜 그랬니? 그 일자리는 엄마가 정말 원하던 거였어!"

엄마가 말했다.

"화가 났었어요!"

"왜?"

"엄마는 내가 스프링클 가루를 다 먹었다고 생각하고 나한테 화를 냈으니까요. 그렇지만 전 그러지 않았어요. 그걸 타잔하고 프라세한테도 줬단 말이에요."

"그래."

엄마는 그렇게 말하고 눈을 꾹 감았다.

"그래도 나쁜 말을 바나나에 새기지는 말아 줄래?"

"네."

마이켄은 그렇게 말하고 재빨리 거실에서 빠져나갔다.

"어디 가니?"

"너무 배고파서요. 바나나 하나 먹어야 할 거 같아요. 아니면 두 개. 어쩌면 세 개요."

엄마는 마이켄을 쳐다봤다. 그러다가 갑자기 예상치도 못하게 웃음을 터뜨렸다.

"다른 바나나에는 뭐라고 적었길래?"

마이켄은 멈춰서더니 몸을 돌렸다.

"아무것도 안 썼어요!"

"뭐라고 썼는데?"

엄마가 다시 물었다.

"그냥 하나에다가 엉덩이라고 적었어요. 다른 하나에는 똥이라고. 그리고 하나에는 아마 망할이라고 쓴 거 같아요."

"널 어쩌면 좋겠니, 얘야?"

엄마가 말했다.

그렇지만 엄마는 더는 딱히 화가 난 것 같지 않았다. 엄마는 우리를 빙 둘러봤다.

"자, 혹시 바나나 먹고 싶은 사람 있니? 엉덩이 바나나로 꼬드기면 넘어오나? 망할 바나나는 어떠니? 아니면 똥 바나나?"

"저요! 맛있을 거 같은데요."

너구리 옷 소년이 공손하게 대답하고는 마이켄을 따라 부엌으로 향했다.

캐딜락을 탄 정원 도깨비

나는 선글라스를 쓰고 현관 거울을 훑어보았다. 웃고 있다는 게 뚜렷하게 보일 정도로 미소를 지으려고 했지만 잘 안 됐다. 오히려 화장실이 급하거나 뭐 그런 것처럼 보였다. 저 멀리 계단 근처에서 얼룩말이 나를 뚫어지게 보고 있었다. 오늘은 보보의 연노란색 차양모를 쓰고 아인슈타인의 리드 줄을 목에 감고 외할머니의 연두색 로브를 등에 걸치고 있었다.

"내가 너였으면 그렇게 비판하듯이 보지 않았을 거야. 그런 차림을 하고서는!"

나는 얼룩말에게 말했다.

나는 정원 도깨비를 에코백에 담았다. 정원 도깨비를 데리고 사진을 찍을 만한 재미있는 곳을 찾아 볼 계획이다. 런어웨이놈은 팔로워가 387명에 달했고 많은 사람이 지금 정원 도깨비는 뭘 하는지 궁금해했으며 더 많은 사진을 올려달라고 했다. 그 사람들을 실망시키지 않아야 한다는 사명을 느꼈다. 그리고 또 유노를 약 올리면서 내 안의 아주 작은 부분이, 솔직히 꽤나 큰 부분이 만족을 느꼈다. 전에 정원 도깨비와 밍크 사진을 올린 뒤 유노는 화를 참지 못하고 폭발했다! 유노는 이렇게 적었다. 내가 널 잡는 날이 오면 넌 태어난 걸 후회하게 될 거야! 나는 화난 악마 이모티콘을 한 줄에 그렇게 많이 쓴 것을 처음 보았다.

정원 도깨비 사진을 찍는 것 말고도 나는 다른 사람들과 사교적으로 이야기를 나누는 연습도 할 생각이었다. 시간이 점점 흐르고 있었으니까. 이젠 끔찍하게도 개학까지 36일밖에 남지 않았다. 이번에 나는 유쾌하게 굴면서 다른 사람들을 웃게 하는 데 집중할 계획이다. 전처럼 뜬금없이 내 스스로에 대해 말하거나 다른 사람들에게 질문을 던지는 것보다도 그게 더 쉬울 것 같았다.

내게 달려들어 입에 뽀뽀하는 아인슈타인을 토닥이고는 이따보자는 인사를 외치고 바깥문을 열어젖히려는 순간이었다. 외할머니가 초밥 잠옷을 입고는 계단을 뛰어내려왔다(초밥 잠옷은 당연하지만 초밥으로 만들어진 게 아니라, 옷에 초밥 모양이 엄청 많이 그려져 있는 거다).

"너 나갈 거니, 시계야?"

외할머니가 숨을 헐떡이며 말했다.

"마침 너한테 나랑 같이 짭짤한 부수입을 벌러 갈지 물어보려던 참이었는데."

할머니는 엄지와 검지를 서로 비볐다.

"짭짤한 뭐요?"

"얘야, 내가 그걸 적나라하게 말해야만 하겠니? 돈!"

"아!"

나는 곧장 관심이 쏠렸다.

"수선해야 할 동물이 더 있어요?"

프란스 얘게르의 엉덩이를 고친 이후로 나는 여우의 뒷다리와 꽤 삐딱한 수달의 귀를 고치는 영예를 얻었다. 렌즈를 사려고 모아둔 돈에 추가로 빳빳한 160크로나가 더해졌다.

"아니, 이번엔 전혀 다른 거란다."

할머니가 말했다.

내가 문 앞에서 돌아서자 아인슈타인이 기뻐서 종종 뛰는 동안, 외할머니는 만토르프 파크에서 열리는 스포츠카 사교 모임에 갈 거라고 말했다. 만토르프 파크는 분명 카레이싱 도로가 있는 곳이고 외할머니는 거기에 가서 드래그 레이싱(자동차로 402미터 직선 도로 달리기)인가 하는 경주에 참가할 거라고 했다. 레이싱은 '그저 재미로' 하는 것으로 '이기든 지든 아무런 상관이 없다'고 할머니는 말했다. 왜냐하면 '같이 어울리는 게 재미니까' 말이다. 그렇지만 카드, 크로켓, 볼링 아니면 어떤 보드게임이든 외할머니가 게임을 하는 걸 본 적이 있는 사람이라면 하나같이 경쟁에 임하는 외할머니의 자세가 말과는 달리 태평하지 않다는 걸 안다.

사실 외할머니는 매번 게임에 지는 사람은 아니다. 그저 놀라울 정도로 죄다 승리한다. 외할머니는 정말 어떻게 저렇게까지 기뻐할 수 있을까 싶을 정도로 기뻐한다! 몸에서 빛이 날 정도로! 그리고 외할머니는 단지 어리다는 이유만으로 특별한 규칙을 적용받아서는 안 된다고 생각한다(이건 엄마와 외할머니가 의견 일치를 보지 못하는 수많은 것 중 하나다). "그러면 애들이 못 배우잖니!"라는 게 외할머니의 지론이다. 다시 말하자면 우리는 외할머니와 게임을 하면 100번 중 97번은 진다는 소리다. 그럼에도 외할머니와 게임을 하는 건 즐거웠다. 외할머니는 현명한 수를 쓰면 아낌없는 칭찬을 했고 어쩌다가 내가 이기기라도 하면 마치 자신이 이긴 것처럼 기뻐했다. 그럴 때면 이긴 게 더욱 기분이 좋았다. 외할머니가 게임을 대충 해서 져 준 게 아니라 진짜로 내가 이겼다는 사실을 알게 되니까.

"그럼 나랑 같이 만토르프 가는 거지?"

외할머니가 물었다.

"그건 그렇고…… 제가 거기서 어떻게 돈을 벌어요?"

"스포츠카광들이 뭘 하냐면 말이다, 술을 마신단다. 상상조차 할 수 없을 정도로 많은 맥주를 마시지. 그래, 그게 진짜냐고 생각할 수도 있겠지. 맥주를 마시면 당연히 운전을 못 할 테니 말이다, 안 그러냐? 하지만 너도 알겠지만, 많은 사람은 거기에 가서 캠핑도 한단다. 그 사람들은 경주에 직접 나서지 않아, 그냥 그

무시무시한 알루미늄 캔에 든 술을 들이부으면서 멋진 차들을 감상하기만 할 뿐이지."

"아아! 그러니까 판트*할 수 있는 캔 말이죠?"

"바로 그거다, 얘야! 두둑하게 벌어들일 수 있을게다!"

결정했다. 거기서라면 인기를 얻는 연습을 하면서 동시에 돈도 벌고 또한 정원 도깨비 사진도 찍을 수 있을 것이다. 일석이조는 이런 거다.

*　*　*

우리는 많은 밭과 집, 마구간과 버스 정류장을 지나쳐 갔다. 스머프처럼 파란 하늘에서 태양이 우리를 비추고 있었다. 갑자기 외할머니가 엑설레이트를 밟았고 빨간 콜벳은 로켓처럼 내달렸다. 엔진이 웅웅 소리를 냈고 나는 온 몸으로 차가 떨리는 걸 느꼈다. 배가 기분 좋게 간지러웠던 탓에 나는 기쁨에 찬 환성을 질렀다. 외할머니는 나를 보더니 웃었다. 나는 외할머니의 콜벳을 타는 게 좋았다! 바람이 얼굴을 훑었고 머리카락은 소용돌이쳤다. 마치 공기를 붙잡기라도 하듯이 손을 뻗었다. 기분이 끝내줬

---

* 스웨덴에서는 알루미늄 캔과 플라스틱 병을 식료품 매장 근처의 기계에 투입하면 병 크기에 따라 소액을 돌려 주는데, 병 회수 행위를 판트(pant)라고 부른다.

다. 나는 인기를 얻으면 이와 비슷한 기분이 들 거라고 생각했다. 마치 모든 것 위로 미끄러지는 것 같은 기분이지 않을까. 그다지 걱정할 거리도 없고.

몇 시간 뒤에 외할머니는 어마어마하게 넓고 푸른 잔디밭 위에 주차했다. 시동이 꺼지니 쥐 죽은 듯이 조용했다. 주위를 둘러본 나는 딱 이 말 한 마디밖에 할 수 없었다.

"우와!"

"그렇지!"

외할머니가 말했다.

나는 솔직히 차에 딱히 관심이 없었지만, 이번에는 좀 특별했다. 이렇게나 멋진 자동차들이 한데 모여 있는 걸 보게 될 거라고는 상상도 한 적이 없기 때문이다. 게다가 색은 또 얼마나 다양한지! 보통 사람들이 몰고 다니는 차는 대부분 은회색이다. 외할머니에 따르면 은회색은 얼룩이 잘 안 보이기 때문이란다. 그건 분명 실용적이기는 하지만 견디기 어려울 정도로 밋밋하기도 했다. 여기 있는 차들은 형광 노란색, 하늘색, 짙은 와인색, 시금치처럼 짙은 초록색, 짙은 보라색, 청록색, 분홍색 등등 상상할 수 있는 모든 색이 모여 있었다! 차들은 모두 햇빛을 받아 반짝반짝 빛나고 있었다. 외할머니가 차 한 대를 가리켰다.

"얘야! 저기 있는 하늘색 캐딜락 좀 보렴. 어머나, 세상에, 너무 예쁘구나. 저건 1958년도 엘도라도 세빌이란다. 보이니, 저 곱고 빨간 가죽 시트가. 그리고 저기도 보렴! 저 까맣고 흰, 날개 달린 차를. 닷지 코로넷이구나. 저기 저 멀리에도. 맙소사, 저 녹색 올 즈모빌은 또 어떻고! 저건 분명 1972년도 모델일 거다."

사람들은 반짝이는 스포츠카 사이를 한가로이 거닐고 있었다. 차 앞에 잠시 서서 경탄의 눈길을 보내고는 다시 걸음을 옮겼다. 나는 곧장 외할머니가 제대로 짚었다는 걸 알아챘다. 거의 두 명 중 한 명 꼴로 손에 맥주 캔이나 병을 들고 있었다!

"시게, 네 행운에 감사하렴. 오늘 정말 데스밸리만큼 열기가 뜨겁구나! 넌 부자가 될 거야!"

"외할머…… 제 말은, 샬로트, 샬로트는 천재예요!"

"나도 안단다, 얘야. 나도 알지."

나는 둘둘 말려 있던 크고 검은 쓰레기 봉지를 꺼내고 차 문을 쾅 닫았다. 이건 외할머니가 챙겨 두라고 했던 물건이다. 이젠 빈 캔들을 미친 듯이 쓸어 담기만 하면 된다!

외할머니는 어떤 아저씨랑 인사를 하더니 얘기를 나누기 시작했다. 외할머니는 차체에 흠집이 난 걸 어떻게 고쳤는지 얘기를 했고 그 아저씨는 자기 차 바퀴 통 덮개에 크롬 도금을 했다고 말했다. 대체 무슨 얘기람. 나는 이윽고 우리가 헤어져 각자의 길을 가야 한다는 걸 파악했다. 해야 할 일이 있으니 말이다. 그리고 내가 지루해 죽는 걸 막기 위해서도 그래야만 했다. 나는 외할머니한테 이따 보자고 인사를 했다.

사람들이 많이 모여 있는 곳으로 가는 게 가장 좋은 방법이겠지만, 나는 잠시 생각한 뒤 약간 떨어진 곳으로 가기로 했다. 정말이지 따분한 구역이었다. 대부분은 차 같은 데에 쓸 수 있는 예비 부품이나 장식 같은 걸 팔고 있었다. 그렇지만 한 노점에서는 50년대 간식거리를 팔고 있었다! 그러니까, 옛날 간식 말이다. 팬지 캔디갑, 토이(TOY) 풍선껌, UFO 캔디, 사람 모양의 새콤한 젤리 그리고 초콜릿 담배 같은 것들이 있었다. '초콜릿 담배라니, 진짜 이상하네!'라는 생각이 든 뒤에야 외할머니의 말이 생각났다. '담배 빌려 주기' 내가 진짜 담배를 빌려 주고 다닌다면 눈에 띄기 십상이다. 그렇지만 초콜릿 담배라니! 독특하지 않겠는가!

나는 혹시나 해서 한 갑을 샀다. 포장 상자는 파란색이었고 진짜 담뱃갑처럼 생겼다. 그게 진짜가 아니라는 걸 알 수 있는 한 가지 단서는 담뱃갑에 적힌 초콜릿이라는 문구였다.

약간 시간이 지난 뒤에 나는 차 사이사이에 일광욕 의자를 펴고 앉은 사람들 옆에 주워 담을 돈이 많다는 것을 파악했다. 많은 사람들이 이미 한두 시간 전부터 일광욕을 하면서 맥주를 마시고 있던 것 같았다. 아직 오후 두 시도 안 됐는데 말이다. 나는 열심히 빈 캔을 주우며 만토르프에 오던 길에 검색으로 알아낸 자동차에 대한 농담을 몇 번 던져 보기도 했다.

사람들이 가장 많이 웃었던 농담은 이거였다.

1. 자메이카에서 온 차는 어떻게 알아볼 수 있을까요?

표지판에 레게 띠를 두르고 있답니다.

2. 얼마 전에 개봉한 화물차 영화 봤어요?

아뇨, 근데 트레일러는 봤어요.

3. 한 남자가 자동차 안전 검사를 받으러 왔는데 검사관이 "이 보세요, 바퀴 각도를 좀 조정해야겠는데요"라니까 그 남자가 말하길 "내가 바퀴 각도 조정한 건 문제가 없어요. 바퀴를 대하는 당신 태도가 문제죠"래요.

어떤 남자는 세 번째 농담에 웃다가 의자에서 굴러떨어질 뻔하기도 했다. 그러더니 그 남자는 오렌지 맛 환타와 구겨진 20크로나를 내밀며 이렇게 말했다.

"젠장, 형이 양치하려다가 잘못 집어서 새우 맛 치즈로 양치한 이후로 이렇게 웃기는 처음이네!"

돌아다니며 한 시간 정도 캔을 주우니 쓰레기봉투가 꽉 차서 거의 질질 끌고 다녀야 했다. 나는 외할머니의 콜벳에 그걸 던져놔야겠다고 생각했다. 그때 파란색 무선 조종차가 빠른 속도로 내게 돌진해 왔다. 그건 내가 전에 봤던 그 어떤 무선 조종차 보다도 컸다. 높이가 거의 1미터는 돼 보였다. 내 발 앞에서 급정지하더니 내 주변을 둥글게 빙빙 돌기 시작했다. 은색 안테나가 내 다리를 긁어 댔다. 그러더니 두 차 사이로 이동했다. 그 차를 따라가 보니 엄마 나이 또래의 갈색 곱슬머리 여자가 있었다. 여자는 선글라스를 끼고 손에는 커다란 조종기를 쥐고 있었다.

"멋지지?"

그 여자가 미소 지으며 말했다.

"완전요."

내가 말했다.

"이건 캐딜락 엘도라도야. 내 차랑 똑같은 모델이지."

그 여자는 자기 오른쪽에 있는 차를 향해 고개를 으쓱해 보였다. 그 차는 자그마한 무선 자동차와 똑같이 생겼다.

그때 나는 정말이지 번뜩이는 아이디어가 떠올랐다. 너무 끝내주는 탓에 몸에 전율이 오를 정도였다.

"저기요, 제가 차를 좀 빌려도 돼요?"

나는 그렇게 물어보고는 "무선 자동차요!"라고 덧붙였다.

그 여자는 선글라스를 이마 위로 올리더니 나를 훑어보았다. 미심쩍은 표정이었다.

"돈 드릴게요."

나는 그렇게 말하며 주름이 가득한 20크로나를 주머니에서 꺼내 손으로 조심스럽게 펴서 그 여자에게 내밀었다.

바람에 지폐가 팔락거렸다.

그 여자는 다시 콧잔등에 선글라스를 올리더니 이렇게 말했다.

"아냐, 괜찮아. 빌려 줄게. 그렇지만 조심해야 한다!"

내가 정원 도깨비를 꺼내자 그 여자는 마음을 바꿔먹으려고 했다. 정원 도깨비가 차에 올리기엔 너무 무거울 것 같다고 생각한 모양이었다. 그렇지만 나는 내 런어웨이놈 계정을 설명하고 인스타그램에서 사진들을 보여 줬다. 그러자 그 여자는 웃음을 터뜨리더니 당장 계정을 팔로우해야겠다고 말했다.

나는 앞 좌석에 정원 도깨비를 앉혔다. 정원 도깨비의 다리를 구부릴 수는 없어서 처음에는 세워 두고 시험해 봤지만, 작은 캐딜락이 달리기 시작하자 밖으로 굴러떨어졌다. 선글라스를 쓴 여자도 열정적으로 관심을 보이며 함께 이야기한 끝에 정원 도깨비를 비스듬하게 놓아 마치 차 안에서 느긋하게 반쯤 누워 있는 것처럼 보이게 하는 게 최선이라는 결론을 내렸다. 정면에서 동영상을 촬영하면 마치 정원 도깨비가 직접 운전하는 것처럼 보였다.

우리는 그 여자가 조종기를 쥐고 조종하면 내가 동영상을 촬영하기로 했다. 하여간, 정원 도깨비가 작은 캐딜락을 타고 잔디밭 위를 달리며 사람들을 스쳐 지나갈 때 깜짝 놀라던 사람들 표정하고는! 진짜 만족스러운 동영상을 찍기 위해 한 30분 정도는 그러고 있었던 것 같다. 완성된 동영상에서 정원 도깨비는 '인생은 고속도로(Life is a highway)'라는 노래에 맞춰 차를 타고 푸른 잔디밭을 달리고 있었다. 그건 '카(Cars)'라는 영화 삽입곡이다. 마이 켄이 어렸을 적에 정말 좋아했던 영화다.

나는 내 인스타 계정에 동영상과 글을 올렸다.

드디어 정원 도깨비에게 딱 맞는 이동 수단을 마련했어! 캐딜락 엘도라도지! 자유가 느껴져. 모자로는 속도가, 수염으로는 바람이 느껴지지! 다음에 내가 어디로 갈지 맞춰 볼 사람? 밀라노? 파리? 알링소스? 하늘에 뜬 별만큼, 바다에 있는 물방울만큼, 전 세계에 있는 피로한 정원 도깨비들 수만큼이나 가능성은 무한하다고. / 빌보

헤어지기 전에 그 여자는 나와 정원 도깨비의 뺨에 입을 맞췄다. 나는 어떤 게 더 이상한지 잘 판단이 서지 않았다. 에코백에 정원 도깨비를 가지런히 넣고 나는 외할머니의 차를 향해 캔이 든 봉지를 끌고 갔다. 한 30미터쯤 떨어진 거리에서 외할머니가 나를 보더니 마치 물에 빠지기라도 한 것처럼 소리를 지르면서 팔을 휘저었다. 외할머니의 반지들이 반짝였다. 햇빛을 반사한 탓에 거의 번쩍였다고 하는 게 맞겠다.

"시게, 시게!"

외할머니가 소리쳤다.

"너한테 20번은 전화했을 거다! 대체 왜 휴대전화를 안 가지고 다니는 거니? 가자! 이제 운전해야 해!"

"네? 뭐라고요?"

"드래그 레이싱 말이다, 얘야! 곧 내 차례야. 얼른 타! 쓰레기봉투는 여기에 두려무나."

"절대 안 돼요! 이 안에 100크로나는 넘는 캔들이 들어 있다고

요! 200크로나일지도 모르는데!"

외할머니는 영광의 날을 기념하기 위해 입은 노란 바지 주머니에 손을 찔러 넣고는 곰곰이 생각하는 표정으로 우선 나를, 그다음에 콜벳과 봉투를 살폈다.

"혹시 여기 트렁크에 넣어 두면 안 돼요?"

내가 희망에 차서 물었다.

"시게, 이 차 트렁크는 기껏해야 빅맥만 하단다. 아니면 그걸 무릎 위에 올려두고 있으렴."

외할머니는 차 문을 열고 내게 얼른 타라고 재촉했다. 그런 다음 쓰레기봉투를 내 무릎에 올리고 혹시라도 캔이 쏟아지지 않도록 꼼꼼하게 매듭을 지었다. 그리고는 내게 그걸 꽉 쥐고 있으라고 부탁했다. 마치 하마를 닮은 커다란 무민을 끌어안고 있는 것 같았다. 검고 달그락 소리가 나는 무민이었다. 외할머니가 운전석에 앉은 순간 나는 뭔가 잊어버린 게 있다는 걸 깨달았다.

"빌보!"

"뭐?"

"정원 도깨비를 깜빡했어요!"

"뭘 깜빡했다고?"

외할머니에게 만토르프까지 왜 정원 도깨비를 가지고 왔는지 설명하는 건 다소 까다로웠다. 그렇지만 운 좋게도 서둘러야만 했기에 외할머니는 더 캐물을 시간이 없었다. 봉투가 바닥을 거의 차지한 탓에 외할머니는 정원 도깨비가 든 에코백을 내 옆에 놓아야 했다. 외할머니는 운전하는 동안에 차 안에서 굴러다니지 않도록 정원 도깨비를 안전 벨트로 단단히 묶었다. 에코백이 아래로 약간 처진 탓에 빌보의 모자와 털이 텁수룩한 작은 얼굴이 엿보였다.

캔이 든 비닐 봉투가 너무 컸던 탓에 나는 외할머니가 어디로 운전하고 있는 건지 거의 보이지 않았다. 그렇지만 한 2분 정도 짧은 드라이브 끝에 멈춰 섰을 때, 비닐 봉투를 꽉 움켜쥐고서 그 옆으로 흘긋 살펴볼 수 있었다.

우리는 아스팔트로 포장된 곧게 뻗은 기다란 길의 시작점에 서 있었다. 길은 지평선까지 이어졌다. 외할머니의 왼쪽으로는 높은 탑이 있고 오른쪽으로는 파랗게 빛나는 스포츠카가 있었다. 그 스포츠카 안에는 운전대를 쥔 남자가 앉아 있었다. 그 사람은 스포츠카 뒷바퀴에서 흰 연기가 뭉게뭉게 피어오를 정도로 엑셀레이트를 세게 밟았다. 그럼에도 차는 여전히 가만히 서 있었다. 외할머니도 엑셀레이트를 밟았다. 엔진이 웅웅거렸고 고무 타는 냄새가 났다.

"시게, 얘야, 저 파란 콜벳에 탄 남자를 겁먹게 할 수 있겠니?"

외할머니가 엔진 소리를 뚫고 말했다.

나는 아무것도 이해할 수가 없어서 이렇게 외쳤다.

"뭐라고요?"

"나는 운전하기 전에 같이 경주하는 사람을 겁먹게 하려거든. 뚫어지게 보거나 해서. 그리고 난 저 남자가 마음에 안 드는구나! 카르카로프! 저 남자가 전에 나한테 허술한 자동차 기화기를 판 적이 있거든. 그런데 내가 저 사람의 기를 어떻게 꺾겠니? 망할 봉투 때문에 아무것도 안 보이는데."

"알겠어요."

나는 의심스러운 말투로 대답하고는 옆 차에 타고 있는 남자를 노려보았다.

그 남자는 검은 머리카락을 뒤로 넘기고 있었다. 그렇지만 머리카락 사이로 빈 부분이 얼핏 엿보여 대머리를 숨기는 데에는 실패했다. 턱수염은 뺨까지 텁수룩하게 나 있었다. 그 남자는 내 시선을 되받아치면서 악의가 가득 하다고 밖엔 말할 수 없는 미소를 지었다. 그 남자의 이 중 하나는 금니였고 햇빛에 빛이 났다. 살면서 살인자를 마주친 적은 한 번도 없지만, 살인자가 어떻게 생겼을지 상상해보라고 한다면 바로 그 남자처럼 생겼을 것 같았다. 나는 곧장 다른 곳으로 시선을 돌렸다.

드래그 레이싱 도로 오른편에는 사람들로 가득 찬 계단식 관람석이 있었다. 사람들은 마치 형형색색의 점처럼 보였다. 젠장, 저기서 캔을 주워야 하는 건데! 그런 생각이 들었다. 그렇지만 내가 생각이 끝나기도 전에 확성기에서 목소리가 울렸다.

"왼쪽 도로에는 빨간 쉐보레 콜벳이 있습니다. 1960년 모델로

샬로트 바일드가 운전합니다! 그리고 오른쪽 도로에는 페트로 페
테숀 카르카로프입니다! 1976년 모델 코발트 블루 메탈릭 색상
의 쉐보레 콜벳이죠!"

"바로, 지금이다, 얘야. 이제 시작이야!"

외할머니는 앞을 뚫어지게 노려보며 말했다.

나는 출발 총성도 듣지 못했고 심지어 무슨 일이 일어나는지
이해도 못했는데, 외할머니가 엄청나게 빠른 속도로 내달려서 숨
을 쉬는 것도 잊을 정도였다. 나는 경련을 일으킨 것처럼 봉투를
움켜쥐었다. 마치 나는 바다에 빠져 죽어가는 사람이고 그게 구
명부표라도 되는 듯이 말이다. 속도가 너무 빨랐던 탓에 온몸의
피가 발로 쏠리는 것 같았다. 내가 막 '이제 난 죽었다, 곧 부딪히
겠지!'라고 생각하기 무섭게 경주는 끝났다. 우리는 결승점을 지
났다. 차는 여전히 미친 듯이 빠른 속도로 앞으로 달려가고 있었
지만 말이다. 외할머니는 웃음을 터뜨리더니 공중으로 주먹을 쳐
들며 승리의 자세를 취했다.

"외할머니, 운전대 쥐세요! 양손으로!"

외할머니는 내 말을 못 들은 것 같았다. 아니면 그냥 못 들은
척했거나.

"우리가 이겼다, 이겼다, 이겼어! 시게, 얘야, 우리가 악당 카르
카로프를 이겼단다!"

외할머니의 긴 회색 머리카락이 공중에 휘날렸다. 외할머니는

다시 웃음을 터뜨렸다. 이번엔 웃음소리가 더 컸다.

차 속도가 어느 정도 느려지자 다시 피가 도는 느낌이었다. 나는 입을 열었다.

"그렇지만 이기든 지든 별 상관없다면서요? 전에 그렇게 말했잖아요?"

외할머니는 이렇게 대답했다.

"그래, 그랬지. 맞는 말이다. 그냥 이기는 게 정말이지 주체할 수 없을 정도로 신나서 그런 것뿐이란다!"

엄마가 취직했어!

저 멀리 현관에서 외할머니의 유선 전화가 화난 동물처럼 울리는 소리가 들렸다. 보보가 주크박스로 엘비스 노래를 틀어 둔 데다가, 마이켄과 너구리 옷 소년은 다양한 동물 울음소리를 큰 소리로 흉내 내며 놀고 엄마는 청소기를 돌리고, 아인슈타인은 거실 스피커 뒤에서 기니피그를 한 마리 발견한 뒤로 계속 컹컹 짖고 있던 탓에 우리는 처음에 그 소리를 거의 못 들었다. 우리에서 탈출한 건 타잔이었다. 나는 당근을 손에 쥐고 타잔을 꾀어 내려 애를 썼다. 그렇지만 아주 잠깐 동안의 정적이 찾아왔을 때, 소란스러움을 뚫고 큰 소리로 울리는 전화벨 소리가 들렸다. 외할머니가 전화를 받았다.

"로열 그랜드 골든 호텔 샤르블락카의 샬로트입니다!"

잠시 뒤 외할머니는 발로 청소기 줄을 감고 있는 엄마에게 수화기를 건넸다. 때마침 마이켄과 너구리 옷 소년이 현관문 바깥으로 뛰쳐나간 덕분에 훨씬 조용해졌다. 엄마는 손가락으로 앞머리를 쓸어 뒤로 넘겼다.

"전화 바꿨습니다, 한나입니다."

나는 엄마를 쳐다봤다. 잠옷 바지와 헤지고 검은 티셔츠를 입고 서 있는 엄마를. 휴대전화가 아닌 전화번호로 엄마를 찾는 사람이 있다니. 엄마는 심각한 표정을 지었다.

"네."

엄마가 대답했다.

아인슈타인이 다시 짖었지만, 나는 재빨리 아인슈타인의 코와 입을 막았다. 중요한 대화가 오가고 있다는 사실을 눈치챘기 때문이다. 나는 당근을 조금 베어 물어 아인슈타인에게 주었다. 아인슈타인은 곧장 조용해지더니 당근을 씹기 시작했다. 주황색의 작은 당근 조각이 바닥으로 떨어졌다. 나는 타잔이 움직임을 막으려고 스피커 앞에 앉았다.

"당연하죠. 아주 좋아요. 그럼 그렇게 하죠. 네. 끊을게요."

엄마가 그렇게 말하고는 수화기를 놓았다. 그러더니 나를 뚫어지게 보다가 이렇게 외쳤다.

"와아아아아악! 시게! 엄마 됐어! 취직했어!"

"뭐라고요?! 진짜요?"

엄마는 자그맣게 승리의 춤을 추더니 양손을 허공에 번갈아 찔러 댔다.

"이야아아아아앗호!"

엄마는 함성을 질렀고, 나는 엄마가 엄청 기뻐 보이기에 웃음을 터뜨렸다.

"이리 오렴, 내 아들! 이리 와서 엄마 좀 안아다오!"

엄마가 외쳤다.

"안 될 것 같아요! 아인슈타인이 타잔을 먹어치우면 어떡해요."

"그럼 엄마가 가마!"

엄마는 내 쪽으로 달려오더니 바닥으로 몸을 던지며 마치 무대 위의 록스타처럼 무릎으로 미끄러져 왔다. 바닥재가 미끄러웠던 탓에 엄마는 다시 짖는 아인슈타인과 정면으로 부딪혔다. 엄마는 나를 꽉 안아 주었고 나도 엄마를 꽉 안았다. 가슴 속에서 무언가 따뜻한 게 피어올랐다. 엄마의 행복감이 전염된 것이다.

"축하해요, 엄마!"

내가 말했다.

"시게! 모르겠니, 이건 환상적인 일이야! 진짜 취직하고 싶던 일자리를 얻었다고! 드디어 조금이라도 돈을 벌 수 있게 됐어!"

"무슨 일이니?"

외할머니가 거실로 들어오며 물었다.

엄마는 외할머니를 올려다보며 말했다.

"취직했어요! 목요일부터 출근이래요."

"잘 됐구나, 얘야! 평소 같으면 일은 딱히 할 일 없는 사람들이

나 하는 거라 여겼지만, 바로 오늘만큼은 그 말을 부정할 수 있겠구나!"

"진짜 행복해요! 그 사람들이 나를 뽑았다고요! 나를!"

그렇게 말하는 엄마의 얼굴이 정말로 빛나고 있었다.

"그래, 그 사람들이 널 뽑는 건 당연하지. 널 안 뽑는 건 말도 안 되는 소리지! 축하해야겠구나! 어디 찬장에 둔 샴페인 한 병이 있을 건데. 그걸 냉장고에 넣어야겠구나!"

그제야 마이켄이 뛰어 들어왔다. 바로 뒤에는 너구리 옷 소년이 있었다. 그 둘은 이렇게 울부짖었다.

"음메 음메 음메! 꿀 꿀 꿀! 히힝 히힝 히힝!"

"마이켄! 마이켄, 엄마 취직했어! 그 남자가 악마라고 적힌 바나나를 보고도 날 뽑았어."

엄마가 말했다.

마이켄은 부엌으로 모습을 감췄다. 마이켄이 냉동실 문을 열고 선반을 꺼내는 소리가 들렸다. 그러더니 냉동실 문을 쾅 닫는 소리가 났다. 마이켄은 다시 거실로 돌아와 한 번도 본 적 없을 정도로 큰 미소를 얼굴 가득 지었다. 잠시 뒤, 나는 마이켄이 콩소시지를 입안에 가로로 쑤셔 넣는 것을 알았다. 양 볼이 만화 캐릭터처럼 비어져 나왔다. 마이켄은 뭐라고 말을 하려 했지만 소시지 때문에 이상한 소리만 나올 뿐이었다. 마이켄은 소시지를 입에서 꺼내더니 이렇게 말했다.

"바로 그것 때문에 취직한 거라고요! 내 덕분에!"

마이켄은 그러더니 담배처럼 입술 사이에 소시지를 끼웠다. 너구리 옷 소년도 콩소시지를 가지러 달려갔다.

엄마는 웃음을 터뜨리더니 나를 가까이 끌어당겼다.

"아, 시게, 넌 엄마가 얼마나 마음이 홀가분해졌는지 모를 거야."

나는 엄마에게 미소를 지었다. 나는 알 수 있었다. 그런데 그때 갑자기 뭔가 맞은 듯이 생각이 떠올랐다.

"그런데 엄마…… 그러면 우리가 이사를 가는 거 아니에요?"

그러자 엄마는 머리를 헝클어뜨리며 이렇게 말했다.

"아니, 아니야. 아직은. 엄마가 돈을 충분히 벌 때까지는 이사 안 할 거야. 두고 보자꾸나, 얘야. 두고 보자."

모든 건 예술을 위해서

외할머니가 아침 식사로 번 말고 다른 음식을 내준 건 생전 처음 있는 일이었다. 엄마는 병원에서 첫 야간 근무를 하고 몇 시간 전에 돌아와 위층에서 자는 중이었다. 엄마가 자주 하던 영양 만점인 죽은 없었지만, 외할머니는 스크램블드에그와 사워밀크, 구운 빵과 버터와 그 위에 얹을 거리들, 엄청나게 평범한 아침 식사에 어울리는 아침을 내주었다. 보보는 이 낯선 아침 식사에 별다른 반응을 보이지 않았다. 얌전히 시리얼을 먹으며 이따금 바닥이나 아인슈타인의 입에 곧장 몇 개를 흘리곤 했다. 아인슈타인은 항상 보보 옆에 앉아서 식탁 밑으로 음식이 떨어지기만을 기다린다. 그렇지만 마이켄은 식탁을 살피더니 돌처럼 굳었다.

"번은 어디 있어요?"

마이켄은 깜짝 놀랐다는 듯이 말하고 빵 바구니를 들어 올렸다. 마치 외할머니가 거기에 번을 숨겨 두기라도 한 것처럼.

번이 전혀 없다는 사실을 깨달은 마이켄은 어깨를 으쓱하더니 자리에 앉았다.

"다 먹고 냉동 번 하나 먹을 거예요."

마이켄은 그렇게 선언했다.

내가 구운 샌드위치를 한 입 베어 물기 무섭게 크릴레 머랭이 부엌으로 들어왔다. 크릴레는 커피 한 잔을 들이마시고 식탁에 앉더니 3주 동안 해외에서 지낼 거라고 지나가듯이 말했다. 파리에서 한 영화 제작자를 만나 유럽 대도시 이곳저곳을 다니며 곧 개봉할 블록버스터 영화를 찍을 '장소를 물색'할 거란다. 베를린, 런던, 로마 같은 곳들을. 나는 깜짝 놀랐다. 우리 모두 그랬다. 외할머니는 입을 쩍 벌린 탓에 물고 있던 담배가 옆에 있던 스크램블드에그 요리 위로 떨어졌다. 우리 중 아무도 크릴레 머랭이 블록버스터 영화를 찍고 있을 거라고는 생각도 못 했다. 솔직히 말하자면 우리 모두 크릴레의 영화 아이디어가 거의 대부분 그저 공상에 불과하다고 생각했으니까. 언젠가 어떤 식으로든 그게 실현될 거라고 생각하지는 않았다. 그런데 곧 크릴레가 파리로 떠나서 자기 꿈을 실현시킨다니! 그리고 불과 나흘 뒤면 떠난다.

"기적이 일어나기도 하는 법이지."

외할머니는 제정신을 차리고는 다시 담배를 피웠다.

"축하해, 크리스테르! 정말이지 환상적인 소식이네!"

"그렇지. 나도 이게 사실이라는 게 믿기지 않아."

크릴레 머랭이 대답했다. 그는 먼저 외할머니를 보더니 내게로 시선을 옮겼다. 크릴레 머랭의 얼굴 전체가 기쁨으로 빛나는 것처럼 보였다. 적어도 반짝거리는 것 같았다. 어쩌면 얼굴에 크림 같은 걸 발랐을지도 모르겠다. 내가 어떻게 알겠는가? 크릴레가 무를 엄청나게 얇게 썰면서 영화 얘기를 시작했다.

레이 슈왈체눌러-번스타인이라는 남자가 주인공으로 야생동물원을 개장하기로 마음먹는다. 동물원에는 지구상에 존재하는 모든 야생동물을 데려올 것이다. 늑대, 곰, 사자, 호랑이, 황금자칼, 퓨마, 악어, 상어, 피라냐, 수달, 그리고 그밖에 상상할 수 있는 모든 야생동물을 말이다.

"야생동물만?"

외할머니가 그렇게 물으며 마이켄이 막 넘어뜨리려던 오렌지 주스가 든 잔을 재빠르게 잡았다.

"응."

크릴레 머랭이 대답했다.

"그럼 그 동물들은 뭘 먹지? 먹잇감도 있어야 하는 거 아닌가?"

외할머니가 물었다.

그러자 크릴레 머랭이 약삭빠른 미소를 지었다.

"개네는 사람을 먹을 거야."

"사람이라니, 야생동물이 사람을 먹는다고요?"

마이켄은 그렇게 말하면서 충격으로 시리얼 그릇에 숟가락을 떨어뜨렸다. 그 바람에 내 팔과 안경에도 우유가 튀었다.

"마이켄! 뭐 하는 거야?"

내가 쉬익하는 소리를 냈다.

"소리 지르지 마, 시게! 엄마가 자고 있다는 거 명심해!"

마이켄이 소리쳤다.

외할머니는 키친 타올 한 장을 뜯다가 실수로 담뱃불로 지지면서 작은 불이 피어올랐다. 그렇지만 외할머니는 번개처럼 잽싸게 주스에 담가 불을 껐다. 모든 게 눈 깜짝할 사이에 벌어졌다. 그러더니 외할머니는 키친 타올을 다시 한 장 뜯어서 내게 건네주었다. 나는 팔과 안경을 닦았다. 짜증이 날 정도로 끈끈했다.

크릴레 머랭은 우리를 한 명씩 돌아봤다. 마치 자기가 얘기를 계속하기 전에 우리 중 아무도 무언가를 튀기거나, 고함을 치거나 혹은 불을 내지 않을 거라는 다짐이라도 받듯이 말이다.

"그 야생동물원은 부자들만 가는 곳이야. 진짜 부자들. 백만장자들 말이야. 그 사람들은 정말이지 따분한 상태야, 알겠니, 정말 빌어먹을 정도로 따분해하는 거야! 왜냐하면, 그 사람들은 돈이 많아서 모든 걸 가지고 있으니까!"

나는 모든 걸 가진 게 대체 어떤 면에서 지루한지 궁금했지만 아무런 말도 하지 않았다.

"그래, 그 사람들은 원하는 모든 걸 가질 수 있지. 돈, 옷, 보석, 성, 자동차. 어디론가 여행을 가고 싶으면 그냥 떠나면 돼. 뭔가 사고 싶은 게 있으면 사는 거고. 무언가를 얻기 위해 애쓸 필요가 없는 사람들이야. 그 사람들은 겉보기에는 완벽한 삶을 살지만 뭔가 부족하다는 느낌을 지울 수가 없어. 진짜로 살아 있다는 느낌이 안 드는 거지. 사람들이 뭐 때문에 살고 싶다고 느끼게? 맞아! 스릴! 공포! 분노! 슬픔! 그런 감정들을 느낄 때 사람들은 처음으로 자신이 살아 있다고 느낀다고!"

"정말 그래? 물론 그런 사람들이 있을 수는 있다만……."

외할머니가 미심쩍다는 듯이 말했다.

"그 사람들은 살아 있다는 감정을 느끼는 것 말고 바라는 게 없다고!"

크릴레가 외쳤다.

"그 사람들은 갈비뼈 안쪽에서 심장이 뛰는 걸 느끼고 싶어 한다고! 자신의 삶이 중요하다고 말이야! 그 사람들이 야생동물원에 가는 건 애쓰기 위해서야! 생존을 위해서! 그 사람들도 모든 사람이 살아 돌아오는 게 아니라는 걸 알아. 그걸 통해서 무의미했던 그들의 삶이 유의미하게 느껴지는 거지! 삶과 죽음을 놓고 모험을 벌이는 셈이야!"

"뭐, 부정할 수는 없겠다만."

외할머니가 말했다.

"그 사람들은 동물원에서 죽는 거예요?"

마이켄이 물었다.

"나중에 영화로 보렴, 얘야."

"스다?"

보보가 물었다.

"뭐라고 했니?"

크릴레 머랭이 되물었다.

"스다?"

보보가 슬픈 목소리로 물었다.

크릴레는 뭐라는 거냐는 표정으로 나를 봤다. 크릴레는 보보가 하는 말을 한 번도 이해한 적이 없다.

"보보는 수달도 죽는지 궁금한 거 같아요."

내가 말했다.

"아니야, 귀여운 보엘. 수달은 안 죽어."

크릴레 머랭은 미소를 지으며 보보의 머리를 톡톡 두드렸다. 크릴레는 정말이지 정석적인 방식으로 아이들을 토닥였다. 마치 개를 토닥일 때와 마찬가지였다.

* * *

아침 식사 후 나는 크릴레 머랭의 방문을 두드렸다.

"들어오세요!"

크릴레가 외쳤다.

내가 문을 열었을 때 그는 마침 목둘레에 나비넥타이를 매려던 참이었다. 크릴레는 나비 모양의 위치를 잡는 동안 매듭 부분에 검지를 대고 있어 달라고 부탁했다.

"정말 멋져요."

내가 말했다.

크릴레 머랭은 항상 멋지지만 지금은 한층 더 세련돼 보였다. 크릴레는 검은 바지와 흰 셔츠를 입고 검은 멜빵을 맸다. 게다가 나비넥타이는 또 어떤가.

"고마워. 첫인상을 좋게 남기는 게 중요할 것 같아서. 그래서 이것저것 입어 보는 중이야. 영화 제작자를 만날 때 뭘 입는 게 좋을지 보려고."

크릴레가 말했다.

"아하."

내가 말했다.

"어서 앉으렴."

크릴레는 그렇게 말하며 창가 옆 녹색 소파로 손짓을 했다.

나는 소파에 앉았다. 몸을 젖히고 눕기에 편한 소파가 아니라 단단한 재질의 패브릭 소파였다. 어쩔 수 없이 허리를 꼿꼿하게 세우고 앉아야만 한다. 나는 주변을 훑어봤다. 전에는 크릴레 머랭의 방에 들어온 적이 없다. 우리 방과는 전혀 달랐다. 정말이지 깔끔하게 정돈이 되어 있었다. 소파랑 바로 옆에 놓인 작은 탁자 말고도 크릴레의 방에는 침대 하나(주름한 점 없이 말끔하게 정돈된 두 툼한 침대보와 술이 달린 쿠션 세 개), 낡은 축음기가 놓인 짙은 색의 나무 책상, 책으로 가득한 책장(갈색, 짙은 빨간색, 녹색 가죽 커버 위에 금색 글씨로 저자 이름이 적힌 오래된 책들) 그리고 구불구불한 은색 테두리를 두른 작은 거울이 있었다.

"무슨 생각을 품고 왔니?"

크릴레 머랭이 우아한 몸짓으로 검은 재킷을 어깨에 걸쳤다.

나는 헛기침을 하고 잠시 망설였다. 방금 떠오른 아이디어는 정말 천재 같았던 탓에 갑자기 어쩐지…… 뭐랄까 다소 덜 비범하게 느껴졌다고나 할까.

"어…… 음, 알고 있는지 모르겠지만, 제가 정원 도깨비를 하나 데리고 있거든요."

"아니, 시게, 몰랐구나."

크릴레는 거울에 비친 자기 모습을 살피면서 고개를 갸웃 내저었다.

나는 뺨에 열이 올랐다. 어쩌면 모든 것에 신경을 끄고 이 방에서 나가는 게 나을지도 몰랐다.

"나한테 말할 건 그게 다니? 네가 정원 도깨비 하나를 데리고 있다는 거?"

"아뇨. 아니 그러니까. 어쨌든. 제가 지금 그러니까…… 어, 소규모 예술 프로젝트를 하고 있는데요."

"그래?"

크릴레 머랭이 금세 호기심이 생긴 목소리로 말했다. 그는 거울 너머로 내 눈을 마주 봤다.

"음, 제가 런어웨이놈이라는 인스타그램 계정을 가지고 있는데요. 보여 드릴게요!"

나는 주머니에서 휴대전화를 꺼내 빌보 계정으로 들어갔다. 크릴레는 흥미롭다는 듯이 살폈다.

"하고 싶은 말은, 저는 이 정원 도깨비에게 세상을 보여 주고 싶거든요. 얘가 파리, 런던, 베를린을 경험하게 해 주고 싶어요. 당신이 가려던 도시 모두를요."

"그래서?"

크릴레 머랭이 의문스럽다는 표정을 지었다.

"그러니까…… 그렇게 할 수 있게 저 좀 도와줄 수 있어요? 정원 도깨비를 놓고 데려가 줄 수 있을까요? 이를테면 에펠탑 옆에 도깨비를 놓고 사진을 찍는 거예요. 아니면 빅벤이나."

크릴레는 이마에 주름을 잡았다. 몇 초 동안 정적이 감돌았다. 어쩌면 30초 정도. 대답을 기다리는 입장이라면 30초는 정말 길게 느껴진다.

마침내 크릴레가 몸을 돌리더니 내게 이렇게 말했다.

"글쎄, 시계야. 그건 꽤 평범하지 않은 요청이구나."

"그렇죠."

나는 몸을 일으켜 방을 나서려고 했다. 애초부터 멍청한 생각인게 분명하다.

"그렇지만 수락하마."

"어, 정말요? 너무너무 고마워요!"

나는 너무 기뻐서 하마터면 크릴레를 껴안을 뻔했다.

"별말씀을. 도와줄 수 있어 즐거울 따름인걸. 아니, 예술 프로젝트라니 말이다! 누구나 차세대 예술가를 독려해 주고 싶지! 그런데, 그 정원 도깨비는 무게가 얼마나 되니?"

"거의 무게 안 나가요! 가져올게요!"

나는 소파에서 벌떡 일어나 내달리다가 우뚝 멈춰 섰다.

"그리고 다른 것도 하나 있는데요⋯⋯ 정원 도깨비 이름으로 엽서 몇 개 보내줄 수도 있을까요? 그러니까, 마치 정원 도깨비가 편지를 쓴 것처럼 해서요. 몇 개만요. 도시 한 곳마다 한 장씩."

"너한테 말이니?"

"아뇨, 그건 아니고요. 주소 알려줄게요. 어떤 여자, 그러니까 이웃한테 보낼 거예요. 그 사람도 굳이 따지자면 프로젝트에 참가하고 있거든요."

크릴레는 이렇게 대답했다.

"문제없단다, 시게. 모든 건 예술을 위해서지, 안 그러니?"

카롤리나가 떠났어!

이날 아침, 나는 마이켄이 삐걱거리는 내 방문을 열고 소리를 꽥 지르는 바람에 잠에서 깼다.

"카롤리나를 도난당했어!"

나는 멍하게 침대에서 몸을 일으켰다.

"몇 시야?"

내가 중얼거리자 마이켄이 흥분해서 말했다.

"그게 뭐가 중요한데?! 우리 거북이 사라졌다니까!"

정말일까? 정말로 카롤리나가 도난당했을까? 나는 엄마 침실로 가는 마이켄의 쿵쿵거리는 발소리를 들었다.

"엄마 깨우지 마! 엄마는 밤새 일했어!"

마이켄 뒤에 대고 소리쳤지만 듣는 것 같지 않았다.

나는 이불에서 뛰쳐나와 마이켄을 막으려고 엄마 침실로 서둘러 달려갔다. 그렇지만 너무 늦었다.

"누가 카롤리나를 훔쳐갔어요."

마이켄은 엄마 얼굴과 10센티미터 정도 떨어져서 외쳤다.

"아이고, 지금은 꼼짝도 못 해."

엄마는 그렇게 말하고는 머리 위로 베개를 뒤집어썼다.

엄마 옆에 누워 있던 보보는 눈을 뜨고 마이켄을 바라봤다. 보보의 머리카락은 땀으로 축축했고 공갈 젖꼭지는 입꼬리에 늘어져 있었다. 마이켄은 뒤이어 크릴레 머랭의 방으로 달려가더니 노크도 없이 문을 열어젖혔다.

"카롤리나를 도난당했어요!"

그러더니 아래층으로 뛰어 내려갔다. 크릴레가 복도로 나왔다. 크릴레는 옷을 전부 차려입고 있었다. 흰 바지와 흰 조끼 차림이었다. 한 손에 빗을 쥔 크릴레의 머리는 물기를 머금고 축 가라앉아 있었다. 크릴레 방에서 부드럽고 다소 느린 박자의 음악이 들려왔다. 재즈인 것 같았다.

"쟤가 뭐라고 했니?"

크릴레가 물었다.

"우리 거북을 도난당했대요."

내가 대답했다.

"뭐라고? 확실해? 그냥 어디 숨은 거 아니야?"

크릴레가 말했다.

크릴레 말이 옳았다. 나는 직접 살펴봐야 했다. 나는 달음박질을 쳐서 계단을 뛰어 내려가 곧장 부엌으로 내달린 뒤 발코니로 나섰다. 그러는 동안 마이켄이 포효하는 소리가 들렸다.

"샬로트! 거북이가 흔적도 없이 사라졌어요!"

잔디에는 이슬이 촉촉이 맺혀 있었다. 나는 잔디밭에 둔 우리를 향해 살며시 걸음을 옮겼다.

"아, 안 돼."

카롤리나는 거기에 없었다. 정말이지 사실이었다. 나는 잔디에 주저앉았다.

대체 어떤 사악한 인간이 거북이를 훔쳐간담? 나는 우리 안을 노려봤다. 카롤리나가 들어가 헤엄치기 엄청 좋아하는 큰 물그릇, 카롤리나가 가지고 놀 수 있도록 보보가 둔 빨간 공, 그리고 땅에 난 구멍…… 뭐라고? 구멍이라니! 나는 몸을 일으켜 우리 안으로 뛰어 들어가서 쪼그리고 앉았다. 구멍은 거북이만큼 크고 넓었다. 그리고 우리 너머에는 구멍이 하나 더 나 있었다. 카롤리나는 스스로 구멍을 파서 떠난 것이다.

어떻게 아무도 모르게 성공할 수 있었을까? 얼마나 오랫동안 계획을 짠 거지? 신발에 숨겨 들어온 찻숟가락으로 교도소 바닥에 구멍을 파서 탈출하는 영화가 떠올랐다. 그 사람은 낮에는 구멍 위에 담요를 덮었고 밤에는 땅을 팠다. 혹시 카롤리나도 비슷한 행동을 한 걸까? 우리가 아무것도 발견하지 못하도록 물그릇을 구멍 위에 두었을지도 모른다.

"대체 어떤 정신머리 없는 인간이 거북을 훔쳐 가."

엄마가 품에 보보를 안고 발코니 문으로 나서며 말했다. 그 뒤에 마이켄이 바싹 쫓아오고 있었다.

"악당요! 도둑! 강도!"

마이켄이 화난 목소리로 말했다.

크릴레 머랭과 외할머니는 문간에 비좁게 서 있었다. 외할머니는 초밥 무늬 흰 실크 잠옷을 입고 있었고 긴 회색 머리는 등 뒤로 풀어 헤쳐져 있었다.

"시게."

보보가 내 이름을 부르며 내가 앉아 있는 우리 안을 가리켰다.

"그래. 그건 그렇고 너는 왜 거기 앉아 있니?"

엄마가 물었다.

"어, 그러니까."

나는 입을 열고는 모두를 올려다봤다.

"카롤리나를 도난당한 것 같지는 않아요. 오히려 카롤리나가 달아난 것 같아요."

***

"어떻게 거북이가 달아날 수 있었을까?"

우리가 정원을 샅샅이 뒤지고 난 후 엄마가 물었다.

카롤리나는 외할머니의 오두막에도, 산딸기 관목 틈에도, 딸기 밭에도, 커다란 루바브 채소 잎 아래에도, 라일락 웅덩이에도, 장작더미 뒤에도, 트레일러와 콜벳, 지프, BMW 아래에도 없었으며 작은 분수 옆에도 비너스 동상 뒤에도 없었다. 마지막 실마리는 우리에서 몇 미터 떨어진 곳에서 카롤리나가 삼각형 모양으로 씹은 민들레 잎이었다. 그렇지만 그 이후로는 전혀 흔적이 없었다.

"어떻게?"

엄마가 재차 물었다.

"거북은 세계에서 손에 꼽히게 느린 동물이야. 그런데도 저렇게 구멍을 파는 데 성공했다고. 너희가 우리를 좀 옮겼을 수도 있잖니!"

"죄송해요."

내가 말했다.

"저는 우리를 움직였어요. 가끔."

마이켄이 해맑게 말했다.

나는 엄마가 화를 낼 때마다 양심에 어마어마한 가책을 느꼈다. 그렇지만 마이켄은 아니었다. 마이켄은 그저 어깨를 으쓱하고는 마치 그게 엄마 문제인 것처럼 굴었다. 참 편해 보였다.

불쌍한 카롤리나! 다른 문제에 정신이 팔려 카롤리나를 까맣게 잊다니! 양심의 가책이 마음에서 불처럼 피어올랐다. 지금 어디에 있을까? 섀르블락카에서 홀로 쓸쓸하게 돌아다니면서 울고 있을까? 거북도 울 수 있다면 말이지만. 혹시 차에 치이기라도 했으면 어쩌지? 카롤리나의 등딱지가 단단하긴 하지만 차에 깔려도 버틸 수 있을까?

엄마는 우리를 두 그룹으로 나누었다. 나, 아인슈타인 그리고 크릴레 머랭이 한 그룹. 엄마와 마이켄과 보보가 다른 그룹이었다. 엄마네 그룹은 뒤쪽부터 시작해서 집 뒤의 정원과 밭, 저 멀리 교회까지 이어지는 도로를 살펴볼 것이다. 나와 아인슈타인, 크릴레는 집들과 아스팔트 포장 도로를 살펴보기로 했다. 외할머니는 카롤리나가 돌아올 때를 대비해 집에 머무르기로 했다. 우리가 신발을 신고 출발하려던 때에 외할머니가 종이 뭉치를 들고 달려와서는 식탁 위에 내던졌다.

"이걸 붙이고 다니렴!"

나는 앞으로 다가가서 읽었다. 마이켄은 앞으로 몸을 내밀었고 엄마는 보보를 품에 안고 내 어깨너머로 들여다봤다. 종이 위에는 전혀 카롤리나와 닮지 않은 거북이 그림이 크게 그려져 있고 그 아래 외할머니의 글씨가 적혀 있었다.

거북이 달아났어요! 카키색, 길이 25~35센티미터, 카롤리나라고 부르면 반응합니다. 이 두꺼비를 보셨거나 아는 정보가 있으시다면 아래 번호로 전화해 주세요!

종이 맨 아래에는 우리 전화번호가 적힌 작은 종잇조각이 붙어 있었다. 무언가 본 사람이 있다면 찢어서 떼어갈 수 있게 돼 있었다.

엄마는 종이를 다 읽더니 이렇게 말했다.

"걔가 카롤리나라는 이름에 '귀를 기울인다'고 말하긴 어려운 것 같은데. 걘 아인슈타인 같지 않으니까요. 이름을 말한다고 해서 반응을 하는 게 아니잖아요."

"걘 자기 이름이 뭔지 안다고요."

마이켄이 틀림없다는 듯이 말했다.

"저 거북은 뭐예요?"

나는 그림 속 거북을 가리켰다.

"인터넷에서 그림 하나를 가져왔단다. 모든 거북은 비슷하게 생겼잖니."

외할머니는 그렇게 대답하고는 담배에 불을 붙였다.

"거북들도 우릴 보고 그렇게 말할걸요!"

마이켄이 말했다.

"달아났다라."

크릴레가 그렇게 말하고는 헛기침을 했다.

"걔가 도망갔다는 게 그렇게 신빙성이 있지는 않잖아? 오히려 스르르 떠났다든가? 아니면 기어갔다든가?"

"크리스테르, 자기. 정말로 내가 '스르르 떠났어요'라고 써야 한다는 거야?"

외할머니가 말했다.

"그게 좀 더 정확하지 않겠어? 그리고 또…… 왜 여기에는 '두 꺼비'라고 썼어? 거북이랑 두꺼비는 딱히 동류가 아닌데. 둘 다 척추동물이기는 하지만, 거북은 파충류지. 도마뱀과 뱀이나 악어처럼. 두꺼비는 양서류고. 개구리나 도롱뇽처럼.

"나는 비평을 해 달라고 한 적 없어! 이제 썩 나가 봐!"

외할머니가 빈정 상한다는 듯이 말하며 우리를 부엌 밖으로 내몰았다.

"카롤리나가 악어랑 같은 종류예요? 둘이 친척이에요?"

마이켄은 그렇게 물으며 호기심 가득한 눈으로 크릴레 머랭을 쳐다봤다.

"나가!"

외할머니가 고함을 치며 문을 가리켰다.

* * *

우리는 두어 시간 동안 수색했다. 전봇대 두 개마다 하나씩 종이 한 장을 붙였고 이카에도 붙였다. 나와 크릴레 머랭은 차 아래를 살피고 관목을 뒤졌다. 아인슈타인은 계속해서 코를 쿵쿵댔다. 한 번은 카롤리나를 찾은 줄 알았는데 잘못 짚었다. 누가 벤

치 뒤에 떨어뜨린 짙은 녹색 모자일 뿐이었다. 카롤리나의 흔적
이 전혀 없었다. 우리가 크고 노란 집으로 돌아와 보니 엄마와 마
이켄, 보보는 벌써 돌아와 있었다. 다들 부엌 식탁 옆에 말없이
앉아 국자로 죽을 푸고 있었다.

"오늘은 슬픈 날이야."

마이켄이 울적하게 말했다. 나도 마찬가지였다. 오늘은 정말이
지 슬픈 날이었다.

***

그날 오후에 초인종이 울렸다. 벨 소리는 마치 뎅뎅 울리는 교
회 종 같았다. 위층에서도 또렷하게 들을 수 있었다. 그건 외할아
버지가 만들었지만 실제로 벨 소리를 들은 적은 드물었다. 찾아
오는 사람이 많지 않았던 탓이다.

나는 계단을 뛰어 내려갔다가 얼룩말과 부딪히는 바람에 얼룩
말에 씌워둔 모자가 바닥으로 떨어졌다. 나는 모자를 다시 씌운
다음에 문을 열었다.

유노였다.

긴 청록색 머리를 늘어뜨리고 분홍색 기모노를 입고 우주선을
탄 만화풍 고양이가 그려진 숄더백을 매고 서 있는 유노를 뚫어
져라 쳐다봤다. 도와줘! 나는 그렇게 생각했다. 정원 도깨비가 어

디에 있는지 알아낸 게 분명했다! 그렇지만 유노는 정원 도깨비 일로 온 게 아니었다.

유노가 말했다.

"거북이 달아났다고 들었어."

"기어서 떠났죠."

마이켄이 말했다. 마이켄은 어느 틈엔가 내 옆에 와서 선 채로 냉동 감자 번을 씹고 있었다.

유노는 깜짝 놀란 표정으로 마이켄을 봤다.

"그래. 그 일로 너희를 인터뷰할 수 있을까?"

유노가 말했다.

"아니, 관심 없어."

나는 그렇게 대답하고 문을 닫으려고 했다.

유노는 움직일 생각이 없는 것 같았다.

"인터뷰요? 왜요?"

마이켄이 물었다.

"나는 블락카뉴스 소속이야. 섀르블락카에서 벌어지고 있는 모든 일을 다루는 뉴스 채널이지."

"그래, 나도 알아. 그렇지만 거절할게."

내가 말했다.

"왜?"

마이켄이 그렇게 묻고는 놀란 표정으로 나를 봤다.

유노가 입을 열었다.

"그래, 왜? 난 팔로워가 2천 명이 넘는다고. 그리고 나를 팔로우하는 사람 대부분은 섀르블락카에 살고 있고. 내가 거북이 실종 사건에 대해 쓴다면 되찾을 확률이 훨씬 높아질걸. 거북을 본 사람이 있다면 걔 주인이 누군지 그리고 어디에 연락할지 알 테니까."

나는 망설였다. 그렇지만 유노 말이 맞았다. 아무렴!

"누구니, 얘야?"

막 화장실에서 나온 외할머니가 물었다. 외할머니는 한 손에 책을 쥐고 한쪽 입꼬리에는 담배를 물고 있었다.

"아이고, 유노! 이렇게 반가울 데가."

외할머니는 분명히 이 사악한 인간을 알고 있는 것 같았다.

"안녕하세요, 샬로트."

유노는 그렇게 말하고 정중하게 미소를 지었다.

"카롤리나 일로 우리를 인터뷰하고 싶대요. 카롤리나가 스르르 떠난 일이요!"

마이켄이 말했다.

"그래? 그렇구나, 그거 정말이지 고맙구나. 들어오렴, 얘."

외할머니가 말했다.

"그래요, 들어와요! 감자 번 하나 먹을래요?"

마이켄은 그렇게 말하며 감자 번이 든 봉지를 유노에게 내밀었다. 유노는 고개를 저었다.

"아니, 잠깐. 내가 나갈게."

내가 재빠르게 끼어들었다.

나는 유노가 혹시나 내 방으로 올라오려고 할까 봐 죽을 만큼 겁이 났다. 혹시나 보보의 인형 침대에 둔 정원 도깨비를 보기라도 하면 어쩐담. 나는 바로 어제 내 런어웨이놈 계정에 새 사진을 올렸다. 나는 빌보를 침대 위에 놓고 작은 분홍색 플라스틱 노트북과 같이 사진을 찍었다. 진짜 노트북은 아니고 마이켄의 바비 인형들이 가진 장난감이었다. 그러고는 이렇게 적었다.

딱딱한 땅 위에서 오랜 세월을 보낸 뒤 드디어 진짜 침대에서 잠을 자는 호사를 누리게 됐네. 어제저녁엔 내내 넷플릭스를 봤다고. 특히 정원 도깨비 로미오와 줄리엣의 숭고한 사랑 얘기를 다룬 영상이 재미있었어. / 빌보

정말이지 믿을 수 없는 일이지만, 내 팔로워 수는 이제 500명이 넘었다. 요새는 더 인기가 높아졌는지 적어도 40명이 새로 팔로우했다. 사람들은 댓글을 남기고 ㅋㅋㅋ 같은 것을 쓰고 눈물을 흘리며 웃는 이모티콘을 달았다. 유노, 아니 정확히는 블랙카 뉴스도 댓글을 남겼다. 너는 이 일로 유죄를 선고받게 될 거야! 법정에서 보자고! 그리고 끝에는 화난 악마 이모티콘 세 개가 붙어 있었다.

우리는 집 전면에 있는 발코니에 자리를 잡았다. 유노는 삼각

대를 세우더니 자기 휴대전화를 설치하고 마이크를 꺼냈다. 모든 게 전문가처럼 보였다. 나는 스트레스를 받았다.

"꼭 동영상을 찍어야 돼?"

나는 내 사시 눈이 신경 쓰여 물었다. 평소처럼 멍청이같이 보일 게 뻔했다.

"사진이랑 글만 있는 것보다 동영상이 있으면 사람들이 더 많이 본다고."

유노가 곧장 답했다.

"그래. 그럼 나 뭐 하나만 갖고 올게."

나는 집으로 들어가 내 방으로 한달음에 올라갔다. 내 눈을 크게 확대해서 마치 미니언즈처럼 보이게 해 주는 안경이나 선글라스를 가져가려고 했다. 선글라스 쪽으로 마음이 기울었다.

다시 내려오니 유노가 아인슈타인을 향해 몸을 굽히고 귀 뒤를 긁어 주고 있었다. 유노가 부드러운 목소리로 말했다.

"너 똑똑한 멍멍이니? 그래, 너 똑똑한 멍멍이야!"

아인슈타인은 척 보기에도 행복해 보였고 유노의 얼굴을 핥으려고 했다.

유노는 눈을 감고 미소를 지으면서도 아인슈타인의 축축하고 기분 나쁜 냄새가 나는 뽀뽀를 피하고 있었다. 내가 돌아온 걸 보자 유노는 딱딱한 태도로 변하더니 아인슈타인을 놓아주었다.

"그럼 시작하지."

이렇게 말하는 유노의 목소리는 전혀 다른 사람 같았다.

나는 유노가 내 선글라스를 이상하게 쳐다보는 것 같았지만, 유노는 별말을 하지 않았다.

유노는 의자 중 하나를 가리켰고 나는 고분고분 그 의자에 앉았다. 아인슈타인은 내 발치에 누웠다. 아인슈타인이 같이 있으니 어느 정도 안심이 됐다.

"준비됐어?"

유노가 물었다.

"응."

나는 대답했다.

"그건 그렇고, 너 이름이 뭐야?"

유노는 그렇게 물으며 작은 수첩을 하나 꺼냈다.

"시게. 시게 바일드."

내가 대답했다.

유노는 내 맞은편에 있는 의자에 앉더니 재생 버튼을 누르고 휴대전화를 똑바로 쳐다 봤다.

"저는 지금 섀르블락카 외곽에 있는 멋진 정원에 와 있는데요. 맞은편에는 시게 바일드 씨가 앉아 있습니다. 오늘 아침에 가족이 기르는 거북이 모습을 감췄다는 끔찍한 사실을 발견했다는데요. 시게, 사랑하는 거북이가 떠났다는 사실을 발견했을 때 어땠는지 설명할 수 있나요?"

유노는 내 코 밑으로 마이크를 들이밀었다.

"음…… 어, 제 여동생 마이켄이 카롤리나, 그러니까 우리 거북이 사라졌다는 사실을 발견했어요."

"카롤리나가 사라진 걸 여동생이 언제 발견했나요?"

"오늘 아침에, 한 8시 반쯤에요. 어쩌면 9시."

유노는 자기 수첩을 내려다보았다.

"카롤리나를 묘사해 줄 수 있나요? 어떻게 생겼죠?"

"어…… 갠 녹색, 그러니까 카키색인데요, 당연히 등딱지가 있고, 음…… 대충 크기는 이 정도예요."

나는 손으로 허공에서 20~30센티미터 정도를 쟀다.

"그런데…… 어, 머리랑 다리를 안쪽으로 넣으면 약간 더 작아요. 겁을 먹으면 그렇게 몸을 감춰요."

"카롤리나의 성격은 어떤가요?"

실제로 카롤리나의 '성격'이 어떻냐고? 나는 선글라스를 콧잔등 위로 밀어 올렸다.

"그게…… 갠 민들레를 먹고 물그릇에서 헤엄치는 걸 좋아하는 거북이예요. 그리고 개는…… 어…… 삶을 즐기고 만족할 줄 알아요."

"거북이 사라지기 직전에 몸을 숨길 만한 이유가 되는 일이 있었나요? 뭔가 불만스러워 보였나요?"

나는 카롤리나의 우리를 자주 옮겨 주지 않았다는 사실을 떠올리고는 죄책감에 마음이 무거워졌다.

"사실 잘 모르겠어요."

나는 그렇게 대답하고 침을 꿀꺽 삼켰다.

"기분이 어떠세요? 거북이 떠났는데?"

"그게, 지금 슬프고 또…… 어, 걔가 빨리 돌아왔으면 좋겠어요. 오늘 아침 내내 찾아다녔거든요, 그런데……."

"소득이 없었나요?"

"네?"

"그러니까, 거북을 못 찾았나요?"

유노가 말했다.

"맞아요. 마지막 실마리는 민들레 잎을 물어뜯은 거였어요."

유노는 다시 카메라를 향해 몸을 돌리더니 똑바로 바라보며 말했다.

"오늘 저는 슬픔에 잠긴 가족을 만났는데요. 이들은 사랑하는 거북, 카롤리나를 찾기 위해 할 수 있는 모든 걸 했답니다. 만약 시청자 여러분 중에 카롤리나의 실종에 대해 알고 계신 분, 아니면 도움이 될 만한 정보가 있으신 분은 주저하지 말고 블랙카뉴스 편집부로 연락해 주세요. 지금까지 블랙카뉴스의 유노 텔란데르였습니다."

유노는 카메라를 껐다. 그러더니 내게 카롤리나의 우리를 보여 달라고 했다. 우리는 집 뒤편으로 갔다. 유노는 바닥에 드러누워 카롤리나가 판 구멍을 근접 촬영했다. 그리고는 카롤리나가 한 입 베어 문 민들레 잎도 연속 촬영을 했고 외할머니가 만든 실종 전단지를 보여 달라고 했다.

내가 종이를 들고 나와 보니 유노는 아인슈타인과 뛰어놀고 있었다. 유노는 깔깔 웃으며 카롤리나 우리에 놓여 있던 빨간 공을 던졌고 아인슈타인은 달려가서는 물어다가 다시 가져다주고 있었다. 그러나 내가 헛기침을 하고 전단지를 내밀자 유노는 제정신을 차린 것 같았다. 곧장 진지한 표정으로 돌아왔다.

"고마워. 무슨 소식을 들으면 연락할게, 그럼."

유노는 짤막하게 말했다.

자기 휴대전화와 마이크, 수첩을 숄더백에 넣었다. 그러더니 내게 싸늘한 시선을 보내고는 머리를 홱 돌렸다. 그 바람에 청록색 머리카락이 나부꼈다. 유노는 정원을 가로질러 걸어 나갔다.

나보다 더 행복한
정원 도깨비는 없을 거야

나와 외할머니는 외할머니의 크고 흰 지프를 타고 크릴레 머랭을 노르셰핑 공항으로 배웅할 계획이었다. 크릴레 방에 들어가니 마침 낡은 갈색 캐리어를 잠그고 있던 참이었다. 뾰족하게 각진 사각형 안에 모든 게 완벽하게 놓여 있었다. 셔츠, 조끼, 양말 그리고 속옷. 모든 게 가지런해 보였다.

"정원 도깨비 넣을 자리는 있어요?"

내가 물었다.

"당연하지."

크릴레는 그렇게 대답하고는 뚜껑 안쪽 자리를 보여 줬다.

"여기에 수건으로 감싸서 넣을 거야. 지금 넣을까?"

크릴레가 물었다.

"아직요. 공항에서 마지막으로 사진 한 장만 찍으려고요."

내가 대답했다.

* * *

크릴레 머랭은 트렁크에 캐리어를 넣고는 보조석에 앉았다. 크릴레는 하늘색 재킷, 흰 셔츠 그리고 파란 띠를 두른 흰 모자로 멋지게 차려입고 있었다. 나는 정원 도깨비와 같이 뒷좌석에 앉아 각각 안전띠를 맸다. 외할머니의 차는 천장을 연 채로 달릴 수 있었다. 외할머니의 차는 차고에서 후진하며 나왔다. 속도가 빨랐던 탓에 크릴레는 모자를 잡아야 했다. 그런 다음 외할머니는 천천히 주택들 사이를 가로질렀다. 큰길로 나서기 전에 멈춤 표지판을 보고 외할머니는 차를 세우더니 크릴레를 향해 몸을 돌렸다.

"모자를 벗는 게 나을텐데, 크리스테르."

크릴레 머랭은 무슨 말이냐는 표정으로 외할머니를 봤지만, 얌전히 말을 들었다. 외할머니는 라디오를 켰다. 라디오에서는 어떤 남자가 엄청 높은 톤으로 이런 노래를 부르고 있었다.

우리가 나이가 더 많았더라면 멋지지 않을까
그러면 우리가 그렇게 오래 기다리지 않아도 될텐데?
그리고 우리가 같이 산다면 멋지지 않을까
우리가 속한 세상에서?

그러더니 외할머니의 차는 엄청난 속도로 발진했다. 마치 연료통에 로켓 연료라도 들어 있는 것 같았다. 계기판의 눈금이 130까지 올라갔다. 외할머니가 죽음도 두렵지 않다는 기세로 대형 트럭을 추월하자 크릴레는 가능하다면 내일까지 살아남고 싶다고 비명을 질렀다. 외할머니는 속도를 늦췄다. 속도를 늦출 때 항상 그렇듯 표정은 언짢았다. 여전히 제한속도보다는 훨씬 빠르게 달리고 있었다. 엄마 표현을 빌리자면 외할머니는 차 절도범처럼 운전했다. 그렇지만 나는 외할머니의 차를 탈 때 두려웠던 적은 한 번도 없었다. 딱 한 번, 드래그 레이싱을 했을 때 빼고는. 왜냐하면, 외할머니가 할 줄 아는 게 있다면 그건 바로 운전하는 거였으니까.

공항까지는 30분이 걸렸다. 도착했을 때 나와 크릴레의 머리카락은 새 둥지처럼 헝클어져 있었다. 외할머니는 머리를 땋고 있던 덕분에 머리카락이 한쪽 어깨 위로 우아하게 늘어 뜨려져 있었다. 크릴레는 불만스러운 표정으로 백미러를 쳐다보더니, 원래대로라면 잘 정돈된 상태였을 머리카락을 손가락으로 매만졌다. 그러고는 머리 위에 모자를 얹고 입을 열었다.

"에이, 어떻게 되겠지."

그러고는 문을 열고 밖으로 나섰다.

우리는 크릴레를 따라 공항으로 갔다. 평소에는 차분하던 크릴레가 불안하게 주위를 훑었다.

"흠. 외국에 나간 지 좀 돼서 말이지."

"괜찮아, 크리스테르."

외할머니는 그렇게 말하더니 크릴레를 데리고 체크인 데스크로 향했다.

나는 보보 방에서 작은 캐리어를 하나 빌려 왔다. 탑승 접수처에 선 줄 맨 끝에 빌보와 캐리어를 세우고는 사진을 찍기 시작했다. 나는 가까이서 몇 장을 찍고, 정원 도깨비가 공항에 있는 걸 보여 주려고 조금 떨어진 거리에서도 몇 장을 찍었다.

엄청나게 큰 백팩을 맨 꼬마가 손가락으로 가리키며 말했다.

"와, 정원 도깨비가 여행 가나 봐요."

"맞아요. 앤 여행을 갈 거예요. 세계를 돌아다닐 거죠."

내가 대답했다.

나는 인스타그램계정에 사진을 올리고 이렇게 적었다.

전속력으로 파리로 출발. 나는 오랫동안 프랑스의 바게트, 고약한 냄새나는 치즈 그리고 레드 와인이 매력적이라고 생각했다고. 이 모자 버리고 베레모 하나 살까? 오르부아! / 빌보

오르부아는 프랑스어로 '또 보자'라는 뜻이다. 사전에서 찾아봤다.

크릴레 머랭의 탑승권을 가지고 외할머니와 크릴레 머랭이 돌

아왔다. 캐리어는 다른 곳에서 체크인해야 한다고 한다. 정원 도깨비를 넣고 작별 인사를 할 시간이었다. 외할머니는 크릴레에게 포옹을 하더니 파리에서 재미있는 시간을 보내라고 말했다. 그래, 베를린하고 런던에서도. 크릴레는 내게 손을 내밀었지만, 나는 크릴레를 포옹했다.

"정원 도깨비를 데려가 줘서 고마워요."

내가 말했다.

"예술가의 야망을 품은 젊은 청년을 도와주고 싶은 건 당연하다고! 나도 한때는 젊었다고, 믿든 말든 말이지. 그리고 내 아이디어를 믿어 줄 사람이 절실히 필요했고. 영광이라고 생각한다, 시게. 영광이지!"

크릴레가 말했다.

우리는 마주 보고 미소를 지었다. 나는 크릴레에게 오르부아라고 말했고 크릴레는 내 프랑스어 지식에 감명을 받은 것 같았다. 외할머니는 봉보야주라고 말했다. 즐거운 여행을 하라는 뜻이란다. 크릴레는 고맙다는 뜻을 가진 메르시로 답했다. 그렇게 크릴레는 발걸음을 옮겼다. 그런데 불과 몇 미터 안 가서 크릴레는 몸을 돌리더니 윙크를 날렸다. 나와 외할머니도 윙크로 되돌려 주었다. 크릴레가 시도 때도 없이 자기 영화 아이디어를 떠들어대는 통에 약간 성가시기도 했지만, 나는 분명 크릴레와 크릴레의 이야기가 그리울 것 같다는 느낌이 들었다.

***

하루하루가 흘러갔다. 별다른 사건이 없는 나날이었다. 엄마는 일주일에 2-3일 정도 야간 근무를 했고 마이켄은 거의 항상 너구리 옷 소년과 놀았다. 그 둘은 생소한 주제인 물고기 이야기로 잡지를 만들었다. 그리고 그걸 40부 정도 복사해서는 새르블락카를 돌아다니며 한 권당 5크로나에 팔았다. 내가 그걸 보여 달라고 했더니 마이켄은 이렇게 말했다.

"오빠가 고양이가 아니라면 할인 안 해 줄 거야!"

나는 고양이가 아니었지만 5크로나를 지불도 하지 않아서 잡지를 얻지 못했다. 그렇지만 외할머니가 내게 한 권을 사 준 덕택에 내용을 살펴볼 수 있었다. 거기엔 직접 그린 물고기 그림과 이런 이야기가 실려 있었다.

- 가장 사악한 물고기 이름은?
- 악어
- 가장 멍청한 물고기 이름은?
- 병어!
- 가장 청결한 물고기 이름은?
- 청어!

이런 식으로 20쪽이나 이어졌다.

보보는 주로 콜벳을 손보는 외할머니와 어울렸다. 보보는 '자동차'라는 말을 아직 하지 못했지만 앨런 볼트용 렌치와 임팩트 렌치를 구분하는 법을 익혔고 외할머니가 달라는 공구를 정확하게 건네줄 수 있었다.

나로 말할 것 같으면 내 작살 발명품을 시험하며 지냈다. 아인슈타인과 산책하던 비포장도로 옆 밭에 있는 나무에 작살로 정조준하는 연습을 했다. 조준하는 건 쉽지 않았지만 나는 포기하지 않았다. 조준하고 쏘고 조준하고 쏘기를 반복했다. 처음에는 단 한 번도 나무를 맞추지 못했다. 이틀 정도 오후 내내 연습하면서 차츰 겨냥하는 데 익숙해졌다. 연습을 마무리할 즈음에는 거의 매번 나무를 맞추는 데 성공했다!

게다가 나는 밍크를 수선하고, 아인슈타인과 놀거나 인라인을 타고 돌아다니고 카롤리나를 찾아 헤매기도 했다. 사실은 카롤리나를 발견할 거라는 믿음은 없었다. 목재를 실은 대형 트럭들이 쌩쌩 달리는 큰길 쪽은 살펴보려는 생각도 하지 않았지만 말이다. 왜냐하면, 카롤리나의 등딱지가 단단하다고는 해도 그런 트럭에 치이면 살아남을 수 없을 테니까. 그리고 산산조각이 나서 납작하게 찌부러진 카롤리나를 본다면 내가 견딜 수 없을 것 같았다.

크릴레 머랭은 파리에서 사진 몇 장과 함께 문자를 보내 주었다. 시계야! 방금 나랑 정원 도깨비가 파리를 돌아다녔거든! 이런 사진도 괜찮을까?

나는 사진을 보고 큰 소리로 웃었다. 사진은 끝내주게 멋졌다. 그중 한 장에는 에펠탑을 배경으로 기쁨에 찬 빌보 얼굴이 가까이에서 찍혀 있었다. 두 번째 사진에서 빌보는 카페에서 카페오레를 마시고 있었고, 세 번째 사진에서 빌보는 엄청나게 많은 인파에 섞여 루브르에서 모나리자를 감상하고 있었다.

나는 이렇게 답했다. 크릴레, 당신은 진짜 천재예요! 추신: 영화는 어떻게 되어가고 있어요?

크릴레는 모든 게 계획대로라고 회신했다. 벌써 로케이션을 발견해서 배우들을 고용해 촬영하기 시작했다는 거다! 이제 크릴레와 정원 도깨비는 베를린으로 떠날 예정이고 둘 다 엄청난 기대감을 품고 있다고 한다. 크릴레는 정원 도깨비와 함께 찍은 셀카를 보내주었고 나는 아인슈타인과 함께 찍은 셀카로 회신했다.

나는 곧바로 런어웨이놈 계정에 파리에서 찍은 사진들과 함께 이렇게 적어 업로드를 했다.

파리는 내 기대를 배신하지 않았어. 나보다 더 행복한 정원 도깨비는 없을 거야!/ 빌보

환상적인 팀워크

따르르르르르르릉!

나는 누가 나한테 전기충격을 준 것처럼 벌떡 일어났다. 현관 전화기 벨 소리는 몇 번을 들어도 익숙해지지 않았다. 그날은 초록색 모자를 쓰고 있던 얼룩말이 마치 내가 툭하면 깜짝 놀라는 얼간이라도 된다는 듯이 나를 쳐다보고 있었다. 나는 얼룩말에게 메롱을 날려주고는 외할머니가 알려준 대로 전화를 받았다.

"로열 그랜드 골든 호텔 섀르블락카입니다."

"여보세요!"

수화기 너머에서 누군가가 헉헉거리며 말했다.

"여보세요?"

나는 되물었다.

"나…… 내가 제보할 게 있는데! 거북이!"

"전화하신 분이 누구시죠?"

"아이고! 나야! 유노! 5분 내로 만나. 자전거 가지고 와!"

"나 자전거 없는데."

"그럼 롤러스케이트 타고 오든가!"

"그거 인라인이야."

"그래, 뭐든! 인라인 타고 이리 와!"

나는 곧장 인라인을 신고 유노네 집으로 향했다. 유노는 벌써 자전거에 걸터앉아 양발을 페달에 올리고 전봇대를 짚고는 균형을 잡고 있었다. 샛노란 헬멧 아래로 그 기다란 청록색 머리카락이 보였다. 내가 채 도착하기도 전에 유노가 소리쳤다.

"따라와!"

유노는 길을 가로지르더니 인도로 올라간 뒤 아스팔트 포장도로로 내달렸다. 뒤따르는 내 머릿속에는 수천 개의 물음표가 떠있었다. 제보라니 뭐지? 누가 제보한 거지? 나는 유아차를 끌고 가는 한 여자에게 길을 내주면서도 엄청나게 많은 자잘한 돌이 놓인 곳을 피하기도 했다. 유노는 어깨너머로 내가 잘 따라가고 있는지 살폈다.

"무슨 일인데?"

내가 외쳤다.

"어떤 사람이 연락을 했어. 블랙카뉴스 편집부로!"

유노는 반쯤 고함을 치듯이 말했다.

"그래, 뭐 나한테."

유노는 그렇게 정정하더니 말을 이었다.

"그 사람이 거북이를 봤대!"

"정말이야?"

"어! 저 멀리 학교에 있대! 모스토르프 학교에. 거북이 더 이동하기 전에 빨리 가야 돼."

나는 사태의 심각함을 깨달았다. 카롤리나가 거북이이긴 했어도 상황에 따라서는 예상을 뛰어넘게 빠른 속도로 움직였다. 유노는 몸을 세우더니 엄청난 속도로 페달을 밟았다. 유노의 청록색 머리카락이 흩날렸다. 나는 목숨이 걸린 일이라도 되듯이 빠르게 내달렸다. 그리고 어쩌면 실제로 목숨이 걸린 일인지도 몰랐다. 작은 거북의 목숨이.

모스토르프 학교는 시내에서 조금 떨어진 곳에 있었다. 섀르블락카 어디에 있든 볼 수 있는 그 커다란 제지공장과 꽤 가까웠다. 이렇게 가까운 곳에서 보니 공장은 더욱 커 보였다. 두 개의 가느다랗고 긴 굴뚝에서 나온 두툼한 회백색 연기가 하늘로 올라가고 있었다. 전에 외할머니와 함께 시내에 가본 적은 있지만, 학교 근처까지 오는 건 처음이었다. 아스팔트로 포장된 주차장에 도착했을 때 어쩌면 여기가 내가 8월에 다니게 될 학교일지도 모르겠다는 생각이 처음 들었다. 앞으로 단 22일 뒤에 말이다. 마치 지평선에 드리운 뇌운처럼 뱃속에서 불안이 끓었다. 나는 불안감을 떨치려고 노력했다. 지금은 카롤리나에게 집중할 때였다.

유노는 잔디가 깔린 곳에서 자전거를 내팽개치듯 내렸다. 자전거가 땅에 부딪히면서 큰 소리가 났다.

그건 그냥 커다란 학교처럼 보였다. 높낮이가 서로 다른 빨간 벽돌로 된 건물이 여러 개 보였다. 아스팔트 포장이 된 큰 교정에는 나무 몇 그루와 덤불이 이따금 있었다.

"이리 와! 제보한 사람이 그러는데 자기 고양이 데리고 산책하다가 식당 근처에서 카롤리나를 봤대. 대체 어떤 사람이 고양이를 데리고 산책을 한담? 근데 어쨌든 고양이가 갑자기 잔디에서 뭘 보고 하악질을 하길래 처음엔 뱀인 줄 알았다는 거야! 그 사람 진짜 눈이 안 좋은가 봐. 거북이가 어딜 봐서 뱀처럼 생겼대?"

"세상에서 제일 뚱뚱하고 짤막한 뱀인가 보지."

내가 그렇게 말하자 순간 유노가 웃음을 터뜨릴 것 같은 표정을 내비쳤다. 그러다가 유노는 퍼뜩 정신을 차리고 다시 진지한 표정으로 돌아왔다.

우리는 최대한 꼼꼼하게 잔디밭을 수색하기로 했다. 한 번에 1제곱미터씩. 우리는 입을 다물고 나란히 땅 위를 집중해 살폈다. 사탕 껍질과 낡은 검은색 손가락 장갑, 누가 끝을 씹은 자국이 난 종이컵을 발견했지만 카롤리나는 보이지 않았다.

"너 이 학교 다녀?"

내가 물었다.

"어."

"몇 학년인데?"

"이번에 6학년 돼."

"어, 나돈데."

"너 어느 학교 다니는데?"

유노가 물었다.

"여기 다닐 거야."

유노는 움직임을 멈추더니 나를 봤다.

"다닐 거라고? 난 너희가 그냥 할머니한테 인사하러 온 줄 알았는데?"

"아니, 우리 여기로 이사했거든."

"아."

유노는 다시 걸음을 옮기기 시작했다.

"이 학교 좋아?"

나는 신중하게 물었다.

"어, 뭐. 학교에 가야만 한다면 기꺼이 이 학교에 다닐 거야. 그리고 난 학교에 다녀야만 하거든. 기자가 되고 싶으니까. 이게 내 첫 번째 스쿠프가 될 거야."

"스쿠프가 뭔데?"

"쉽게 말하면 선풍적인 뉴스야. 다들 보고 듣고 싶어 하는 거!"

유노는 얼굴 앞에서 한 손을 쓸어 보이는 제스처를 취했다.

"달아난 거북을 되찾다! 스타 기자 유노 텔란데르, 거북의 은신

처로 이어지는 자취를 쫓다!"

바로 그때 내 눈에 뭔가가 들어왔다. 삼각형 모양으로 씹은 자국이 난 작은 민들레 잎이었다. 카롤리나의 입 자국이었다.

"이거 봐! 카롤리나가 여기 왔었나 봐! 이거 먹은 거 같아!"

내가 외쳤다.

"뭐? 어디?"

내가 잎을 가리키자 유노는 재빨리 휴대전화를 꺼내 사진을 찍었다.

"문제는 이게 얼마나 오랫동안 여기 있었는지 모른다는 거네."

유노는 그렇게 말하며 이마에 주름을 잡았다.

건물 벽을 따라 난 잔디는 키가 더 컸고 나는 발로 조심스럽게 쑤셔봤다. 혹시 그 뒤에 작은 거북이가 숨어 있지는 않은지 살펴보기 위해서였다.

"대신 저걸로 해 봐."

유노가 그렇게 말하고는 1-2미터 정도 떨어진 곳에 있는 기다란 막대기를 가리켰다.

막대기는 풀숲을 찔러 보기에 딱이었다.

"난 반대쪽 볼게."

유노는 그렇게 말하고는 건물 모퉁이를 돌아 사라졌다.

내가 막대기를 막 집어 들려던 차에 둥그런 이끼색의 무언가가 눈에 들어왔다! 카롤리나! 내 눈을 믿을 수가 없었다! 카롤리나는 잔디밭 한가운데에서 정말이지 느긋하게 민들레 잎을 씹고 있었다. 나는 기쁨의 함성을 질렀다.

"와아아아악! 여기 있다! 맙소사! 카롤리나가 여기 있어!"

"어디? 어디?"

"저기!"

내가 카롤리나를 가리키자 유노는 우리 앞으로 쏜살같이 달려왔다. 그 탓에 카롤리나는 머리와 다리를 몸통 안으로 숨겼다.

"와! 우와, 와, 우와아."

유노가 말했다.

나는 잔디밭에 앉아 카롤리나의 등딱지를 쓸었다. 유노도 조심스럽게 옆에 앉아 손을 뻗었다.

"얘 안 물겠지."

"안 물어. 네가 민들레 잎이 아닌 이상."

그러자 유노가 나를 보더니 미소를 지었다.

* * *

몇 시간 뒤에 집에 돌아오니 마이켄과 너구리 옷 소년은 환성을 내질렀고, 보보는 춤을 추며 돌아다녔으며 엄마는 마음이 푹 놓였는지 울음을 터뜨렸다. 외할머니는 밖으로 나가더니 아이스크림을 여러 개 사 왔다. 마이켄은 아이스크림을 먹으려고 지하실에서 외할아버지의 눈 뭉치 국자를 여러 개 가져왔다. 유노는 그렇게 큰 아이스크림 덩어리를 태어나서 처음 봤다고 했다.

우리는 발코니에 앉았고 나와 유노는 카롤리나를 발견했을 때의 상황을 적어도 서너 번은 되풀이해 얘기했다. 고양이와 산책하던 사람과의 전화 통화는 어땠고, 어떻게 학교까지 미친 듯이 갔는지, 잔디밭을 어떤 식으로 구석구석 뒤졌는지 그리고 카롤리나가 막대기 바로 옆에 어떻게 앉아 있었는지를 말했다.

"근데, 그때 유노가 '그런데 젠장 대체 얘를 어떻게 집으로 데려가?'라고 하는 거예요."

"젠장이라고 말했다고?"

마이켄이 아이스크림을 더 푸려고 눈 뭉치 국자로 손을 뻗으며 흥미진진하다는 듯이 물었다.

"조용히 해, 마이켄."

내가 말했다.

유노가 말을 이었다.

"어, 거북을 집으로 어떻게 데려가지, 그랬나? '수하물 수레에 실어서 갈 수는 없잖아?'라고 시게한테 말했거든요. 생각해 보라고요. 불쌍한 거북이를 그런 식으로 동여맨다니? 그러니까 얘가 '수하물 수레! 진짜 끝내주는 생각이다!'이러는 거예요. 전 '뭐? 내가 방금 수하물 수레에 싣고서 갈 수는 없다고 말했잖아'랬죠."

나는 입을 열었다.

"맞아요. 근데 그러고 있다가 종이 상자를 발견했거든요! 그때 전 카롤리나를 곧장 수하물 수레에 싣지는 못하겠지만 그 상자에 담을 수는 있을 거라고 생각했죠. 우리는 그 상자에 카롤리나를 넣었어요!"

유노가 뒤를 이었다.

"잔디랑 민들레 잎을 엄청 많이 모아서 상자에 넣었어요. 훨씬 안락할 테고 또 맛있을 테니까요. 그리고 자전거를 타고 집까지 온 거죠! 어, 정확히는, 저는 자전거를 끌고 왔고 시게는 롤러스 케이트를 타고 왔죠."

"인라인이라니까."

"그래, 그래. 인라인, 그럼."

"환상적이구나! 끝내주는 팀워크네! 너희가 정말 자랑스럽다! 카롤리나가 집에 오다니 정말 다행이야."

엄마는 사랑이 가득한 눈으로 우리를 쳐다봤다.

카롤리나는 우리 안에 둔 물그릇 안에서 마치 아무런 일도 없었다는 듯이 헤엄치고 있었다.

* * *

나는 유노를 집까지 데려다 주었다. 헤어지기 전에 유노는 내게 내일 같이 수영을 가겠냐고 물었다. 모른이라는 호수가 있다고 한다. 마음 안에 자그마한 기쁨의 불꽃이 피어올랐다!

그렇지만 퍼뜩 이런 생각이 들었다. 침착해야 한다. 나는 애써 아무렇지 않은 척 하려고 애썼다. 멋진 사람들은 딱히 관심이 있는 듯 행동하지 않으니까.

"그래, 좋아."

나는 그렇게 말하며 어깨를 으쓱했다.

"어, 근데 싫으면 말고."

유노는 약간 부루퉁하게 말했다.

"아냐. 가자."

나는 그렇게 대답하며 선글라스를 고쳐 썼다.

유노는 나를 이상하다는 듯이 쳐다봤다.

우리는 11시에 보기로 했다. 유노는 작별 인사를 할 때 평소에 잘 짓지 않는 미소를 지어 보였다. 나는 인라인을 타고 몇 걸음만에 외할머니 댁으로 돌아왔다. 차고 입구 앞에 도착했을 때 나는 순수한 기쁨의 피루엣이라는 발레 동작을 했다. 착지가 약간 엉성했던 탓에 한 손으로 콜벳을 짚어야 했다. 손은 쿵 소리를 내며 차체에 닿았다. 그러자 자동차 경보음이 울렸다. 정말 미친 듯이 큰 소리로 울어 댔다. 삐이이이-뽀오오오-삐이이이-뽀오오오! 생각할 틈도 없었다! 소리가 너무 컸던 탓에 나는 완전히 얼어붙었다. 엄마가 다급하게 달려 나왔다. 마치 누가 대포로 엄마를 발사한 것 같은 속도였다. 문간에는 보보의 작은 얼굴이 빼꼼히 보였다. 완전히 겁에 질린 표정이었다.

"무슨 일이니? 누가 차를 훔쳐가려고 했어?"

엄마가 물었다.

"아뇨, 제가 어쩌다가 차를 쳐서요."

나는 굉음을 뚫고 소리쳤다.

나는 아인슈타인이 정원을 가로질러 달려오는 소리를 들었다. 아인슈타인은 짖고 또 짖고 또 짖었다. 이윽고 외할머니가 나타났다. 외할머니는 손에 든 작고 검은 무언가를 쥐고 들어 올리더니 차를 겨눴다. 반짝하는 불빛이 나더니 굉음이 멈췄다. 부자연스러울 정도로 조용해졌다. 3초 동안. 갑자기 또 다른 큰 소리가 들렸다. 경보음처럼 크지는 않았지만, 거의 경보음에 맞먹는 수준이었다. 그건 보보의 울음소리였다. 보보는 운다기보다는 거의 포효하고 있었다. 엄마가 달려가더니 보보를 들어 안았다.

"보보! 이제 괜찮아!"

"다음에는 인라인을 타고 콜벳 옆을 지나가지 말아 주겠니?"

외할머니가 딱딱한 목소리로 말했다.

외할머니는 좀처럼 화를 내거나 짜증을 내지 않았다. 그럴 필요가 없었다. 외할머니는 질서나 규칙을 그다지 신경 쓰는 사람이 아니었으니까. 그렇지만 이번에는 확실히 선을 넘었다.

"죄송해요."

나는 그렇게 말하고 시선을 떨어트렸다.

외할머니, 엄마 그리고 보보가 다시 집 안으로 사라졌다. 나는 차고 앞에 혼자 서 있었다. 엄마가 문틈으로 고개를 내밀었다. 엄마는 경보음 때문에 귀가 먹먹한지 소리치며 말했다.

"시계! 기니피그도 완전히 제정신이 아니잖니! 막대처럼 딱딱하게 굳었다! 너 얼른 들어와서 애네 돌봐라!"

하느님 맙소사. 나는 유노가 이 난장판을 보지 못한 걸 확인하려고 뒤를 살폈다. 그렇지만 당연하게도 유노는 이걸 봤다. 유노는 언덕 위에서 나를 내려다보고 있었다. 바람 때문에 유노의 청록색 머리카락이 머리 주변에서 휘날리고 있었다. 유노는 미동도 않고 있었다. 마치 지상의 멍청이를 바라보며 의아해하는 천상의 여신처럼.

* * *

그날 저녁에 나는 책상 앞에 앉아 내 스케치북을 넘겨 봤다. 나는 작살 발명품을 마저 그릴까 했지만 어떤 불안감이 온 몸을 타고 흘렀다. 왜 그런 기분이 들었을까? 기뻐해야 하는 게 마땅한데! 카롤리나를 되찾았고 하루 종일 유노랑 어울렸는데! 우리는 같이 얘기를 나눴고 순조롭게 흘렀고 유노는 날 괴물처럼 보지도 않았다. 적어도 내가 자동차 경보음을 울리기 전까지는. 나는 그 사건 때문에 엉망이 되지 않기를 바랐다.

별 문제가 없는 것처럼 느껴졌지만 나는 자신이 없었다. 나는 내 자신을 너무 드러낸 게 아닐지 겁이 났다. 카롤리나를 발견했을 때 나도 모르게 너무 큰 소리로 환성을 질렀고, 너무 날뛰었고 팔과 손을 너무 많이 흔들어 댔다. 말이 너무 많았다.

나는 인기가 무엇인지를 적어 놓은 쪽까지 스케치북을 넘겼다. 인기. 특정 사람 혹은 물건이 대중에게 불러일으키는 흥미와 열광. 내가 유노의 흥미를 끄는 데 성공했을까? 그리고 어쩌면 아주 약간의 열광도? 나는 정말이지 그랬다고 믿고 싶었다.

나는 학교 생각을 했다. 이제 얼마 남지 않았다. 3주하고 하루였다. 우리는 식당 바깥에서 카롤리나를 발견했다. 식당! 어떤 면에서 식당은 스톡홀름에서 학교를 다닐 때 가장 끔찍했던 곳이기도 했다. 전에 어땠는지 생각하고 싶지도 않았다. 나는 그저 쉴 때가 오기를, 여름 방학이 오기만을 바랐다. 그렇지만 기억들이 꾸역꾸역 밀려들었다. 불이 피운 연기처럼 의식 속으로 흘러 들어왔다. 모든 문과 창문을 꽁꽁 닫아도 항상 조금씩은 새어 들어왔다. 짙은 회색을 띤 가느다란 연기처럼.

불안함. 끊임없는 불안. 어디에 앉아야 할까. 혼자 앉아야 할까. 내가 뭔가를 하느라 바쁜 척을 해야 할까. 하지만 대체 접시 하나, 날붙이 두 개, 우유가 가득 찬 절대 깨지지 않을 것 같은 잔 하나를 들고 바빠 봐야 얼마나 바쁘겠는가. 우유가 든 컵이 깨진다면 수천 조각으로 쪼개질 것이다.

어렸을 적에 우리는 유리잔에 있는 숫자만큼 나이를 먹는 거라며 잔을 살폈다. 잔 바닥에 있는 숫자를 보려고 우유를 허겁지겁 들이마셨다. 12살 혹은 27살 혹은 58살이 될 수도 있었다. 나이를 너무 많이 먹고 싶지도 않았지만 너무 어리고 싶지도 않았다. 나는 항상 유리잔에 적힌 숫자가 너무 클까봐 불안했다. 67 혹은 78처럼. 알다시피, 사람은 정말이지 갖은 것들로 짜증을 느낀다. 유리잔에 표시된 숫자가 큰 것도 그중 하나다.

나한테 뭔가가 있는 것 같았다. 잘못된 무언가가. 왜 나는 항상 어떤 생각에 사로잡히는 걸까? 왜 나는 화장실에 갈 때나 신발 끈을 묶을 때 시간이 그렇게 오래 걸리는 걸까? 그리고 왜 아무도 단 한 번도 나를 기다려 주지 않는 걸까? 쉬는 시간에 밖에 나갈 때나 식당에 갈 때에도.

어떤 기억이 하나 밀려들었다. 나는 고개를 젓고는 책상 앞에서 일어나 방 안을 밝히고 있는 핀볼 게임기로 다가갔다. 무도회 드레스 차림의 미스포춘 그림을 찬찬히 살피다가 바닥에 주저앉았다. 도저히 떨쳐낼 수가 없었다.

공기가 맑고 쾌적했던 어느 가을날이었다. 나는 식당으로 가는 중이었다. 혼자서. 다른 애들은 다들 한참 앞에서 가고 있었다. 나는 주황색 식판을 들고 줄을 섰다. 밥과 약간 갈색 빛이 도는 엄청나게 얇은 채소 믹스를 접시에 담았다. 나는 식당 안을 살폈다. 떠드는 소리가 시끌벅적해서 귀가 먹을 것 같았다. 말소리와 웃음소리, 그리고 플라스틱 바닥에 누군가가 우유 한 컵을 쏟아 흰 호수를 만들며 내지르는 비명소리. 난 어디에 앉아야 하지? 불안 감이 목에 울렁이듯이 차올랐다.

그런데 저기! 저기에 자리가 하나 있었다. 10명 아니 12명인가 가 앉을 수 있는 식탁 옆이었다. 그 식탁에는 그 애 옆에 한 자리 가 있었다. 걘 내 친구였다. 발테르. 그 빨간 머리카락. 햇빛을 받 은 그 애 머리카락은 마치 금실처럼 보였다. 벌써부터 우리가 무 슨 얘기를 하는 게 좋을지 걱정되기 시작했다. 뭔가 괜찮고, 평범 한 이야깃거리가 있을까. 그런 걱정을 하긴 했지만 발테르가 거 기에 앉아 있는 걸 보고 약간 마음이 놓였다. 한 자리가 있었으니 까. 내가 있어도 괜찮은 한 자리가.

난 그 자리를 향해 걸어갔다. 의자를 향해서. 눈빛으로 점찍어 두었다. 마치 그게 아주 길고 힘든 달리기 끝에 있는 결승선이라 도 되는 것처럼. 그 밝은색 나무를. 등받이에는 바나나 두 개가 그려져 있었다. 그때였다. 바로 그 순간에. 그 위에 누가 자기 가 방을 놓는 게 아닌가. 하키 가방이었다. 검은색. 나는 그걸 그 자 리에 놓는 손을 봤다. 그건 발테르의 손이었다. 내가 거기로 가고 있는 걸 못 본걸까? 나는 주저했다. 그냥 지나쳐 가야 하나? 아니 면 그래도 일단 멈춰서 볼까? 앉아도 되는지 물어볼까? 나는 보 폭을 좁혔다. 명료하게 생각하기 위해서였다.

그렇지만 나도 참 멍청했다! 걘 다름 아닌 내 친구인데! 내가 개 옆에 앉지 못할 이유가 뭐가 있겠는가? 나는 의자를 향해 고개를 끄덕해 보였다.

"여기 앉아도 돼?"

약간 오랫동안 침묵이 이어졌다. 그러자 누군가가 말했다. "당연하지. 가방 좀 치워, 발테르." 그러자 발테르는 가방을 치웠다. 다른 사람들의 말을 따르기로 마음먹기라도 한 것처럼. 심지어 발테르는 하키를 배우기 시작했다. 남자애라면 무릇 빙상 경기 중에서 하키를 하는 게 마땅하니까. 타이즈를 신고 얼음 위를 미끄러지며 피루엣을 하는 게 아니라 말이다. 발테르 바로 옆에는 부데가 앉아 있었다. 부데는 어째서인지 인기가 많았다. 그 애 성격은 내 마음에 드는 구석이 하나도 없었다. 외모는 말할 것도 없었다. 걔는 쥐처럼 생겼다. 그렇지만 아무도 그 사실을 모르는 것 같았다. 부데가 미소를 지었다. 전혀 따뜻함이 느껴지지 않는 미소였다. 목소리는 또 어떤가. 어둡고 따분했다.

"오, 시게. 너 지우개 먹는다며?"

"뭐?"

다른 애들이 키득거렸다. 발테르는 밥과 닭고기 그라탱이 남은 접시를 뚫어져라 내려 보고 있었다. 처음에 나는 부데가 한 말을 이해하지 못했다. 내가 지우개를 먹는다고? 그런데 문득 떠올랐다. 나는 발테르에게 한 가지 말한 게 있었다. 발테르를 믿고서 했던 말이었다. 나는 진짜로 지우개 한 개를 먹은 적이 있었다.

나는 왜 그랬는지 이해할 수조차 없었다. 고심 끝에 내린 결정이 아니었다. 나는 그저 한입 깨물어 봤을 뿐이었다. 무슨 맛이 나는지 알고 싶었던 건지 어땠던 건지. 내가 그 얘기를 했을 때 발테르는 웃음을 터뜨렸었다.

"너 진짜 돌았구나."

발테르는 그렇게 말했었다.

그렇지만 나쁜 뜻이 있던 건 아니었다. 적어도 나는 그렇게 생각했다.

그렇지만 이제 발테르가 그 얘기를 했다는 건 분명했다.

다시 목소리가 들렸다. 부데 목소리였다.

"너 그랬다고 인정하지 그래. 지우개 먹었다고."

"무슨 말을 하는 거야?"

내가 말했다. 그렇지만 내 목소리가 딱히 믿음직한 것 같지는 않았다.

"모른 척 하지 마. 내가 무슨 말 하는지 알잖아. 너 지우개 먹었다며."

그때까지 다른 애들은 입도 뻥끗하지 않고 있었다. 갑자기 누가 테이프 리코더라도 재생한 것 같았다. 다들 말하기 시작했다.

"인정하라고!"

"대체 어떤 미친놈이 지우개를 먹어? 너 머리가 어떻게 됐지!"

"너 다섯 살이냐?"

"지우개 맛있냐? 어떤 브랜드가 제일 맛있어?"

"고무라니, 진짜, 게이들은 그런 거 먹느냐?"

"다른 건 또 뭐 먹었냐?"

"세제 먹었겠지! 비누! 풀!"

"똥!"

애들은 웃음을 터뜨렸다.

"그래! 너 똥 먹은 거 인정해!"

"시게, 시게, 시게! 똥 먹은 거 인정해!"

걔네들은 외치고 또 외쳤다. 마치 하이에나처럼 흥분해 있었다. 그런데 갑자기 부데가 차분한 목소리로 말했다. 마치 어른 목소리처럼 들렸다.

"시게 게이야. 인정해. 너 똥 먹는다고."

나는 고개를 저었다.

부데가 계속해 말했다.

"말해. 너 똥 먹는다고. 너 똥 먹는 거 좋아한다고."

나는 절박하게 주변을 살폈다. 내 안에서 뭔가가 자라나는 것 같았다. 날카롭고 폭발할 것 같은 무언가. 나는 발테르와 시선을 마주치려고 했다. 그렇지만 발테르는 눈을 피했다. 무작정 시선을 돌렸다. 우유 자판기, 배식대, 배식을 기다리며 가지런히 서 있는 8학년 줄을 쳐다봤다. 그렇지만 아무도 나를 보지 않았다.

"인정해, 시게."

"인정해!"

"인정해!!!"

내가 벌떡 몸을 일으키는 바람에 의자가 뒤로 넘어졌다. 나는 뭐든 말하고 싶었다. 이 애들의 입을 닥치게 만들 수 있는 뭐든. 그렇지만 그렇게 할 수가 없었다. 말들이 내 안에 갇혀 있는 것 같았다. 나는 식당에서 허겁지겁 달아났다. 눈꺼풀 뒤로 눈물이 끓어오르는 것 같았다. 걔네들에게서 달아나는 건 목숨을 걸어야 하는 일이었다.

내 뒤에서 부데 목소리가 들렸다.

"젠장, 완전 멍청이네, 시게 저 자식. 하여간. 발레리노처럼 총 총 뛰는 꼴하고는. 치매 걸린 원숭이처럼 사시인 데다가 똥 먹잖 아. 게다가 게이라고."

발테르는 왜 그랬을까? 왜 날 늑대 무리 한가운데에 던져 놓 았을까? 그게 멋져서? 자기 목숨을 부지하려고? 나랑 같이 어울리 지 않기만 하면 친구를 사귈 수 있다고 생각해서? 마치 내가 전 염병이라도 되는 것 같았다. 발테르를 늪으로 끌어들이는.

정말 끔찍했던 건 발테르를 약간은 이해할 수 있었다는 사실 이었다. 나도 내 자신으로부터 달아났을 것이다. 그럴 수만 있었 다면 말이다.

인기보다 더 중요한 것

나는 9시에 깜짝 놀라 잠에서 깼다. 외할아버지가 지하실에 둔 물건들 사이에서 발견한 낡은 자명종을 가져왔었다. 코가 큰 군인이 드럼을 두드리는 모양의 자명종이었다. 정말이지, 드럼을 어찌나 큰 소리로 두드리던지. 돌아가신 외할아버지도 무덤에서 깨어나게 할 만큼 쩌렁쩌렁했다.

나는 몸을 일으켜 샤워를 했다. 이제 수영하러 갈 테니까 상쾌하게 나서고 싶었다. 물기를 털고 거울을 보면서 나는 이 비쩍 마른 몸을 유노에게 보여 주게 될 거라는 사실을 깨달았다! 내가 얼마나 나약해 보이는지 말로 설명하기도 어려웠다. 나는 인기 얻기에 대해 적어 둔 것을 떠올렸다. 운동한 몸처럼 보이기.

이 점의 가장 좋은 부분은 운동을 할 필요가 없다는 점이다. 그저 운동한 몸처럼 보이기만 하면 된다. 그렇지만 대체 어떻게 해야 그렇게 보인단 말인가? 나는 검지로 관자놀이를 꾹꾹 눌렀다.

브레인스토밍을 하라고! 전에 외할아버지는 "브레인스토밍을 할 때엔 어떤 아이디어든 상관이 없단다!"라고 말한 적이 있다. 아마도 외할아버지가 입 밖으로 냈던 가장 긴 문장이었을 것이다.

외할머니의 프린터를 사용해 복근 사진을 실제 크기로 뽑은 다음에 하루 종일 종이 뒤에 몸을 숨기고 있을까? 글쎄. 그다지 현명한 해결책은 아니었다. 무엇보다도 내가 항상 똑같은 방향으로 몸을 향하고 있어야 하는 데다가, 둘째로는 수영할 건데 종이는 물에 젖고, 셋째로는 티가 날 것이다. 그럴 수는 없었다. 나는 다른 해결책을 생각해 내야 했다. 나는 거울 속의 나를 뚫어지게 봤다. 한쪽 눈이 코를 향해 기울어져 있다.

"생각해, 시게. 생각하라고!"

그때 내 눈에 무언가가 들어왔다. 마치 뇌에 안개가 걷힌 기분이었다! 정말이지 번뜩이는 아이디어가 떠오를 때와 같은 느낌이었다. 욕실 선반에는 외할머니의 화장품이 놓여 있었다! 다양한 색의 아이섀도가 든 통들이었다. 그리고 나는 그림에 재능이 있었다. 세상에나 맙소사, 나는 천재야!

나는 웃옷을 벗고 통과 펜슬 몇 개를 챙겼다. 다행히도 외할머니는 욕실에 온 몸을 비출 수 있는 커다란 거울을 설치해 두셨다. 그런 뒤 나는 인터넷에서 운동한 남자들의 사진 몇 개를 찾았다. 그런 사진이 어찌나 많든지! 사진이 홍수처럼 쏟아졌다. 대부분은 배에 왕자 모양으로 새겨진 식스팩이 있었다. 나는 지나칠 정도로 뚜렷하게 식스팩이 보이는 금발 남자의 사진을 골랐다. 울퉁불퉁하고 번쩍이는 근육은 마치 플라스틱으로 만들어진 것처럼 보였다. 나는 식스팩을 어떤 색으로 그리는 게 좋을지 잠시 고민했다. 갈색으로 할까?

나는 큰 펜슬을 들고 배 한가운데에 긴 줄을 그렸다. 다리 사이 한가운데부터 배꼽 바로 아래까지. 그런 다음 그 선과 직선으로 교차하는 선을 그렸다. 약간 십자가 모양처럼 보였다. 나는 그 금발 남자의 사진을 유심히 관찰했다. 나머지를 어떻게 그려야 할지 파악하기 위해서였다. 그렇지만 아무리 내가 그림을 잘 그린다고 해도 내 몸에 직접 그림을 그린 적은 없었다. 아이섀도로 그림을 그리는 건 처음이었다. 나는 최상의 효과를 얻기 위해 여러 색의 아이섀도를 사용했다. 회색, 갈색 그리고 검은색.

누군가가 문고리를 돌리는 소리가 났다. 젠장, 문 잠그는 걸 깜빡했네. 보보가 안을 들여다보며 말했다.

"안녕!"

보보는 문을 열려고 애를 썼지만 양쪽 팔 아래에 박제 밍크를 끼고 있는 탓에 쉽지 않았다.

"똥."

나는 보보가 그 단어를 말하는 걸 처음 들었다!

"새 단어를 배웠구나, 보보! 끝내준다!"

"똥, 똥."

보보는 만족스럽다는 듯 말하며 바닥에 밍코와 구이코를 내려 놓고 기저귀를 내리더니 아기용 변기에 앉았다.

"너 꼭 지금 똥 싸야 해? 뭐, 벌써 싸고 있구나, 그래."

욕실이 너무 비좁았던 탓에 전부 챙겨서 들고 나갈 수가 없었다. 그래서 보보가 변기에 앉아서 끙 소리를 내는 동안 나는 계속해 그리게 됐다. 심혈을 기울여 식스팩의 윤곽을 하나씩 그린 뒤 자연스럽게 보이도록 명암을 주는 동안 보보의 눈이 거울 속에서 내 손을 따라가는 게 보였다. 세 살 보보 눈에는 그 어떤 것도 이상해 보이지 않는다는 게 다행이었다. 화장실의 박제 밍크 두 마리, 스무디에 넣은 냉동 연어 조각, 배에 바르는 아이섀도. 모든 게 그저 평범할 따름이었다. 세 살배기는 그런 면에서 정말이지 편견이 없었다. 나는 갑자기 보보의 그런 점이 굉장히 사랑스럽게 느껴졌다. 나는 보보에게 미소를 지었지만, 보보는 나를 보고 있지 않았다. 밍코인지 구이코인지의 털을 자기 칫솔로 빗질해 주기에 바빴다.

나는 거울에 비친 나를 살폈다. 그리고는 이쪽저쪽으로 몸을 돌려 비춰 보았다. 솔직히 말하자면 정말이지 그럴싸해 보였다! 근육! 근육이 생겼다! 아니, 뭐. 적어도 근육처럼 보이긴 했다. 갑자기 보보가 외쳤다.

"끗!"

나는 서둘러 욕실을 나섰다. 보보를 사랑했지만 보보의 엉덩이를 닦아 주는 건 내키지 않았기 때문이다.

***

유노네 집에 도착하니 차고 문이 열려 있었다. 유노의 모습이 보이기 전에 그 애의 자전거 변속기에서 나는 틱틱 소리가 점점 가까워지는 소리가 들렸다.

"안녕."

유노가 말했다. 유노는 즐거워 보였고 청록색 머리카락이 햇빛을 받아 빛나고 있었다.

"안녕."

내가 멋진 척을 하며 말했다. 머릿속으로는 까먹어서는 안 되는 것들을 되짚었다.

말할 때 팔과 손을 휘젓지 말 것. 아무리 기뻐도 소리 지르며 뛰어다니지 말 것. 침착함을 유지하고 사교적으로 행동하며 농담을 던질 것. 피겨스케이팅을 좋아한다고 인정하지 말 것.

유노는 헬멧을 쓰려고 자전거를 엉덩이 쪽으로 기대 세웠으나, 자전거가 흔들거리다가 옆으로 넘어지려고 했다. 나는 자전거를 붙들어 세웠다. 마치 영웅처럼 말이다.

"고마워."

유노는 그렇게 말하고는 헬멧을 조였다.

유노는 자전거에 앉더니 페달을 밟기 시작했다. 우주선을 탄 고양이 그림의 가방을 등에 들쳐 멨다. 나는 인라인을 타고 그 뒤를 쫓았다. 우리는 어제와는 다른 길로 향했다. 벽돌과 나무로 된 야트막한 집을 여러 채 지나쳤다. 집 바깥 잔디밭에는 트램펄린이 있었다. 시체 목초지라는 뜻의 리크발렌 축구장을 스쳐 지났다. 축구장 이름치고는 정말이지 이상하다고 생각했지만, 유노는 공동묘지 바로 옆에 있는 탓에 그런 이름이 붙었다고 했다.

호수까지는 20분 정도가 걸렸다. 우리는 우선 캐러반과 텐트가 가득한 널찍한 초록빛 잔디밭에 도착했다. 커다란 표지판에는 '모랭엔 수영장 겸 캠핑장'이라고 적혀 있었다. 표지판 옆 게시판에는 수많은 작은 쪽지들과 '칼레 바'라고 적힌 금색, 초록색, 빨간색의 큰 포스터가 붙어 있었다.

"칼레 바. 그게 누군데?"

내가 물었다.

유노가 웃음을 터뜨렸다.

"그건 밴드 이름이야! 사람이 아니라고. 레게음악을 연주하는 밴드야. 너도 블락카가 스웨덴의 킹스턴이라고 불리는 건 알지?"

"뭐? 아니? 왜?"

"아니, 킹스턴이 자메이카 수도니까. 레게음악은 자메이카가 기원지고. 스웨덴에서는 블락카가 레게의 수도인 격이니까 뭐, 여기에 레게밴드가 엄청 많아서 그래. 칼레 바가 제일 유명하고."

나는 자메이카에서 온 차는 어떻게 알아볼 수 있느냐는 농담을 던졌고 유노는 답을 알고 있었다! 나는 깜짝 놀라 '와!'라고 외치려다가 침착해야 한다는 생각에 아무런 말도 하지 않았다. 이상한 표정을 지으며 엄지를 치켜세웠을 뿐이다.

우리는 아이스크림, 감자 칩, 음료수를 파는 붉은색 칠을 한 나무로 된 편의점 앞에 도착했다. 편의점 앞에는 뱀처럼 긴 줄이 서 있었다. 임신한 사람처럼 배가 툭 튀어나온 땀을 뻘뻘 흘리는 한 남자가 얼굴 앞에서 100크로나 지폐를 팔락이며 끼어들려고 했다. 날씨가 토스트기 안에 들어 있는 것처럼 더웠기 때문에 그 남자의 행동을 이해할 수 있었다.

편의점 너머로 물가와 형형색색의 돗자리가 드문드문 펼쳐져 있는 언덕이 보였다. 사람들은 돗자리에 누워 일광욕을 하거나, 앉아서 무언가를 먹거나, 잔디밭 위를 뛰어다녔다. 물이 햇빛을 반사해 반짝였다. 물은 마치 엽서 사진에 나오는 것처럼 파랬다.

포장도로가 없는 탓에 나는 별 수 없이 인라인을 벗어야만 했다. 유노는 자전거를 끌며 걸었고 나는 맨발로 부드러운 잔디 위를 걸었다. 우리는 사람이 그다지 많지 않은 곳을 발견했다. 유노는 가지고 온 커다란 주황색 돗자리를 펼쳤고 나는 엄마가 챙겨 준 도시락 상자를 꺼냈다. 오렌지 주스, 마리 비스킷 그리고 계핏가루를 뿌린 사과 조각이 들어 있었다. 도시락 상자를 가지고 가는 게 어색할지도 몰라 나는 아무것도 필요 없다고 했지만 엄마는 고집을 부렸다. 내가 유노와 수영하러 갈 거라고 말하자 엄마는 엄청나게 기뻐했기 때문에, 엄마를 실망시키지 않기로 했다.

뜻밖에도 유노는 이렇게 말했다.

"와, 정말 맛있겠다!"

나는 크릴레 머랭의 영화 이야기 속에 등장했던 인물에 대해 생각했다. 바질 홀링허스트였나 아무튼 뭐든 간에. 그 사람은 멋지고 매력적이고 부자였기 때문에 인기가 있었다. 돈이라면 나도 그다지 문제될 게 없었다. 그렇지만 매력을 지금 한참 가꾸느라 애쓰고 있다.

나는 돗자리에 다소 편한 자세로 앉아 초콜릿 담배가 든 갑을 꺼내 유노에게 내밀었다.

"이게 뭐야?"

유노는 그렇게 말하며 콧등에 주름을 잡았다.

"담배."

나는 약간 멋있게 들렸기를 바라며 말했다. 사실 초콜릿 담배이긴 했지만 말이다.

나는 하나를 꺼내 입가에 물었다.

"그래."

유노도 갑에서 하나를 꺼냈다.

그렇지만 담배를 피우는 척을 하지는 않고 종이 포장을 벗기더니 입 안에 물었다.

나는 선글라스를 고쳐 썼다. 이렇게 햇빛이 쨍한 날이니 선글라스를 써도 이상할 게 없었다. 그렇지만 나는 여전히 렌즈를 살날 만을 손꼽아 기다렸다. 선글라스는 내 눈을 가릴 목적이 아니라 정말로 내가 원할 때만 쓰고 싶었다. 유노는 말없이 앉아 물속에서 사람들이 헤엄치고, 웃으며 서로에게 물을 끼얹고 있는 걸 바라보고 있었다. 보보 또래로 보이는 아이가 빨간 플라스틱 통을 들고 가더니 커다란 모래더미 위에 물을 쏟아 부었다. 나는 초조해졌다. 무슨 얘기를 해야 하나? 자기 자신에 대해 이야기하고, 질문을 하고, 약간의 농담을 던져라.

"나 인라인 탄 지 2년 넘었어."

"그렇구나. 왜 인라인 타기 시작했는데?"

유노가 물었다.

젠장. 이건 정말로 설명해서는 안 됐다. 왜냐하면 나는 피겨스케이팅을 좋아해서 인라인을 타기 시작했으니까. 부데가 괴롭힌 이후로 나는 피겨스케이팅을 관뒀다. 피겨스케이팅을 하고 싶어서 마음이 붕붕 울려 댔는데도 말이다. 어쩌면 엄마는 뭔가 낌새를 챘는지도 모르겠다. 어쨌든, 내 열 번째 생일에 엄마는 선물로 인라인 스케이트를 사 주었다. 처음에 나는 항상 피겨스케이팅과 비교하곤 했다. 그 둘은 똑같지 않다고 생각했다. 항상 자갈과 돌멩이를 살펴 피해야 했고, 인라인은 스케이트처럼 부드럽게 미끄러지지 않았다. 그다지 하늘을 난다는 느낌이 들지 않았다. 그렇지만 얼마 뒤부터 나는 인라인에 빠져들었다. 그 자유로움! 아이스링크를 빙빙 도는 게 아니라, 내가 원하는 곳으로 갈 수 있었다. 나는 인라인을 타고 온갖 곳을 다니기 시작했다. 가게로, 학교로. 아인슈타인도 꽤나 행복해 했다. 전에는 15분이면 끝났던 저녁 산책이 갑자기 한두 시간으로 늘어난 덕분이었다. 나는 아스팔트를 미끄러졌고 아인슈타인은 지치지도 않고 내 옆에서 한쪽 입가로 혀를 팔락이며 달렸다.

그렇지만 그런 얘기는 당연히도 할 수가 없었다. 만약에 유노가 부데처럼 반응한다면 어떻게 하겠는가? 비웃거나, 나한테 게이라고 할지도 모른다. 그래서 대신 이렇게 대답했다.

"어…… 잘 모르겠어."

"그렇구나."

유노는 대답했다.

아무렴. 그렇게 대화 주제 하나가 죽었다. 유노에 대한 질문을 던지는 게 나을 것 같았다.

"그건 그렇고, 너 섀르블락카에서 오래 살았어?"

"평생."

"오래 살긴 했네."

"어, 그렇지."

유노는 내게 눈길을 주었다. 그러더니 이마에 주름을 잡았다. 안 돼. 유노가 나를 이상한 애라고 생각하지 않았기만을 바랐다.

"그건 그렇고 너희 아빠는 어디 계셔? 너희랑 같이 안 살아?"

"어……."

"꼭 아빠가 있어야 한다는 건 아니고. 엄마가 둘일 수도 있지 뭐. 내 반 친구 한 명도 엄마가 둘이야."

"나 아빠 있어. 여기에 없다 뿐이지."

"어디 계시는데?"

갑자기 내 입에서 이런 말이 튀어 나왔다.

"아빠는 아프리카에서 멸종 위기에 처한 동물을 구하고 계셔."

"와! 끝내준다. 어느 나라?"

"어?"

"아니, 아프리카 완전 크잖아! 아프리카에는 나라가 55개나 있다고. 너희 아빠 어느 나라에서 일하시는데?"

"어……."

나는 열심히 여러 아프리카 국가 이름을 떠올리려 했다.

"브라ㅈ…"

나는 그렇게 입을 뗐지만, 퍼뜩 브라질은 남아메리카에 있다는 사실을 떠올리고는 입을 다물었다.

콩고? 콩고는 아프리카에 있던가? 확신할 수 없었다. 남아프리카공화국! 그건 분명 아프리카에 있겠지? 아닌가?

"남아프리카공화국."

"브라즈-남아프리카공화국?"

"아니, 그게 아니라. 남아프리카공화국! 그냥 남아프리카공화국."

"아. 멋지네."

그렇게 말하더니 유노는 몸을 일으켰다.

"수영하러 갈까?"

"가자."

나는 약간 땀이 나서 그렇게 말했다. 땀이 난 게 햇빛 때문인지 스트레스 때문인지 알 수 없었다.

나는 물가에서 옷을 갈아입지 않아도 되게 미리 수영복 바지를 입고 왔다. 나는 유노에게 등을 돌리고 티셔츠를 벗었다. 조심스럽게 가슴과 배를 훑었다. 그때 내 눈에 말도 안 되는 광경이 들어왔다! 아이섀도에 반짝반짝하는 글리터가 들어 있는 게 아닌가! 외할머니댁의 어두침침한 욕실에서는 눈에 띄지 않았지만, 햇빛이 쨍쨍한 지금 내 식스팩은 구름 한 점 없는 밤에 빛나는 별들처럼 반짝이며 은은한 빛을 뿜고 있었다. 빌어먹을!

"늦게 오는 사람은 바보!"

나는 그렇게 소리치고는 젖 먹던 힘까지 짜내 호수로 달렸다.

나는 곧장 물로 뛰어내릴 수 있도록 제방 위로 내달리기로 했다. 혹시라도 물가의 질퍽한 흙을 밟아 발이 잡히는 통에 내 배와 가슴팍이 보이는 일이 벌어지지 않게 말이다.

나는 작은 여자아이 두어 명을 이리저리 피해, 한 손으로는 선글라스를 부여잡고 곧바로 물속으로 뛰어들었다. 물 표면에 닿았을 때 나는 죽는 줄 알았다. 물이 엄청 차가웠다! 한기가 온 몸을 휘감았다. 7월 말인데 물이 이렇게 차가운 게 말이 돼?! 나는 돌이라도 된 것처럼 바닥으로 가라앉았다. 나는 절박하게 물 위로 헤엄쳤다. 얼음 구멍에서 헤엄치는 게 분명 이런 느낌이겠거니 생각했다. 두어 번 손과 발을 내저으니 조금 한기가 가셨고 몇 분 뒤에는 물에 있는 게 끝내주게 기분 좋게 느껴졌다. 나는 유노가 내 쪽으로 헤엄쳐 오는 걸 봤다. 청록색 머리카락이 망토처럼 유노 뒤쪽으로 늘어뜨려져 있었다.

"쳇, 뭐가 그렇게 급해서."

유노는 헉헉거렸다.

"완전 수영하고 싶었거든!"

나는 거짓말을 했다.

유노는 웃음을 터뜨렸다.

"너 선글라스 쓰고 수영해?"

"항상. 미래가 너무 밝아서 눈에 그늘을 드리워야 하거든!"

나는 헤엄치면서 코웃음을 쳤다.

외할머니가 그런 말을 한 걸 들은 적이 있었다.

"너 완전 괴짜야, 시게. 알아?"

그런 말을 하는 유노는 부드러운 표정을 짓고 있었다.

"와, 너도 괴짜거든."

"내가? 나는 지구상에서 제일 평범한 사람이거든."

유노가 모욕이라도 당했다는 듯이 되받아쳤다.

나는 유노에게 물을 끼얹었고 유노도 마주 받아쳤다. 그러더니 유노는 팔을 20번 움직여서 누가 더 멀리 가는지 내기를 하자고 했다. 유노가 이겼고 나는 유노가 이걸 연습했을 거라고 생각했다. 그러더니 갑자기 엄청나게 커다란 악어 튜브가 옆을 스쳐 날아갔다. 제방 위에서 한 남자아이가 우리에게 그걸 붙잡아 달라고 외쳤다. 우리는 악어 튜브를 잡았다. 비록 최소 5분은 그걸 뒤쫓긴 했지만 말이다. 악어 튜브에 다가서기 무섭게 바람이 불어 그걸 다시 멀리 날려 보냈기 때문이다. 결국 나는 꼬리 맨 끝부분을 낚아채는 데 성공했다.

악어 튜브를 건네준 뒤 나는 조개껍데기나 예쁜 돌을 찾아보자고 제안했다. 유노는 이 호숫가에 그런 게 있을 것 같지는 않다고 했지만, 어쨌든 물 밑을 살펴보기로 했다. 내 선글라스가 벗겨지긴 했지만, 다행히 바닥으로 가라앉기 전에 잡았다. 나는 찾고 또 찾았지만 초록색 유리 조각밖에 보이지 않았다. 어쨌든 그것들을 줍기는 했다. 누군가가 유리 조각에 베이지 않았으면 했으니까. 다른 사람들의 안전을 생각하는 내가 장하게 느껴졌다.

물 위로 다시 올라왔을 때 나는 유노가 마치 스노클링을 할 때처럼 물 바로 아래에서 떠다니고 있다고 생각했다. 유노의 머리카락이 부채처럼 물 위에 퍼져 있었기 때문이다. 그렇지만 가까이 헤엄쳐 가자 그게 유노가 아니라 유노의 머리카락이라는 사실을 알게 됐다. 어떻게 된 일인지 영문을 알 수 없었다. 그때 갑자기 아주 밝고 가느다란 탓에 거의 투명해 보이는 머리카락을 가진 여자애가 물 밖으로 솟아났다. 눈을 흘기며 화가 났는지 입은 삐죽했다. 그 애는 그 청록색 머리카락을 낚아채더니 뭍을 향해 헤엄치기 시작했다. 나는 그게 유노라는 사실을 너무 늦게 알아차렸다. 나는 잠시 동안 멍하게 유노의 뒷모습을 바라봤다. 유노가 손에 쥔 그 굵은 머리카락을. 머리카락은 물에서 마치 뱀처럼 구불거렸다.

가발이었다. 유노는 가발을 쓰고 있던 것이다. 나는 그 사실을 전혀 알지 못했다. 당연히 태어날 때부터 머리카락이 청록색이 아니라는 것은 알고 있었지만, 머리카락을 염색한 거라고 생각했었다.

"유노!"

내가 외쳤다.

나는 황급히 유노의 뒤를 쫓았다. 물에서 속도를 낼 수 있는 만큼 최대한. 물결에 휩쓸려 아래로 떠밀리는 느낌이었다. 유노는 벌써 뭍으로 올라서고 있었다. 돗자리를 향해 성큼성큼 걸음을 옮기고 있었다.

"유노!"

유노는 물기도 닦지 않고 수영복 위에 가운을 걸쳤다.

"너한텐 참 재미있는 꼴이겠다."

유노는 화난 말투로 쏘아붙이고는 가발을 쓰려고 했다.

그렇지만 머리카락은 뒤엉켜 있었고 사방팔방으로 뻗어 있었다. 유노는 다시 가발을 벗었다.

"뭐가? 뭐가 재미있다는 건데?"

"뭐일 것 같은데? 내가 머리카락이 없으니까! 이제 스톡홀름에 있는 네 친구들한테 전화 돌려서 대머리 여자애를 만난 게 얼마나 역겨운지 떠들어 대면 되겠네."

"내가 왜 그러는데?"

나는 스톡홀름에 전화를 걸 만한 친구가 하나도 없다고 말할 뻔했다. 그렇지만 만약 내게 친구가 있더라도 절대로 그런 얘기를 하지는 않을 것이다.

유노는 손가락으로 엉킨 머리카락을 풀려고 했다. 그렇지만 유노는 벌벌 떨고 있었고 제대로 머리카락을 풀 수가 없었다. 유노는 포기하더니 다시 가발을 썼지만 제대로 얹지 못한 탓에 머리카락이 삐딱하게 보였다.

"대체 이 망할 호숫가에는 왜 거울이 하나도 없는 거야."

유노는 그렇게 말했다. 나는 유노의 목소리를 듣고 불안감이 들었다. 마치 곧 울음을 터뜨릴 것만 같았다.

"기다려 봐. 내가 도와줄게."

나는 유노에게 다가가 머리카락을 바로잡았다. 그리고는 손가락으로 빗질을 하면서 서로 꽁꽁 엉켜있는 머리카락 뭉치를 풀어냈다. 마지막으로 앞머리를 매만졌다. 뻣뻣한 머리카락 몇 가닥을 옆으로 넘겨 유노의 눈을 덮지 않게 했다.

"됐다. 이제 다시 멀쩡해졌어."

나는 그렇게 말하며 뒤로 한 발 물러났다.

나와 유노의 시선이 마주쳤다. 놀랍게도 유노의 눈에는 눈물이 그렁그렁했다.

"나 집에 갈래."

유노는 훌쩍였다. 그렇지만 꼼짝도 않았다.

"아냐, 그러지 마."

내가 말했다.

나는 쭈그리고 앉아 도시락에 담아온 것들을 꺼냈다.

"자, 대신 이 과자 먹어 봐! 봐, 여기 음료수도 있어!"

나는 유노가 잡을 수 있게 음료수병을 내밀었지만, 유노는 그저 팔을 늘어뜨린 채 서서 불행한 표정으로 땅을 내려다보고 있었다. 나는 뺨을 타고 흐르는 눈물 두 줄기를 봤다.

나는 잽싸게 금색으로 반짝이는 비스킷 봉투를 뜯고 비스킷을 하나 꺼냈다. 그런 뒤 몸을 일으켜 그걸 유노의 얼굴 앞에 가져다 댔다.

"으음, 완전 맛있어 보인다. 냠냠. 한입 물어 봐."

내 목소리에는 가식적인 활기가 돌았다. 마치 엄마가 보보한테 음식을 먹일 때 내는 목소리처럼. 결국 나는 비스킷을 유노의 입술 사이에 밀어 넣었다. 유노가 한 입 베어 물자 베이지색 부스러기들이 아래로 떨어졌다.

"잘 했어! 봐봐, 너 먹을 수 있네!"

내가 그렇게 말하자 유노는 웃음을 터뜨렸다. 비록 슬픔이 묻어나는 작은 웃음소리긴 했지만.

유노는 축축한 머리카락을 어깨 위에 드리우고 그 자리에 서서 비스킷을 베어 물었다. 마지막 조각을 삼켰을 때 나는 유노에게 음료수를 내밀었고, 그제야 유노는 병을 받아들고 몇 모금 마셨다. 유노는 팔로 눈물을 닦았다.

"너 말이야, 시계."

"어."

유노가 울음을 멈춰서 나는 마음이 한결 놓였다.

"왜 네 배는 갈색으로 반짝거려?"

나는 배를 내려다봤다. 재앙이었다! 그려 뒀던 근육들이 모두 한데 섞여 갈색으로 반짝이는 얼룩이 돼 있었다.

"그러니까…… 설명하기가 좀 어려운데."

"해 봐."

유노는 돗자리에 앉았다. 유노가 방금까지 울어서인지, 유노가 자전거를 타고 집에 가길 원치 않았기 때문인지, 가발이 없는 유노의 모습을 봐서인지 알 수 없었지만 나는 사실을 털어놓았다.

나는 거의 모든 걸 얘기했다. 근육이 있는 게 좋을 것 같아서 배에 그림을 그렸다고. 나는 정말이지 인기를 얻고 싶다고. 인기를 얻기 위한 내 계획은 어떤 것들이 있는지. 춤을 배우고, 껌과 담배 내밀기. 질문과 농담을 던지고 내 자신 얘기하기. 내가 어떻게 연습을 했는지도 말했다. 그리고 실패했던 것들도.

유노는 이야기를 듣더니 그것 중에 일부는 그래도 꽤나 괜찮았다고 말했다. 질문과 농담 던지기, 그리고 내 자신 얘기하기 말이다.

"어쨌든 지금은 전혀 효과가 없는 것 같지만. 너한테 그렇게 했을 때 말이야."

내가 말했다.

유노는 웃음을 터뜨렸다.

"아까 그게 네가 그걸 하고 있던 거였어? 어휴, 그렇지만 그땐 너무 딱딱하게 들렸다고. 마치 연극 무대에서 대사 같은 걸 읽는 것처럼 말이야. 너는 좀 더 네 자신에 충실한 게 좋겠어."

흠. 나는 그 말을 곰곰이 생각했다. 그건 엄마가 했던 것과 정확히 똑같은 말이었다.

그러더니 유노는 자기 머리카락 이야기를 시작했다. 태어났을 때부터 항상 그렇게 가늘고 약했다고 했다. 눈썹도, 속눈썹도 잘 보이지 않았다. 색이 너무 옅었던 탓이다. 한 달 전에 부모님과 함께 뉴욕에 갔을 때 진열창에서 그 청록색 가발을 봤다고 한다.

그날 이후로 매일같이 그 가발을 쓴다고도 했다.

"이거 망가졌으면 어떡할지 걱정돼."

유노가 슬프게 말했다.

"분명 안 망가졌을 거야. 내가 가발 전문가나 뭐 그런 건 아니지만, 내 말은, 물 약간 묻는 건 괜찮지 않을까?"

"그럴까?"

유노가 조용하게 말했다.

"당연하지! 집에 가면 같이 빗질해 보자. 근데 집에 가기 전에…… 담배 한 대 필래?"

내가 말하자 유노는 웃으며 초코릿 담배 하나를 꺼냈다. 유노가 그걸 입가에 물기 무섭게 아래쪽으로 휘었다. 햇빛에 녹은 것이었다.

"담배 피우는 거 완전 멋져 보이니까."

유노가 그렇게 말하며 웃는 동안 초콜릿은 녹아서 흘러내리며 턱을 끈끈한 갈색으로 물들였다.

***

내가 핀볼 게임 신기록을 세우고 잔뜩 흥분해 있던 바로 그 저녁에 크릴레 머랭이 연락을 했다. 문자에는 잘 지내고 있느냐는 안부 인사와 함께 정원 도깨비 사진이 두어 장 첨부되어 있었다.

한 사진 속에서 빌보는 베를린 장벽 앞에 서 있었고 다른 사진 속에서는 총안과 탑, 양파같이 생긴 연두색 돔이 있는 아주 오래된 성당 앞에 서 있었다. 크릴레는 성당 이름은 베를린 대성당이며 아주 유명하다고 했다.

나는 한동안 정원 도깨비를 잊고 있었다. 다른 일들 때문에 너무 바빴던 탓이다. 나는 크릴레가 사진을 보내 준 게 고맙긴 했지만 그걸 런어웨이놈 계정에 올려야 할지 망설였다. 유노와 친해진 지금 그 계정에 사진을 올리는 게 옳지 않은 일처럼 느껴졌다. 하지만 내 계정에는 매일 새로운 팔로워가 생겼고 많은 사람들은 빌보 이야기를 더 올려 달라고 요청했다. 지금 빌보는 무얼 하고 있느냐며 말이다. 그리고 나는 하트가 쏟아지는 순간을 즐겼다. 내가 호평을 받는 느낌이었다. 그래, 마치 인기를 얻은 것처럼.

나는 크릴레에게 아무 일 없으며, 엄마는 일하고 카롤리나는 더는 숨지 않는다고 말했다. 몇 분 뒤에 문자가 하나 더 왔다. 굉장히 긴 문자였다. 그걸 다 읽었을 때 나는 깜짝 놀랐다. 크릴레는 바로 내가 지금 생각하고 있는 내용을 적었기 때문이다. 인기를 얻는 것. 마치 크릴레가 내 생각을 읽을 수 있는 것만 같았다.

크릴레는 이렇게 적었다.

네가 했던 말을 생각하고 있어. 그때 가게에서 만났을 때 말이야. 너는 인기를 얻고 싶다고 했지. 요즘에 나도 인기를 얻는 것에 대해서 생각하고 있어. 왜 그게 너한테는 엄청나게 중요한 일인데 나한테는 그렇게 중요하게 느껴지지 않는지 말이야. 한편으로 나는 너와 전혀 다른 삶을 살고 있어. 나는 66살이고 너는, 몇 살이더라? 12살? 그리고 나한테는 아이가 없지(인정하건대, 너희가 샬로트네 집으로 이사를 오기 전까지 나는 아이들과 이야기를 하거나 어울렸던 적이 없어! 그래, 내가 아이였을 때를 제외하고 말이지). 어쩌면 그래서 네가 삶의 어떤 부분과 고전분투를 하는 걸 이해하기 어려운지도 모르겠어. 그렇지만 인기를 얻는 게 대체 어떤 부분에서 그렇게 중요할까? 내가 잘못 이해했다면 정정해 줘. 그래도 사람들은 친구를 얻고 싶은 게 아닐까? 어떤 사람이 인기가 있다고 해서 그 사람에게 친구가 있다는 뜻은 아니야. 의지하고 이야기를 나눌 수 있는 친구 말이지. 나는 친구가 그다지 많지 않아. 사실 친구가 거의 없지. 그렇지만 내겐 샬로트가 있어. 그 사실은 내게 인기를 얻는 것보다도 훨씬 큰 의미가 있어.

내 뇌에 불꽃이 튀는 느낌이었다. 어떤 것, 아마도 희망이 밝은 빛을 내며 타오르는 것 같았다. 만약 내게 유노가 있다면, 내게 유노만 있다면, 유노가 내 친구가 되고 계속 친구 관계를 유지하고 싶어 한다면. 그렇다면 비욘세처럼 인기를 얻는 것보다 그 사실이 더 중요한 게 아닐까? 그래, 당연히 그렇지 않을까? 나는 유노가와 친구가 되었으면 좋겠다고 생각했다. 나는 그걸 정말이지 간절하게 바랐다. 나는 스케치북을 꺼내 이렇게 적었다.

인기를 얻는 게 대체 어떤 부분에서 그렇게 중요한가? 도대체? 친구를 얻고 싶은 게 아닌가? 의지하고 이야기를 나눌 수 있는 친구?

나는 베를린에서 찍은 빌보 사진을 업로드하지 않기로 결정했다. 팔로워들이 뭐라든!

유노를 믿을 수 있을까?

이튿날 유노가 문자를 보내 자기 집에 놀러 와 직접 만든 아이스티를 마시지 않겠냐고 했을 때 나는 '맙소사 당연하지!!!!'하고 느낌표 네 개, 각양각색의 파티 이모티콘 10개, 왕관을 쓰고 폭신한 분홍색 깃털 목도리를 두르고 춤추는 햄스터 GIF 파일을 함께 보냈다. 그런 뒤 나는 배에 통증을 느꼈다. 잠깐 기다렸다가 대답할 걸 하고 후회했다. 게다가 좀 더 쿨하게 답변했어야 하는 건데. 이를테면 '좋아. 언제?'처럼. 아니면 좀 더 무난하게 '좋아, 재미있겠다!'처럼. 하지만 나는 그다지 오랫동안 배앓이를 하지 않아도 됐다. 유노가 몇 분 지나지 않아 환성을 내지르며 뱅글뱅글 뛰어다니는 어린애 GIF 파일을 보냈기 때문이다.

유노네 집은 정말이지 낯설었다. 현관문을 들어서자마자 느꼈다. 유노네 부모님은 말수가 적고 정중하셨다. 인사를 하시더니 어디론가 스르륵 사라지셨는데, 어디로 가신 건지 알 수가 없었다. 모든 방의 색이 똑같았다. 베이지색, 흰색 그리고 나무색이었고 방 안에 물건이 많지 않았다. 벽에는 멋진 사람들을 찍은 커다란 흑백사진이 걸려 있었고 창턱에는 실내식물이 가지런히 놓여 있었다. 다양한 초록색이었다. 여름에 막 자라나는 잔디처럼 밝은 초록색도 있었고, 소나무 잎처럼 짙은 암녹색도 있었다. 그렇지만 꽃이 핀 식물은 없었다.

유노가 아이스티를 따를 유리컵을 꺼내려고 찬장을 열었을 때, 나는 모든 접시, 그릇 그리고 컵이 흰색이라는 사실을 발견했다! 전부 다! 그리고 유리잔은 일렬로 똑바르게 줄지어 서 있었다. 물론 엄마도 정리정돈을 잘하는 편이지만, 스톡홀름에서 살던 집에서도 이렇게 정돈된 걸 본 적이 없었다. 그리고 외할머니 댁에 있는 그릇들은 하나같이 서로 모양이 달랐다. 외할머니 댁의 그릇들은 장미꽃이 그려져 있거나, 파란 점들이 그려져 있거나 금색 테두리를 두른 민트색을 띠고 있었다. 흰색 접시는 단 하나도 없었다. 나는 외할머니가 그릇들을 모두 벼룩시장에서 샀을 거라 생각했다.

우리는 유노의 방으로 올라가 바닥 위에 놓인 털이 텁수룩한 흰 매트 위에 앉았다. 나는 주위를 둘러봤다. 흰 책상, 베이지색 침대 덮개, 베이지색 커튼이 눈에 들어왔다. 유일하게 튀는 색깔은 침대 위에 놓인 버찌색 쿠션뿐이었다. 물론 유노의 머리카락색도. 모두가 흰 물건들이 스스로 빛을 발하는 것처럼 보였다.

유노는 내게 아이스티를 내밀었다. 우리는 잔을 맞부딪히고 마셨다. 아이스티는 달았고 복숭아 맛과 약간의 레몬 맛이 났다.

"너 말이야. 왜 늘 선글라스 쓰고 있어?"

유노가 물었다.

내 혀끝에서 100가지에 달하는 대답이 맴돌았다. 왜냐하면 나는 끝장나게 멋지니까. 왜냐하면, 파파라치들이 가는 곳마다 쫓아다니면서 사진을 찍을 때마다 플래시 때문에 눈이 아프니까. 내 눈에 치명적인 병이 있어서 햇빛을 받으면 안 되니까.

그렇지만 나는 그 중에 어떤 것도 입 밖으로 내지 않았다. 대신 나는 잠시 묵묵히 앉아 있었다. 짙은 색의 안경알을 통해 유노를 보면서 크릴레 머랭이라면 뭐라고 대답했을지 생각했다. 중요한 건 누군가에게 의지하고 이야기를 나눌 수 있는 것이라고 했다. 나는 이미 유노에게 엄청나게 많은 이야기를 했다. 그렇지만 내가 유노를 믿을 수 있을까? 발테르가 그랬던 것처럼 유노가 나중에 나를 늑대 무리에 던지지 않을 거라고 어떻게 알 수 있을까? 나는 확신할 수 없었다. 그렇지만 유노도 분명 내게 자기 얘기를 해 주었다. 자신의 슬픔을 드러냈다. 나는 유노를 믿어 보기로 결정했다.

그래서 나는 선글라스를 벗고 유노의 눈을 쳐다봤다.

"내 눈이 사시라서. 보다시피. 한쪽 눈이 코 쪽을 쳐다보고 있잖아."

나는 숨이 멎을 것만 같았다. 유노가 뭐라고 말할지 너무나도 두려웠다. 유노가 웃기라도 한다면 어쩌지. 나를 사팔뜨기라고 부르면 어쩌지.

유노는 일어서더니 한 발 앞으로 다가오고는 내 앞에 쭈그려 앉았다. 내 눈을 뚫어지게 쳐다봤다. 나는 별 수 없이 유노의 눈을 보고 있어야 했다. 유노의 눈은 밝은색이었고 회색과 파란색 사이의 어떤 색을 띠고 있었다.

"그래?"

유노가 말했다.

"어."

나는 대답했다.

"그렇구나, 어, 이제 좀 보인다. 이쪽 눈이지, 맞아?"

유노는 내 왼쪽 눈을 가리켰다.

"어, 맞아."

유노는 다시 자리에 앉았다.

"그렇구나."

나는 무언가가 뒤따르기를 기다렸다. 어떤 반응이든. 그렇지만 아무것도 뒤따르지 않았다. 유노는 그저 다정하게 미소 지으며 자기 아이스티를 한 모금 마셨을 뿐이었다.

"그래서 선글라스를 쓰는 거야. 왜냐하면…… 남들한테 보여주기 싫어서."

내 뺨에 열이 올랐다. 나는 부끄러웠다.

"그거 참 아쉽네. 너 눈 참 예쁘던데."

나는 웃음을 터뜨렸다.

"어, 엄마가 가끔 그런 말 하더라."

"사시를 없애는 방법은 없대?"

유노가 그렇게 묻더니 이렇게 덧붙였다.

"그러니까, 내 말은, 네가 그걸 성가시게 여기니까 말이야."

"세 살 때 눈 수술을 했어. 그래서 어렸을 적엔 다른 쪽 눈에 안대를 붙이고 있었어. 그 덕분에 사시가 좀 덜해지기는 했거든. 그런데 완전히 없어지지는 않더라고. 안경을 쓰면 사시가 거의 안 보여. 그런데 안경을 쓰기는 싫거든."

유노는 이해할 수 없다는 듯이 이마를 찌푸렸다.

"왜?"

"왜냐하면 안경을 쓰면 얼간이처럼 보이니까."

"거짓말!"

유노는 그렇게 말하며 고개를 저었다.

"아니. 진짜라니까."

내가 말했다.

그러자 유노가 벌떡 일어나더니 내 바로 뒤에 있는 옷장으로 달려갔다. 유노가 옷장 문을 열자 치마와 블라우스가 옷걸이에 똑바르게 줄지어 걸려 있는 게 보였다. 유노는 나무 서랍을 완전히 빼내더니 그걸 들고 내게 다가왔다. 그리고는 내 앞 바닥에 놓았다.

"여기 봐 봐."

유노가 말했다. 서랍 안에는 와인색 벨벳 위에 안경 네 쌍이 가지런히 놓여 있었다. 나는 검지를 뻗어 안경테를 조심스럽게 만졌다. 금색 다리의 보잉 테, 검은 플라스틱 다리의 거의 사각형에 가까운 테, 해리 포터 안경처럼 완전히 동그란 테. 그리고 마지막으로 안경알을 감싼 검은 플라스틱 테와 귀 뒤로 이어지는 다소 넓적하고 연분홍색, 짙은 빨간색 그리고 검은색의 줄무늬가 그려진 다리가 있는 안경테가 있었다. 가장자리에는 자그마한 둥근 금색 마크가 반짝이고 있었다.

"안경을 왜 네 쌍이나 가지고 있어?"

내가 물었다.

"나는 안경을 좋아하니까. 똑똑해 보이거든. 그리고 멋있고. 선글라스를 썼을 때 멋져 보인다면 안경이라고 그러지 못할 이유가 뭐가 있겠어? 둘 다 똑같은 건데. 그저 투명한 정도만 다를 뿐이라고. 예전에는 만날 안경을 썼는걸!"

"아니, 너 눈 안 좋아? 잘 안 보여?"

"아니, 그게 아니라! 나 독수리만큼 눈 좋거든! 알은 교정한 거 아니야. 그냥 평범한 유리야."

나는 웃음이 터졌다.

"그러니까 넌 안경을 쓸 필요가 없는 거네?"

"당연하지! 난 그냥 안경이 멋있어 보인다고. 너도 한번 써 봐!"

유노는 해리 포터 안경을 집어 들더니 소매로 닦았다. 그걸 내게 씌워주려다가 한쪽 눈을 거의 찌를 뻔했다.

"어휴, 네가 직접 쓰는 게 낫겠다. 안 그러면 외눈박이가 될 테니까! 저기 거울 있어."

유노는 벽을 가리켰다. 나는 살펴보려고 몸을 일으켰다. 나는 고개를 돌렸다. 내 두 눈은 금색 테두리 안에 꼭 맞게 들어가 있었다. 한쪽 위로는 앞머리가 드리워져 있었다. 내가 생각했던 것처럼 나쁘지 않았다. 나는 내가 생각했던 것과는 전혀 다르게 그렇게 못생기지 않았다.

"다른 거 써 봐도 돼?"

"당연하지!"

나는 안경 네 쌍을 모두 여러 번 써 봤다. 그리고 안경마다 차이가 있다는 사실을 인정했다. 나는 귀 뒤에 닿는 부분이 검은 안경테가 가장 끌렸다. 유노는 내 휴대전화로 사진을 찍어 주었고 나는 태어나서 처음으로 내가 잘생겼다고 생각했다! 정말로 잘생겼다. 나는 오후 내내 그 안경을 쓰고 있었다. 아이스크림을 만들기 위해 냉동 베리를 사러 이카로 산책 갈 때, 모노폴리 보드게임을 해서 내가 이겼을 때, 정원에서 아이스크림을 먹으면서 유노의 아빠가 큰 가위로 꼼꼼하게 화단의 잔디를 자르는 걸 볼 때도.

나는 유노랑 있으면 편안했다. 경계할 필요가 없었다. 유노는 결코 나쁜 말을 하지 않았다. 내가 이상한 말을 하거나 엉뚱한 데에서 웃음을 터뜨려도 말이다. 피겨스케이팅 얘기를 했을 때조차 못된 말을 하지 않았다.

갑자기 편안함을 가르는 목소리가 들렸다.

"오빠, 오빠, 오빠!"

마이켄과 너구리 옷 소년이 보보의 세발자전거를 타고 바깥 도로를 달려오고 있었다. 너구리 옷 소년은 너구리 옷을 입고 짐칸에 앉아 있었고 마이켄이 페달을 밟고 있었다. 정말 미친 듯이 빠른 속도로 페달을 밟아 댔지만 그 둘은 달팽이 같은 속도로 움직이고 있었다.

"밥 먹을 시간이야, 오빠! 외할머니가 정말 엉망진창인 팬케이크를 구웠어."

외할머니가 요리를 한 걸 보면 엄마는 출근한 모양이었다. 엉망진창인 팬케이크라지만 외할머니에게는 장족의 발전이었다. 엄마가 출근을 시작했던 저녁 며칠 동안 식사는 거의 로즈힙 수프, 통조림 토마토 수프, 소시지가 든 콩 수프로 때웠기 때문이다. 마이켄이 걸을 때마다 배가 너무 출렁거린다고 불만을 토로하지 않았더라면 계속 수프를 먹었을 게 분명했다.

"지금 갈게."

내가 말했다.

"와, 덤불 완전 동그래."

마이켄은 작은 자전거의 페달을 밟으며 유노네 정원을 들여다 보면서 말했다.

자전거는 너무 작아 페달을 밟을 때마다 마이켄의 무릎이 뺨에 닿을 것만 같았다.

"이렇게 동그란 덤불은 처음 보는 거 같아."

그러더니 마이켄은 방향을 돌려 집 쪽으로 향했다. 그 둘이 천천히 멀어지는 동안 너구리 옷 소년은 짐칸에 앉아 나를 바라봤다. 둘은 한 번에 10센티미터씩 움직이고 있었다.

"음. 나 이제 가야 할 거 같아."

내가 말했다.

"그래. 그래도 내일 볼 수 있지?"

유노가 물었다.

유노의 말에 마음속이 따뜻해졌다. 아주 가볍고 폭신한 느낌이었다. 마치 연분홍색 솜사탕 같았다.

"그래! 물론이지!"

내가 대답했다.

나는 윙크를 하고 걸음을 옮기기 시작했다. 10미터쯤 걸었을 때 나는 아직도 유노의 안경을 쓰고 있다는 걸 깨닫고 곧장 되돌아 달려갔다. 유노는 내가 떠났을 때와 마찬가지로 여전히 의자에 앉아 있었다.

"이거 주는 거 깜빡했어."

나는 유노에게 안경을 내밀었다. 유노는 됐다는 듯이 손을 내
저었다.

"아니, 괜찮아. 너 갖고 싶으면 가져."

"뭐? 진짜? 이 안경은 네 거잖아."

"맘에 들면 가져도 돼. 난 이제 안경 안 써. 가발에 끼거든."

"와. 고마워, 유노. 정말 고마워."

"뭐, 별것도 아닌데."

아니, 별거라고 생각했다. 나한테는 특별했다.

나는 늘 운이 없어

마이켄이 달려와 무언가 하얀 것을 흔들어 댈 때, 마침 민들레 잎을 한 아름 따서 그걸 카롤리나의 밥그릇에 놓으려던 참이었다. 아인슈타인이 그 뒤를 껑충껑충 뛰어 왔다.

"편지, 편지 왔어, 우리한테 편지 왔어!"

"무슨 편지?"

"뫼스코르프 학교에서!"

"학교 이름 그거 아니잖아."

"무스토르프 학교인가?"

마이켄이 말했다.

"모스토르프 학교야."

학교에서 보낸 편지라니. 이제 며칠 남지 않았다. 정확히 19일. 새 학기를 시작한다는 생각만으로도 뱃속에 뱀이 든 것처럼 내장이 배배 꼬이는 것 같았다. 아인슈타인은 내 발치에 앉아 내 손을 쿡쿡 찔렀다. 토닥여 달라는 뜻이다. 나는 아인슈타인의 귀 뒤를 긁어 주었지만, 아인슈타인은 만족하는 눈치가 아니었다. 계속해 쿡쿡 찔러 댔다. 전에도 여러 번 생각했듯이 나는 아인슈타인과 삶을 바꿀 수 있다면 기꺼이 그렇게 하고 싶었다. 토닥여 달라고 하면 토닥임을 받을 수 있는 삶. 학교 생각에 불안하지 않는 삶. 하지만 이젠 더는 그렇지 않다. 유노와 친구가 됐으니까.

마이켄은 편지 한 통을 내게 건네고는 자기 편지 봉투를 뜯었다. 종이 두 장이 들어 있었다.

"와, 반 친구들 이름 좀 봐!"

마이켄은 검지로 한 명 한 명의 이름을 짚으며 살폈다. 종이의 중간 부분에 다다랐을 때 마이켄은 환호성을 질렀다.

"닐스가 나랑 같은 반이래!"

"닐스가 누군데?"

"아니, 오빠도 알잖아! 니쎄 말이야!"

마이켄은 너구리 옷 소년이 사는 옆집을 가리켰다.

걔 이름이 닐스였구나. 그때 무언가가 내 뇌리를 스쳤다! 유노였다. 만약 운 좋게도 유노와 같은 반이라면! 나는 편지 봉투를 뜯었다. 환영사가 담긴 편지 뒤로 반 친구 이름 명단이 있었다. 처음부터 끝까지 읽었지만 유노 텔란데르의 이름은 보이지 않았다. 나는 다시 읽었다. 어쩌면 못 보고 넘겼을 수도 있으니까. 그렇지만, 아니었다. 유노는 없었다. 유노 이름을 찾을 수가 없었다.

나는 눈을 꾹 감았다. 왜 만날 이렇게 운이 없담! 정말 못 참겠다! 마이켄은 환영사가 담인 편지를 낑낑대며 읽고 있었다.

"모스코르프 초등학교는 8월 20일에 마이켄 바일드를 열렬…… 열렬히 환영합니다! 나는 2B 반이래, 시게. 내 담임 선생님 이름은 뵈, 뵈…… 뵈이레래."

"담임 이름이 진짜 뵈뵈뵈이레야?"

"그냥 뵈이레 멍청아."

"담임 이름이 그냥 뵈이레 멍청아라고? 웃기는 이름이네."

마이켄은 화가 난 표정으로 나를 봤다. 마치 눈에서 레이저 빔을 쏘는 것 같았다.

"진짜 못됐어, 오빠. 못됐어!"

그러더니 마이켄은 집 안으로 뛰어 들어갔다.

맞다. 내가 못되게 굴긴 했다. 그렇지만 마이켄은 항상 운이 그렇게나 좋은데! 항상 원하는 바로 그걸 손에 넣는데! 그런데 나는 단 한 번도, 그 무엇도 생각대로 된 적이 없다고!

카롤리나가 민들레 잎 쪽으로 천천히 걸어가는 동안 나는 환편지를 잘게 찢었다. 그리고는 그걸 공중에 흩뿌렸다. 바람결에 흩어질 거라고 생각했다. 그렇지만 종잇조각들은 마치 눈송이처럼 내 위로 떨어졌다. 아인슈타인은 경중경중 뛰면서 신이 난 듯 종잇조각들을 쫓았다. 아인슈타인에게는 모든 게 놀이였다.

D-17

정원 도깨비로부터의 엽서

유노가 현관문 안으로 달려 들어왔다. 분홍색 꽃무늬 검은 외투를 걸쳤고 청록색 가발은 땋아 어깨 위로 늘어뜨리고 있었다. 나는 현관에 쭈그려 앉아 신발 끈을 매고 있던 참이어서 유노는 하마터면 나와 부딪힐 뻔했다.

"그 망할 자식들이 엽서를 또 보냈어!"

"어떤 망할 자식들이?"

내가 물었다.

"내가 얘기 안 했어? 얘기를 안 했다니 믿을 수가 없네. 누가 우리 집 정원 도깨비를 훔쳐갔거든! 그리고…… 그리고 이젠 도둑이 여러 도시에서 엽서를 보내고 있다고! 처음엔 파리에서 보내더니 이번엔, 오늘은 우편물을 가지러 가 보니까 베를린에서 온 엽서가 있잖아!"

빌어먹을! 엽서! 크릴레 머랭한테 보내달라고 부탁했었는데.

그걸 까맣게 잊고 있었네! 런어웨이놈 계정에 추가로 피드를 업로드하지 않기로 결정한 이후로 나는 정원 도깨비 일은 정말이지 까맣게 잊고 있었다.

유노는 내 코앞에서 엽서 한 장을 흔들었다. 나는 엽서를 찬찬히 보려고 유노의 손목을 잡았다. 엽서에는 줄무늬 셔츠를 입고 베레모를 쓴 콧수염이 난 남자가 팔 아래에 바게트를 끼우고 붐비는 길거리를 따라 자전거를 타고 가는 사진이 있었다.

"이게 먼저야."

유노는 엽서를 뒤집어 뭐라고 적혀 있는지 내게 보여 주었다. 파란 잉크로 적힌 크릴레 머랭의 구불구불한 손 글씨가 보였다.

봉주르! 파리는 정말이지 내가 기대했던 대로야. 음식, 와인, 사람들! 여기서도 충분히 잘 지낼 수 있을 것만 같아. / 빌보

"이게 무슨 뜻이야?"

나는 아무렇지 않은 척 물었다.

"찾아봤거든. 이거……."

"……이건 '나는 아무것도 후회하지 않아'라는 뜻이래. 그리고 이건 '안녕히'라는 뜻인 것 같아…… 아니, '나중에 또 만나' 인가? 그리고 이거 좀 봐, 오늘 온 거야."

유노는 두 번째 엽서를 내게 건넸다. 엽서에는 한가운데에 커다랗게 빛나는 공이 있는 높은 은빛 탑이 보였다. 탑 아래에는 '베를린 TV 송신탑'이라고 적혀 있었다. 엽서를 뒤집으니 이런

내용이 적혀 있었다. 구텐탁! 어제 저녁 늦게 베를린에 도착했다는 소식을 전할 수 있어 기쁘네. 오늘 도시 유적지를 다니면서 베를린 장벽부터 TV 송신탑도 돌아봤어. 그리고 방금 아주 환상적인 식사도 했지. 소시지, 양배추 절임, 감자 샐러드가 나왔다고! 그리고 거품 가득한 맥주도 약간 했지. 정원 도깨비라면 이 정도는 즐겨도 괜찮잖아?/ 빌보

"이게 무슨 뜻이야??"

내가 물었다.

"검색해 볼게."

유노는 휴대전화를 꺼내 자판을 두드렸다.

나는 스트레스를 느끼며 아랫입술을 깨물었다. 블랙카뉴스 계정을 보고 유노가 정원 도깨비 도난에 화가 났다는 것을 알고 있지만, 유노가 이 정도로 신경을 쓸 거라고는 생각지도 못했다.

"그것도 '나중에 또 만나'라는 뜻이래."

유노가 말했다.

"그럼 잘 된 거 아냐? '나중에 또 만나'라고 두 번이나 쓴 거잖아. 그럼 걔가 돌아올 생각을 하고 있다는 거 아닐까?"

나는 이렇게 말을 해 봤다.

"누가?"

"정원 도깨비가!"

"너 마치 정원 도깨비가 제 발로 간 것처럼 말한다! 나 이거 경

찰에 신고해야겠어. 이건 증거라고. 누가 정원 도깨비를 납치해
서 외국으로 데려간 거라고."

나는 유노에게 엽서를 돌려주었다. 유노는 그걸 받아들고는 우
주선을 탄 고양이 무늬가 있는 숄더백에 넣었다.

"그래도 경찰이라니…… 경찰은 다른 일로 바쁘지 않을까?"

"그건 도난당한 거라고! 납치고!"

유노가 경찰 얘기를 했을 때 솔직히 말하자면 약간 스트레스
를 받았다.

"근데 너희가 그걸 도난당했을 때 신고했어야 하는 거 아니야?
벌써 한 달도 더 된 일이잖아?"

"어, 난 신고하려고 했어. 근데 아빠는 그럴 필요가 없다잖아."

유노가 그렇게 말하고는 시선을 떨어트렸다. 슬퍼 보였다. 유
노가 딱하게 느껴졌다. 내가 정말 끔찍했다!

그러더니 유노는 다시 고개를 들었다. 미간 사이에 뚜렷한 주
름이 잡혀 있었다.

"근데 정원 도깨비가 언제 사라졌는지 네가 어떻게 알아?"

그 말을 듣자 온몸에 갑자기 뜨거운 용암이 흐르는 것 같았다.
맙소사!

"아니, 아까 말했잖아. 방금 들어오면서?"

나는 거짓말을 했다.

"그랬어? 아, 나 너무 혼란스러워."

유노는 의자에 앉더니 양손 위에 이마를 얹었다.

"그건 그렇고 여기 엄청 조용하네. 다들 어디 갔어?"

유노가 그렇게 말하며 주변을 둘러봤다.

"엄마가 마이켄이랑 보보를 데리고 시내로 나갔어. 학교랑 유치원에 입고 갈 옷을 살 거래. 그리고 외할머니는 무슨 자동차 모임에 아인슈타인을 데리고 갔고. 아인슈타인은 콜벳 앞좌석에 앉아서 창밖으로 고개를 내밀고 바람결에 혀를 펄럭이는 걸 좋아하거든. 만화 속에 나오는 개처럼!"

나는 떠들어 댔다. 유노가 다른 생각을 하길 바랐다.

"난 너무 화나."

유노는 그렇게 말하고는 땋은 머리를 풀었다.

나는 잠시 말없이 서 있었다. 그러고는 이렇게 물었다.

"이런 거 물어봐서 미안한데. 왜 그렇게 정원 도깨비한테 신경 쓰는 거야? 새로 하나 사면 되잖아? 아니야?"

"그렇지만 그게 전에 거랑 같지는 않잖아?!"

유노는 흥분한 투로 말했다.

"어, 그건 그렇지만……."

"처음에 그게 사라졌을 때 나는 엄마를 의심했어. 언젠가 그걸 내다 버리고 싶다고 그랬거든. 엄마는 그게 우리 정원에 어울리지 않는다고 생각했어. 엄마 말에 따르자면 모든 게 아주 완벽해야만 하거든. 아빠도 그렇고. 그렇지만 난 반대했다고! 정원 도깨비는 우리 집에서 유일하게 색깔이 있는 물건이란 말이야! 나는 우리 집이 싫어! 베이지색에 흰색에 다 그딴 색깔들이고. 나도 너희 집처럼 꾸미고 싶단 말이야!"

유노는 그렇게 말하며 팔을 내뻗었다. 우리는 둘 다 주위를 둘러봤다. 계단 옆에는 노란색 차양모를 쓰고 외할머니의 선홍색 코트를 슈퍼맨처럼 등에 걸친 얼룩말이 서 있었다. 보보의 장난감과 외할머니의 공구들이 바닥에 널브러져 있었다. 그리고 마이켄과 너구리 옷 소년의 새로운 잡지 프로젝트에 쓸 종이뭉치가 잔뜩 쌓여 있었다. 마이켄은 '거기에 손대면 지옥을 헤맬 것이다'라고 했다. 현관은 몸을 비틀지 않고는 빠져나갈 수 없을 정도로 신발이 쌓여 있다는 건 말할 나위도 없었다.

"어, 내 생각에는 네가 이렇게 되기를 원하지는……."

유노는 내 말허리를 끊었다.

"넌 몰라, 시게! 난 어렸을 적부터 동생이나 반려동물이 있었으면 했다고. 하지만 안 생겼어! 그런데 아빠가 생일에 친구한테 그 정원 도깨비를 받아 온 거라고. 그때 네 살인가 다섯 살이었어. 그때부터 나는 개를 내 남동생처럼 대했단 말이야. 아빠한테 다락방에서 베이비 시트를 꺼내 달래서 거기에 톰을 앉히고 같이 밥도 먹고 그랬다고. 걘 자기 접시도 있단 말이야. 걜 유모차에 태우고 돌아다니기도 하고 전부 다 함께 했다고!"

유노는 웃음을 터뜨리더니 어색한 표정으로 날 봤다.

"나 멍청하지, 어?"

"아니."

"그건 그렇고. 그러더니 그 인스타그램 계정이 나타난 거야. 런 어웨이놈이. 거기에 이 멍청이가 정원 도깨비 사진을 올리는 거야. 그제야 나는 누가 그걸 훔쳐갔다는 걸 알았어. 엄마가 내다버린 게 아니라는 걸. 아, 시게, 톰 텔란데르가 영원히 돌아오지 않으면 어떡하지?"

머릿속에서 핀볼 게임 공처럼 생각이 이리저리 튀었다. 나는 어제처럼 기쁘고 즐거운 분위기로 간절히 되돌리고 싶었다. 그러기 위해서 나는 우선 크릴레 머랭에게 정원 도깨비의 이름으로 엽서를 보내는 걸 그만두라고 말해야 했다. 그런 다음 크릴레가 집에 돌아오면 늦은 밤을 틈타 유노네 집에 가 빌보를 화단에 돌려 놓으면 된다.

"도둑을 찾는 걸 도와줘."

유노가 말했다.

"당연하지, 도와줄게."

나는 그렇게 말하며 과장되고 힘차게 고개를 끄덕였다.

"지금 정원 도깨비 인스타그램에 메시지 보내려고."

유노는 그렇게 말하더니 자기 휴대전화를 다시 꺼내 들었다.

나는 빠르게 울리는 키보드 소리를 듣고 있었다. 유노는 쓰면서 큰 소리로 읽었다.

"만약에…… 네가…… 3일…… 내로…… 정원 도깨비를……
되돌려 놓지…… 않는다면…… 경찰에…… 신고할 거야. 됐다!
보냈어!"

곧장 내 주머니에서 진동이 울렸다. 다행히도 유노는 아무런
눈치도 못 챈 것 같았다.

"너 진짜 그럴 거야? 경찰에 신고한다고?"

내가 불안하게 물었다.

"어떻게 할지 두고 볼 거야. 그렇지만 약간 겁주는 건 나쁠 게
없으니까. 도둑 말이야."

나는 벌써 두려웠다. 경찰 때문은 아니었다. 내가 무슨 짓을 했
는지 유노가 알게 될까봐 두려웠다. 유노는 계속 휴대전화를 내
려다보고 있었다. 그때 나는 틈을 타서 내 휴대전화를 꺼내 크릴
레에게 문자를 보냈다. 정원 도깨비 이름으로 엽서 보내는 거 당
장 그만두세요. 문제가 생겼어요. 나는 휴대전화를 다시 주머니
에 넣고 유노를 쳐다봤다.

"근데 도둑은 런어웨이놈 계정에 새 피드를 안 올렸네."

유노는 그렇게 말했다.

그때 휴대전화가 진동했다. 나는 재빨리 휴대전화를 살폈다.
크릴레는 이렇게 회신했다.

안녕, 시게. 안타깝지만 너무 늦었다고 말해 줘야겠구나. 이미
런던에서 하나 보냈거든.

나는 손목을 짚었다. 심장박동수가 180은 되는 것 같았다.

"이제 우리 뭐 할까?

유노가 씁쓸하게 말했다.

"우리 가서 카롤리나에게 인사할까? 카롤리나가 너 보면 좋아할 거야."

나는 적극적으로 말했다.

나는 유노를 집 밖으로 끌어내고 싶었다. 집에는 증거가 너무 많았다. 빌보가 같이 파티를 벌였던 밍크들, 스파할 때 썼던 노란 목욕통, 보보의 인형 침대. 다음번에 유노가 집에 놀러 오기 전에 잊지 말고 치워야 했다.

"그럴까?"

유노가 말했다. 목소리에 생기가 돌았다.

"어, 당연하지. 타잔이랑 프라세도. 우리 곱슬 털 기니피그야."

유노는 바깥문을 열더니 몸을 돌려 내 눈을 쳐다봤다.

"너희 기니피그도 있어? 몰랐어! 시게, 너 정말 끝내주게 꿈 같은 삶을 사는구나!"

"글쎄. 뭐. 어떤 식으로 보느냐에 따라서 다르긴 하지만."

다 잘 될거야

나는 엄마와 함께 버스를 타고 노르셰핑으로 향했다. 안경점에 가서 내 시력을 체크하고 새 학기가 시작하면 입을 옷을 산 다음 커피를 마시러 갈 계획이었다.

마이켄과 보보는 스톡홀름에서 스베드리크와 함께 며칠 지낼 예정이었다. 스베드리크는 우리가 섀르블락카로 이사한 이후 처음으로 무려 여기까지 와서 마이켄과 보보를 데려갔다. 이걸 본 외할머니는 큰 소리로 '하느님 맙소사'하고 외쳤다.

외할머니는 포커페이스랄 게 없는 사람이었기에, 엄마는 스베드리크가 들르는 동안 외할머니가 콜벳 안에 있는 게 좋겠다고 했다. 스베드리크는 마이켄과 보보를 데려가기 전에 집 안에 들어와 커피 한 잔을 하려고 했다. 엄마는 이번 만남이 잘 성사되길 바랐다. 비록 외할머니가 줄담배를 피우면서(외할머니는 감정적으로 동요했을 때에만 그런다) 자기 집에서 내쫓기는 상황에 대해 짜증스럽게 말하긴 했지만, 외할머니는 순순히 콜벳을 타고 바퀴에서 연기가 날 정도의 속도로 어디론가 떠났다.

실제로 스베드리크를 만났을 땐 좋았다. 스베드리크를 보기 전까지는 스베드리크와 그의 곱슬곱슬한 턱수염이 그리웠다는 사실을 몰랐다. 스베드리크는 언젠가 스톡홀름에서 나도 같이 지냈으면 좋겠다고 했다. 나도 그랬으면 좋겠다고 대답했을 때 스베드리크는 이가 훤히 드러날 정도로 활짝 미소를 지었다. 그러고는 나를 아주 세게 포옹했다. 숨 쉬기가 힘들 정도였다.

엄마와 하루 종일 같이 있을 수 있다니 이게 무슨 사치인가 싶을 정도였다. 이런 일은 거의 없었으니까. 엄마는 내 어깨에 팔을 두르고 새 운동화와 청바지에 대해 열심히 이야기하며 할발 편의점에서 아이스크림을 먹고 싶은지 아니면 그냥 카페에 가서 베이커리를 먹고 싶은지 물었다. 엄마는 10대 시절에 갔던 장소를 발견할 때마다 웃으며 손으로 가리켰다. 카페 큐리오사에서는 엄마와 친구들이 매일같이 학교가 끝나면 몇 시간씩 커피를 마시곤 했다고 한다. 헤어닥터라는 미용실에서는 한 번도 머리를 잘라본 적 없다고 했다. 한 가게에서는 못생긴 병, 램프, 커튼을 팔았는데 주말에는 여기에서 일했다고 했다.

우리는 지브라 안경점에 도착했다. 현재 스웨덴 왕가의 둘째 아들인 칼 필립 왕자를 닮은 킴이라는 사람이 맞이해 주었다. 그 사람은 검고 굵직한 플라스틱 테 안경을 쓰고 검은 폴라 셔츠를 입고 있었다. 내가 전에 만났던 안경사 모두 안경을 쓰고 있었다. 안경사는 꼭 안경을 써야 한다는 의무라도 있는 걸까?

킴은 나선형 계단을 내려가더니 검안실로 우리를 안내했다.

나는 높낮이 조절이 가능한 의자에 앉았다. 킴은 방 안의 불을 끄더니 몇 미터 떨어진 벽에 걸린 불이 들어온 흰 판의 글자를 읽어보라고 했다.

"여기 맨 아래 글자가 보이나요?"

킴이 물었다.

"어…… 아마도요. B, K, V, A 그리고…… 음, C인가요?"

"잘 하셨어요."

킴이 고무적으로 말했다.

나는 한 살 반일 때부터 안경을 썼기 때문에 벌써 그걸 수백 번은 해 봤다. 그렇지만 어렸을 적에 내가 봤던 판은 지금과는 다른 종류였다. 그 판에는 문자가 적혀 있지 않았다. 정말 다행이었다. 그 때엔 문자를 거의 몰랐으니 말이다. 당시 썼던 판에는 'E'만 줄줄이 적혀 있었다. 비록 'E'가 향해 있던 방향은 제각각이었지만 말이다. 오른쪽으로 90도 돌아간 'E', 거울에 반사된 것처럼 생긴 'E', 아래쪽 혹은 마치 등을 대고 누운 것처럼 위쪽을 향해 있는 'E'.

나는 손을 이쪽저쪽으로 굽히고 손가락을 뻗어 'E'가 어떤 식으로 돌아가 있는지를 표시했었다. 엄마는 내가 항상 이 일에 엄청나게 진지한 자세로 임했다고 말한 적이 있다. 사방으로 뻗은 갈색 머리를 하고 앉아서는 손목을 꺾을 듯한 기세로 내가 본 걸 표시했다고 한다. 그렇지만 나는 안경사와 이야기를 해 본 적이 한 번도 없었다. 안경사가 아무리 반갑게 내게 인사를 하더라도 나는 분노에 찬 눈길로 되받아쳤을 뿐이다. 그렇지만 엄마는 그게 딱히 이상할 것도 없다고 생각한 모양이었다. 내 눈과 안대, 그리고 사시 교정 수술 때문에 엄청나게 많이 검사를 받고 의사를 찾아갔으니, 엄마는 내가 곧장 방 안으로 달려 들어가 의자에 앉아 웃음을 짓지 않더라도 이해할 수 있었다고 한다.

검사가 끝나고 킴은 내 시력이 좋아졌다고 말했다! 아주 조금이긴 했지만, 그래도 그게 어디인가.

"예전에 쓰던 안경은 잘 맞나요?"

킴이 물으며 탁자에 둔 안경을 집어 들었다.

그러더니 이렇게 말했다.

"테가 마음에 들면 안경알만 바꾸죠."

킴은 못생긴 베이지색 안경다리를 펴더니 그걸 내게 씌웠다. 그런 뒤 검지로 톡톡 두드린 탓에 내 코에 꽉 눌렸다. 나는 곧장 그 안경을 벗었다.

엄마는 헛기침을 하더니 말했다.

"어, 그러니까, 솔직히 말하자면 시게는 안경을 쓰고 싶어 하지 않아요. 그래서 보통 벗고 다니거든요."

"그러면 머리가 아프지는 않나요?"

킴이 물었다.

"아뇨, 그렇게 심하진 않아요."

내가 대답했다.

"저는 그렇게 눈이 잘 안 보이면 불편할 것 같은데 말예요."

엄마가 말했다.

"그렇죠, 저도 안경을 쓰는 걸 권하고 싶군요."

킴이 말했다.

그때 나는 지갑을 꺼냈다. 그리고 지갑에서 내가 모아 둔 돈을 전부 꺼냈다. 용돈, 프랑스 얘게르의 엉덩이와 다른 박제 동물을 수선해서 외할머니에게 받은 돈, 그리고 빈 맥주 캔들을 팔아서 모은 돈. 전부 다 해서 1,574크로나였다. 나는 1크로나도 남김없이 꺼내려고 동전 주머니를 뒤집었다. 동전들은 짤랑이는 소리를 내며 탁자 위에 떨어졌다.

"여기요. 돈을 좀 모았거든요. 이 돈으로 렌즈를 사고 싶어요."

엄마는 놀란 표정으로 지폐와 동전을 바라봤다. 그러고는 내게로 시선을 옮겼다.

"아니, 시계야! 어떻게 이 돈을 다 모았니?"

"일을 했어요. 그리고 저축도 했고요."

나는 그렇게 말하며 어깨를 으쓱해보였다.

잠시 정적이 흘렀다. 킴은 돈을 쳐다보더니 엄마와 내게로 시선을 옮겼다. 엄마는 몸을 일으키더니 탁자 앞으로 가서 100크로나 지폐를 집어 들었다가 다시 내려놓았다.

"그렇지만, 애야. 네 돈으로 렌즈를 사지 않아도 되잖니!"

마침내 엄마가 그렇게 말했다.

"네, 그런데 엄마가 돈이 너무 없었잖아요. 일자리도 없었고요. 그리고 지금은…… 지금은 일은 하기는 하지만 엄마가 간호조무사로 일하면서는 돈을 많이 못 번다고 했잖아요."

엄마의 뺨이 붉게 물들었다. 나는 그런 얘기를 공공연히 입 밖에 내면 안 되는 걸까 하는 생각이 들었다.

"그리고 전 사팔뜨기 멍청이처럼 보이고 싶지 않아요. 미니언즈처럼 보이기도 싫고요."

나는 그렇게 덧붙였다.

"죄송한데요. 잠시 저희끼리 얘기 좀 할 수 있을까요?"

엄마는 킴에게 눈짓을 하며 말했다.

"당연하죠."

킴은 그렇게 대답하고는 빠르게 방에서 나갔다.

그는 문을 닫기 전에 머리를 빼꼼히 내밀고는 이렇게 말했다.

"천천히 얘기하세요."

엄마는 킴의 의자에 앉아 비참한 표정으로 날 봤다. 엄마는 내가 돈 걱정을 했다는 사실이 슬프다고 했다. 내가 그런 생각을 하게 한 것은 그건 엄마의 책임이라고. 엄마로서. 게다가 안경을 살

때 지원금이 나온다고 했다. 렌즈는 더 비쌀지도 모르겠지만 내가 정말로 렌즈를 사고 싶다면 구입하는 데 문제가 없을 거라고도, 외할머니한테서 돈을 빌렸을 거라고 말이다. 그러더니 엄마는 조심스럽게, 한 장씩 지폐를 집어 들었다. 그걸 가지런히 한 묶음으로 정돈하더니 꼼꼼하게 내 지갑에 되돌려 놓았다. 동전들도 마찬가지였다.

"자, 시게야. 이건 네 돈이란다. 네가 갖고 싶은 물건을 살 때 쓰렴."

엄마가 말했다.

엄마는 내게 지갑을 내밀었다. 나는 그걸 받아들고 싶지 않았지만, 엄마는 완강했다. 끝내 엄마는 지갑을 내 후드 주머니에 넣었다.

잠시 후 킴이 다시 조심스럽게 문틈으로 들여다봤을 때 엄마는 우리 둘 다 새 안경테를 살펴보고 렌즈 얘기도 하고 싶다고 말했다. 킴은 좋은 생각이라고 말했다. 렌즈를 사더라도 제대로 초점이 맞는 안경도 있는 게 좋다고 했다. 감기에 걸리거나 눈이 피로할 때 안경을 쓰면 된다는 것이다. 킴은 내게 어떤 종류의 안경테를 원하느냐고 물었다.

"제가 원하는 안경테는 이런 종류예요."

나는 그렇게 대답하고는 백팩에서 유노의 안경을 꺼내 킴에게 건넸다. 나는 혹시 몰라서 그 안경을 챙겨 왔다. 열두 살배기는 렌즈를 끼면 안 된다거나 뭐 그런 일이 있을까봐 말이다.

"와. 이 안경테 정말 멋진걸요. 유명 브랜드 제품이네요."

"너 이거 어디에서 났니?"

엄마가 궁금한 듯 물었지만, 킴이 말허리를 잘랐다.

"그리고 돈을 엄청 아낄 수 있겠네요. 보통 안경테가 제일 값이 많이 나가니까요."

킴은 안도한 표정을 짓고 있는 엄마를 봤다.

"좀 더 얇은 알을 골라 보시죠. 그걸 쓰면 정말이지 멋져 보일 겁니다."

나는 정말로 킴의 말이 맞기를 간절히 바랐다. 나는 정말이지 멋져 보이길 기원했다.

***

안경점을 나와 우리는 아이스크림 편의점을 향해 천천히 걸었다. 태양이 쨍쨍 내리쬐는 날이어서 비록 날이 그다지 따뜻하지 않더라도 우리는 바깥에 앉는 게 좋겠다고 결정했다. 엄마는 소프트아이스크림을 골랐고 나는 콘아이스크림을 골랐다. 민트 맛, 토피 맛, 망고 소르베를 골랐고 엄청나게 큰 덩어리 세 개를 받았다. 비록 외할아버지의 눈 뭉치 국자로 뜬 것만큼 크지는 않았지만 말이다.

"시계."

엄마는 내 이름을 부르고는 냅킨으로 입가를 닦았다.

"엄마는 네가 스스로에 대해 그런 식으로 말하지 않았으면 좋겠어. 안경점에서 말했던 것처럼 말이야. 넌 사팔뜨기 멍청이가 아니야. 네 눈은 스웨덴에서 가장 아름답고, 엄마가 아는 사람들 중에서 가장 똑똑하단다."

"알겠어요."

나는 청자켓을 입고 얼굴에 햇빛을 받으며 나를 향해 눈을 가늘게 뜨고 있는 엄마를 바라봤다. 엄마는 냅킨으로 립스틱을 거의 다 지운 상태였고, 평소랑 똑같아 보였다.

"그런데 다른 사람이 그런 식으로 말하면요?"

내가 웅얼거렸다.

처음에 나는 엄마가 내 말을 못 들었다고 생각했다. 대답하기까지 시간이 걸린 탓이다. 엄마의 눈 안에 무언가 불이 붙는 것처럼 보였다. 엄마는 거의 으르렁거리듯이 이렇게 말했다.

"그럼 그 사람의 입에 한 방 먹이고 지하실에 가둬서 다시는 못 나오게 해 줄게."

전혀 예상치 못했던 말이었기에 나는 웃음을 터뜨렸다. 그러자 엄마는 놀란 표정을 지었다. 그러더니 엄마도 웃기 시작했다. 우리는 잠시 후에 다시 조용해졌다.

"시계, 개학이 얼마 안 남아서 걱정되니?"

조금 뒤 엄마는 그렇게 물었다.

"네."

나는 한숨을 쉬고 아이스크림으로 시선을 떨어트렸다.

"뭐가 제일 걱정돼?"

"애들이 못되게 굴까 봐요. 같이 어울릴 친구가 없을까 봐."

"하지만 유노가 있잖니!"

"그래도 걘 같은 반이 아니라고요!"

"그걸 어떻게 아니? 가능성은 있잖니."

그제야 나는 말했다. 편지에 대해서. 반 친구 명단에 대해서. 엄마는 내가 실망한 건 이해하지만 그걸 죄다 찢어 버리고는 엄마한테 한마디도 하지 않은 게 그다지 좋은 행동이 아니라고 말했다. 엄마는 내 손 위에 자기 손을 올리고는 내 눈을 뚫어져라 쳐다봤다. 마치 나한테 최면을 걸려고 하는 것만 같았다.

"시게, 다 잘 될 거야."

엄마의 목소리는 차분하고 흔들림이 없었다. 나는 엄마 말을 믿고 싶었다. 엄마 말이 부디 맞기를 간절히 바랐다. 그렇지만 사실은 엄마도 알 수 없는 일이었다.

D-14

나와 닮은 누군가가
그리웠던 거야

　내 평생 동안 유노만큼 이야기를 잘 나눌 수 있던 사람은 없었다. 이렇게나 많은 이야기를 나눈 적도 처음이었다. 우리는 아침에 만난 순간부터 저녁에 헤어질 때까지 내내 떠들었다. 나는 유노에게 모든 얘기를 털어놓을 수 있었다. 내가 무슨 생각을 하고, 어떤 기분을 느끼고, 내가 어떤 걸 좋아하는지. 나는 스베드리크와 축구에 대해, 내 예전 학교에 대해, 내가 얼마나 동떨어진 것처럼 느꼈는지에 대해. 심지어 엄마가 돈이 없을까 봐 걱정이 됐으며, 마이켄한테 얼마나 질투가 났으며, 보보 인생은 어떻게 될지 걱정이라고도 말했다. 언젠가는 보보가 '안녕!'이나 '오이' 같은 것 말고 다른 단어를 말할 수 있을지 말이다.

　내가 사실대로 말하지 않은 유일한 건 내 아빠에 관한 것이었다. 아빠는 '브라즈-남아프리카공화국'에서 멸종 위기에 처한 동물을 구하고 있는 게 아니라, 호주에서 꿈도 희망도 없이 방랑하

301

며 자기 아들조차 돌보지 않는다고 말이다. 아, 그리고 정원 도깨비에 대해서도 나는 아무런 말도 하지 않았다.

유노도 말했다. 자기 부모님이 너무 일을 많이 하는 것 같다고, 장차 기자가 되려는 계획에 대해서, 그리고 아기 머리카락처럼 가느다란 자기 머리카락이 얼마나 부끄러운지.

나는 유노에게 애로우 스패로우를 보여 주고 외할아버지 얘기를 하면서, 내 꿈은 외할아버지와 같은 발명가가 되는 것이라고 했다. 유노는 그게 이상하거나 괴짜 같다고 생각하지 않았다. 오히려 잔뜩 흥분하더니 새로운 휴대전화 애플리케이션에 대한 번뜩이는 아이디어를 주고받았다. 유노처럼 반려동물을 너무너무 기르고 싶지만 어떤 이유에서든 기를 수 없는 사람들을 위해, 이런 사람들과 반려동물을 돌보는 데 도움이 필요한 사람들을 연결해 주는 앱이다. 이를테면 일주일에 몇 번씩 오후에 강아지 산책시켜 주기 혹은 주인이 휴가 동안 강아지를 돌봐주기처럼 말이다. 앱 이름은 퍼니 버니 혹은 해피 퍼피 아니면 럭키 애니멀로 짓기로 했다.

우리는 또한 앱을 통해 동물들끼리 만날 수 있는 새로운 길이 생길 거라고 생각했다. 이 아이디어는 어쩌면 전에 카롤리나가 외로웠기 때문에 모습을 감춘 게 아닐까 여기다가 퍼뜩 떠올랐다. 카롤리나는 기니피그 두 마리와 개 한 마리, 그리고 우리 가족 모두와 어울리기는 했지만 어쩌면 자기 자신과 닮은 어떤 존

302

재가 그리웠던 건 아닐까? 같은 관심사를 가진 거북이처럼?

우리는 키득거리며 앱을 어떻게 구성할 것인지 스케치북에 적었다.

솔방울을 가지고 노는 것과 피겨스케이팅을 좋아하는 외톨이 대벌레가 수족관에서 편안한 저녁 시간을 함께 보낼 비슷한 생각의 대벌레를 찾습니다.

또 이렇게도 적었다.

저는 황금기를 보내고 있는 유쾌한 햄스터입니다. 당근 우적거리기와 쳇바퀴 돌리기를 좋아합니다. 함께 태양으로 여행을 떠날, 즐겁고 유머러스한 말을 찾습니다. 쥐를 좋아한다면 가산점이 있습니다.

이 앱을 어쩌면 친구를 사귀고 싶은 외로운 사람들이 쓸 수도 있지 않을까? 마치 나 같은, 아니 예전의 나 같은 사람 말이다.

우리는 앱을 만들려면 어떤 프로그램이 필요한지 그리고 프로그래밍을 배울 수 있는 강의 같은 건 없을지 검색했다.

내 삶의 하루하루가 그 어떤 때보다도 빠르게 흘러갔다. 우리는 같이 자전거와 인라인을 탔고, 아인슈타인과 산책을 다녔으며, 멀리 모른 호수까지 가서 헤엄쳤다. 그리고 나는 유노가 블랙카뉴스에 올릴 거리를 취재할 때 같이 어울렸다. 유노는 블랙카뉴스에 나무 위에서 옴짝달싹 못 하는 고양이나 피자집에서 새 메뉴 3개를 출시했다는 소식을 올렸다. 어떤 여성이 보행 보조기를 잃어버린 걸 인터뷰할 때는 내가 카메라 앞에 서도록 해 주었다! 모든 게 완벽했다! 이따금 나는 심지어 새 학기가 시작될 때까지 얼마 남지 않은 학교 걱정은 거의 잊어버릴 정도였다.

내가 내심 걱정하는 건 정원 도깨비 정도였다. 런던에서 보낸, 빅벤 앞에서 찍은 사진이 담긴 엽서가 유노네 우체통에 도착하면 유노는 다시 정원 도깨비 도둑에게 화를 펄펄 낼 것이었다. 크릴레 머랭은 이렇게 적었다고 한다.

Good morning! 영국의 수도에서 안부를 전해! 어제 피시앤칩스를 너무 많이 먹어서 정원 도깨비인 내가 배가 부를 정도였다니까. 그다음에 나는 빅벤에 갔다가(앞면을 봐) 터소 밀랍 인형관에 갔어. 유명한 사람들을 밀랍 인형으로 만들어서 전시해 뒀더라고. 나는 엘비스랑 마돈나가 제일 좋더라. 정말이지 놀라울 정도로 살아있는 것처럼 보였어! 오늘은 포토벨로로드에 갈 거야. 매주 일요일마다 끝내주는 장이 열린대! See you soon! / 빌보

나는 크릴레가 돌아와 다시 좋아질 날이 며칠이나 남았는지 헤아렸다.

인라인을 타고 액션 영화를!

여행에서 돌아온 크릴레는 전혀 다른 사람 같았다! 햇볕에 그을렸고 커다란 시계를 차고 있었으며 말할 때 뜬금없이 프랑스어나 영어를 섞어 썼다. 그래서 그런지 크릴레는 전보다 더 생기가 넘쳤다. 에너지가 충만한 것 같았다. 크릴레는 우리 한 명 한 명에게 줄 선물도 가지고 왔다. 우리는 라일락 벤치에 앉아 엄마가 구운 머랭 타르트를 먹었다. 크릴레가 타르트를 담아 줄 때엔 마치 크리스마스 이브 같았다!

외할머니는 새빨간 진짜 루비가 박힌 금목걸이를, 엄마는 에펠탑과 똑같은 모양으로 생긴 병에 담긴 향수를, 마이켄은 (안타깝지만) 목에 걸 수 있는 끈이 달린 드럼을, 보보는 오소리 인형을 받았다. 나는 유리로 된 동그란 스노우볼을 받았다. 안에는 눈송이가 아니라 금색 반짝이가 들어 있었다! 스노우볼 안에는 아인슈타인을 꼭 빼닮은 암갈색 강아지 모형이 있었다! 너무너무 예뻤다. 완벽한 선물이었다. 우리가 각자 어떤 선물을 받으면 기뻐할 지 크릴레 머랭은 제대로 이해하고 있었던 것이다!

타르트를 다 먹은 뒤 크릴레는 내게 자기 방으로 오라고 했다. 크릴레는 마침 짐을 정리하던 참이었다. 나는 출발하기 전과 똑같이 기분이 좋아 보이는 정원 도깨비를 돌려받았다. 나는 크릴레에게 여행에 정원 도깨비를 데려가 주어서, 그리고 엽서와 사진들을 보내 주어서 고맙다고 인사했다. 크릴레는 내가 인스타 계정에 사진을 올리지 않은 지 꽤 되었다는 사실도, 엽서가 기쁨보다는 더 큰 문제를 일으켰다는 사실도 알지 못했다. 크릴레 머랭은 그 누구에게도 정원 도깨비 얘기를 하지 않겠다고 약속했으며, 나와 악수를 하며 근엄하게 말했다.

"맹세하지! 이 비밀은 무덤까지 가지고 가마."

나는 그날 밤늦게 정원 도깨비를 제자리로 돌려 놓기로 결심했다. 그렇지만 우선 이걸 숨겨야 했다. 유노네 할아버지가 핀스퐁에서 안부 인사차 찾아와 계시지만, 유노는 어쩌면 저녁 좀 늦은 시간에 우리 집에 들를지도 모른다고 말했다. 내 방은 정원 도깨비를 숨겨 두기에는 너무 위험했다. 우리는 보통 내 방에서 같이 놀았으니까. 나는 보보 방이 가장 좋을 것 같다고 판단했다. 유노가 보보 방에서 정원 도깨비를 발견할 확률은 0에 가까웠다. 나는 바닥에 드러누워 보보의 침대 아래로 정원 도깨비를 밀어 넣었다. 최대한 깊숙이.

내가 다시 계단을 내려가니 크릴레 머랭이 자기 방문 틈으로 고개를 내밀고 말했다.

"얘, 시게. 나 뭐 좀 하나만 도와줄래?"

"그래요. 뭔데요?"

내가 대답했다.

크릴레는 이제 영화를 거의 다 찍었고(단 3주밖에 안 됐는데 정말 대단하다!) 장면 한 개만 남았다고 했다. 스릴 넘치는 마지막 장면이라고 했다. 크릴레 머랭이 직접 연기하는 야생동물원 창업자 레이 슈왈체눌러-번스타인 연구원이 사냥감이 되어 마침내 야생 사자에 먹히는 내용이다. 크릴레는 그 장면을 정말로 사자의 시선에서 사냥하는 것처럼 긴장감 넘치게 찍고 싶어 했다. 사자가 레이 슈왈체눌러-번스타인을 쫓아 내달려 그를 덮친 뒤 피가 뚝뚝 떨어지도록 찢는 장면을 말이다. 이런 느낌을 살리기 위해서 카메라는 정말로 빠른 속도로 앞을 향해 쏜살같이 나가야 할 뿐만 아니라, 상당히 가까이 다가가야 한다고 했다. 그래야 사자가 레이 슈왈체눌러-번스타인을 잡아먹는 걸 정말로 볼 수 있으니 말이다.

크릴레 머랭은 차와 자전거로 찍는 걸 시도해 봤지만, 어떤 것도 만족스러운 결과를 내지 못했다고 했다. 그래서 지금, 내가 자기 뒤로 인라인을 타면서 목숨을 걸고 달아나는 뒷모습을 촬영해 줄 수 있겠냐는 것이었다. 바로 그 느낌을 정확히 살리기 위해서.

"음. 그건 좀 어렵겠는데요. 왜냐하면, 인라인을 타면 날을 더 더야 하는데 그러면 카메라가 오른쪽으로 갔다가 왼쪽으로 갔다가 흔들릴 거예요. 지그재그처럼."

나는 손으로 파도 모양을 만들어 보였다. 크릴레는 실망한 듯한 표정을 지었다.

"젠장. 네 말이 맞다. 흠, 이걸 어떻게 해결한다……? 이것 때문에 정말 초조하기 짝이 없구나. 개봉일까지 10일도 남지 않았는데 말이다! 벌써 신문에 광고도 내고 주민 센터도 빌렸는데!"

우리는 마주 봤다. 크릴레는 턱을 문지르고 있었다. 나는 정말로 크릴레를 돕고 싶었다. 크릴레는 나를 도왔으니까. 나는 외할아버지가 했던 "브레인스토밍을 할 때 어떤 아이디어든 상관이 없단다"라는 말을 생각했다. 그래서 나는 생각이 자유롭게 뻗어나가게 해 봤다. 내 뇌 속에서 멋대로 날아다니게. 그때 갑자기! 번뜩이는 아이디어가 떠올랐다!

"잠깐만 기다려 봐요!"

나는 크릴레에게 그렇게 말하고 내 방으로 달려갔다.

나는 침대 아래에 두었던 작살 발명품을 꺼내 들고 다시 크릴레의 방으로 갔다.

"그걸로 뭘 할 거니? 날 쏘려는 거니?"

크릴레가 물으며 웃음을 터뜨렸다.

"아뇨, 그게 아니라, 설명할게요! 소개합니다, 애로우 스패로우!"

처음에 크릴레는 다소 의심하는 눈치였다. 그게 제대로 작동할지 믿지 못하는 것 같았다. 그렇지만 내가 벽에 촉을 발사한 뒤 버튼을 눌러 끈이 감기는 걸 보여 주자, 크릴레는 환한 표정을 지으며 내 양어깨에 손을 짚고 나를 가볍게 흔들었다. 그러고는 격앙된 어조로 말했다.

"시게, 네가 나를 구했구나!"

* * *

나와 크릴레 머랭은 비포장도로를 따라, 평소 아인슈타인과 놀러 가던 쿨레슈타 교회로 향했다. 크릴레는 그 근처에 야생동물원과 비슷한 느낌이 나는 장소가 있을 거라고 생각했다. 크릴레는 영화 속에 등장하는 레이 슈왈체눌러-번스타인의 옷으로 갈아입었다. 파란색과 흰색 줄무늬가 있는 꽤나 더러운 셔츠와 멜빵이 달린 바지, 그리고 무척 낡은 스웨이드 반코트를 입었다. 우리는 내가 나무에 대고 작살을 쏘는 연습을 했던 밭과 마구간, 불타 무너진 집, 농장과 온갖 꽃이 핀 작은 꽃밭을 지났다.

그 크고 흰 교회 앞에 다다랐을 때 크릴레의 얼굴은 땀으로 번들거렸고 셔츠는 가슴에 들러붙었다. 그렇게 두꺼운 외투를 걸친 데다가 바깥 온도가 30도는 되고 태양도 지글지글 끓고 있었으니 그다지 이상할 것도 없는 일이었다. 내가 인라인을 신는 동안 크릴레는 촬영하기에 적합한 곳을 찾아 살폈다. 교회 앞에 몇 미터 떨어진 곳을 발견했다. 나무가 한 그루 있었고 그 앞에는 작은 잔디밭이 있었다. 그리고 나무를 빙 둘러 고르게 아스팔트가 깔려 있었다. 인라인을 타라고 만들어 놓은 것처럼 말이다. 크릴레는 가짜 피를 묻힌 다진 고기가 든 주머니를 셔츠 아래 배 근처에 꽉 묶었다. 사자, 그러니까 내가 크릴레를 덮치면 크릴레가 어떤 식으로든 주머니를 찢어 피와 고깃덩이가 쏟아지게 할 거라고 했다. 마치 내장이 쏟아지는 것처럼 보일 거라고 했다.

"그런데 고기 조각을 꺼내는 손이 보이진 않을까요?"

내가 물었다.

"그건 나중에 편집하면 돼."

크릴레는 당연한 소리를 한다는 듯이 말했다.

게다가 크릴레는 가짜 피가 든 아주 작은 투명한 비닐 밀봉 용기 앰플도 보여 줬다. 마지막 장면에서 그걸 이빨로 물면 한쪽 입가로 피가 흘러나올 거라고 했다. 그 장면은 전체 영화의 맨 마지막에 나오기 때문에 나는 단단히 준비를 해야 했다. 연구원 레이 슈왈체눌러-번스타인은 입에서 천천히 피를 흘리며 카메라를 바라볼 것이다.

크릴레 머랭은 덕 테이프를 내 몸에 두 바퀴 감아, 휴대전화를 내 가슴팍에 단단히 고정했다. 나는 우리가 훨씬 커다란 진짜 영화 촬영용 카메라를 사용할 거라고 생각했지만, 크릴레는 전문가였으니까. 게다가 내 배에 감아 둔 밧줄에 매달려 있는 작살이 상당히 무거웠기 때문에 나는 카메라를 따로 들고 있지 않아도 된다는 사실이 그저 기쁘기만 했다.

우리는 제대로 찍힐지 살펴보려고, 피를 사용하지 않고 세 번 시험해 봤다. 크릴레의 옷에 피가 묻는다면 그걸 지울 수가 없어서 재촬영을 하기 어려울 테니 말이다. 촬영 기회는 단 한 번뿐이었고 완벽하게 찍어야만 했다.

설정은 이랬다.

1. 약 20m 떨어진 나무에 작살 촉을 발사한다.

2. 크릴레가 내 앞으로 10m 정도 떨어진 아스팔트 위에 자리를 잡는다.

3. 크릴레가 달리기 시작한다.

4. 그러면 내가 즉각 리드 줄의 버튼을 눌러, 줄이 감겨들면서 인라인을 탄 나를 나무쪽으로 당기게 만든다.

5. 나무 바로 앞에 있는 작은 잔디밭으로 크릴레 머랭이 쓰러지고 사자, 그러니까 내가 그 위를 덮쳐 그의 배에서 큰 고기 조각을 찢어 낸다.

6. 크릴레는 천천히 고통스럽게 죽음을 맞이하고, 사자는 그의 내장을 게걸스럽게 먹는다.

작살을 시험 발사했을 때 나무에 빗맞을 뻔했다. 그렇지만 그건 그다지 큰 문제가 아니었다. 그저 다시 발사하기만 하면 됐다. 내가 인라인을 타고 미끄러질 때 넘어지기라도 한다면 더 큰 문제일 것이다. 나는 위험을 줄이기 위해 다리를 크게 벌리고 섰다.

이제 때가 됐다. 크릴레는 심각한 눈빛으로 나를 봤다. 그는 손수건을 꺼내 얼굴에 밴 땀을 닦았다.

"이제 진짜로 촬영할 거야, 시게. 준비됐니?"

나는 고개를 끄덕였다. 크릴레도 그랬다. 나는 못 박힌 듯이 가만히 서 있었다. 숨을 들이마셨다. 그러고는 작살 촉을 발사했다. 완벽한 아치 모양을 그리면서 나무의 몸통에 똑바로 박혔다. 깊고 안정적으로. 줄이 나와 나무 몸통 사이를 직선으로 잇고 있었다. 크릴레는 내 가슴팍에 매단 휴대전화의 녹화 버튼을 눌러 촬영을 시작하고는 나와 10m 떨어진 위치에 가서 섰다. 그러고는 어깨너머로 나를 보더니 이렇게 외쳤다.

"액션!"

그 말과 함께 크릴레는 달리기 시작했다. 나는 초반에 약간 속도를 내기 위해 조심스럽게 두어 번 발을 미끄러뜨린 다음 리드 줄의 버튼을 눌렀다. 곧장 줄이 당기는 느낌이 들더니 엄청난 힘으로 나를 앞으로 끌고 갔다. 나는 크릴레가 잔디밭에 도착하기 한참 전에 크릴레와 부딪힐 것 같았고 나는 크릴레의 등에 곧장 부딪혔다. 크릴레는 비명을 지르며 아스팔트 위로 세게 넘어졌고 나도 크릴레 위로 엎어졌다. 전혀 계획한 대로 되지 않았다. 크릴레는 충격을 받은 표정으로 나를 쳐다봤고 나는 이게 진짜 충격을 받아서인지 아니면 레이 슈왈체눌러-번스타인 연기를 하는 건지 알 수가 없었다.

나는 몸을 일으키려 했지만, 줄과 크릴레의 몸 때문에 뜻대로 움직일 수가 없어 다시 곧바로 넘어졌다. 그러자 크릴레가 비명을 지르기 시작했다. 심장이 갈기갈기 찢어질 것처럼 공포에 질린 포효였다. 크릴레가 셔츠를 찢는 바람에 셔츠 단추들이 날아갔고, 배 위로는 다진 고기에 섞인 피가 흥건했다. 나는 그걸 촬영하려고 다시 몸을 일으키려고 했지만, 줄이 한 번 더 당겨지는 통에 다시 크릴레 위로 넘어졌다. 내 얼굴이 피투성이 고깃덩이에 박혔다. 뜨끈했고 상한 냄새가 났다.

마침내 내가 몸을 일으키는 데 성공하자, 줄이 나를 감당할 수 없을 세기로 나무를 향해 끌어 당겼다. 나는 어깨부터 나무에 들이받았다. 나는 작살을 사용해 줄을 끊어낸 뒤 크릴레 머랭에게 돌아갔다. 크릴레 머랭은 아스팔트 위에 누워서 소리를 지르며 고통스러워했다. 나는 카메라에 크릴레의 얼굴을 담기 위해 그 위로 몸을 굽혔다.

크릴레는 눈을 크게 뜨고 있었다. 나는 크릴레가 입을 우물거리는 모습을 살폈다. 마침내 작게 터지는 소리가 나더니 피 몇 방울이 크릴레의 입에서 흘러나와 턱을 타고 흐르고는 셔츠 깃에 작은 빨간 점들을 남겼다. 나는 계속 촬영했다. 마침내 크릴레가 움직임을 멈췄다. 몸이 축 늘어지더니 초점이 완전히 죽었다. 나는 촬영하며 기다렸다. 1초가 지나고 2, 3, 4, 5초가 지났다. 그때 갑자기 크릴레가 외쳤다.

"애애애애앤드 컷!"

크릴레 머랭은 벌떡 일어서더니 비닐 밀봉용기 앰플 안에 남아 있던 가짜 피를 뱉었다. 그러고는 크게 씨익 미소 지었다. 피투성이가 된 윗니와 아랫니가 보였다. 솔직히 말하자면 크릴레는 정말이지 살인마처럼 보였다.

"끄으으읕내줘! 그으으윽적이야! 아아아주 멋져!"

크릴레는 나를 안아 들고 공중에서 반 바퀴를 돌리며 그렇게 말했다. 나는 거의 숨을 쉴 수가 없었다. 크릴레의 배에서 고기 조각들이 내 티셔츠 위로 떨어졌지만, 크릴레는 그걸 못 본 것 같았다.

크릴레가 나를 아스팔트 위에 내려놓았을 때 피가 흥건한 고깃덩이 하나가 내 한 쪽 인라인 위로 떨어졌다.

"아저씨 위로 넘어져서 미안해요! 아팠어요?"

내가 물었다.

"아니, 아니, 아니 약간은. 하지만 고통은 대단한 게 아니란다. 그건 중요하지 않아! 중요한 건 우리가 해냈다는 사실이지!"

"그래요?"

내가 의심스러운 목소리로 물었다.

나는 줄이 말려들면서 크릴레 위로 한 번도 아니고 두 번이나 넘어졌다.

나는 크릴레가 적어도 조금은 불만을 품을 거라고 여겼다.

"물론이지. 모든 게 계획대로 되지만은 않지. 그리고 피 앰플도 씹어서 터뜨리는 게 정말이지 어렵더구나. 그렇지만 전체적으로 보면 말이다! 대단한 성공이란다, 시게! 나는 정말이지 너한테 말로 다 하지 못할 정도로 감명을 받았단다!"

나는 크릴레 머랭이 그 정도로 기뻐하는 걸 처음 봤다. 크릴레는 소리 내 웃으며 포즈를 취했다. 이 영화 프로젝트가 정말로 크릴레에게 생기를 불어넣은 것 같았다!

외할머니댁으로 돌아가려고 몸을 돌렸을 때 나는 몇몇 사람들이 근처에 서 있는 걸 발견했다. 열 명, 아니 열두 명이 입을 쩍 벌리고 뚫어져라 보고 있었다. 그 중 한 명은 어딜 봐도 목사옷 차림이었다. 아마도……그래, 목사겠지.

"아, 오늘이 마침 일요일이었지. 예배를 본 모양이구나?"

크릴레가 말했다.

나는 주위를 둘러봤다. 사람들이 서서 보고 있는 걸 살폈다. 나무에 박힌 촉, 피투성이가 된 크릴레의 얼굴과 배, 고깃덩어리를 얹고 있는 내 인라인, 테이프로 내 가슴팍에 단단히 고정된 휴대 전화…….

"괜찮으세요?"

갑자기 목사가 외쳤다.

목사의 목소리는 가늘고 불안에 차 있었다.

"아주 좋아요. 정말이지 엄청나게 환상적이에요!"

크릴레 머랭이 그렇게 외쳤다. 그 와중에 피투성이가 된 고깃덩어리 한 개가 또 아스팔트 위로 떨어졌다.

크릴레는 사람들이 무리지어 있는 쪽으로 몇 걸음을 옮겼다. 그 탓에 나이 든 여성 몇 명은 뒷걸음을 쳤다. 그때 크릴레 머랭이 미소를 짓는 바람에 피투성이가 된 이빨이 드러났다. 어린아이가 울기 시작했다.

"그러니까, 저희 영화 찍고 있었거든요."

내가 말했다.

"그래, 바로 그겁니다. 야생동물원이에요! 곧 영화관에서 상영한답니다! 이리 오렴, 시게. 저흰 집에 가서 방금 찍은 걸작을 살펴봐야겠어요."

크릴레가 말했다.

피와 고깃조각이 묻은 손을 흔들며 크릴레는 목사와 예배자들에게 인사를 했다.

"애로우 스패로우도 챙겨야죠."

내가 말했다.

"물론, 당연하지."

크릴레가 말했다.

우리는 힘을 합쳐 나무에서 촉을 빼내고는 작살에 줄을 감았다. 목사와 몇몇 예배자들은 호기심 어린 눈초리로 서서 지켜보고 있었다. 그렇지만 아무도 감히 다가올 엄두를 내지 못했다.

외할머니댁으로 돌아가는 길에 나는 크릴레 머랭이 나를 들어올린 순간을 생각했다. 만약 그날 일찍 누군가 내게 당신은 오늘 피와 고깃덩어리로 범벅이 된 66세 남성에게 안기게 될 겁니다라고 말했다면 나는 분명 '사양할게요'라고 했을 것이다. 그렇지만 중요한 건, 사실 그 상황이 내 마음에 들었다는 점이다.

들통난 진실

유노는 핀볼 게임기 위로 몸을 기울였다. 크게 뜬 눈을 이리저리 빠르게 굴리며 게임기 안에서 벌어지고 있는 일을 모조리 쫓아 살피려는 듯했다. 핀볼은 짤랑거리며 튀어 다녔고 운이 좋으면 '때르르릉'하는 소리가 났다. 이건 공이 어떤 추가 점수를 주는 부분에 닿았다는 뜻이다. 점수는 여기에서 한 번, 저기에서 한 번 경쾌하게 울리며 올라갔다. 그렇지만 내가 4만 점이나 앞서고 있었고 유노는 지금 마지막 볼로 게임을 하고 있었으니, 내 승리는 따놓은 당상이었다. 유노는 갑작스럽게 사이드 버튼을 눌렀다. 분명 유노는 버튼을 최대한 빠른 속도로 누르기만 할 뿐 별 전략이 없었다. 갑자기 볼이 그 작은 구멍에 정확하게 들어가면서 빨간 버튼을 눌렀고 '뎅뎅' 하는 소리가 났다. 유노는 5만 점을 획득했다. 우리는 점수를 응시했다. 유노가 3만 점이 넘는 점수 차이로 이겼다! 유노는 먼저 나를 보더니 다시 점수를 봤다. 그러더니 어떤 상황인지 이해했다.

"우아아아!"

유노는 기쁨에 차서 두 발로 깡충거렸다. 그 청록색 곱슬머리가 나부꼈다. 유노가 기뻐하는 모습을 보니 나도 기뻤다.

"내가 이겼어, 시게!"

"어, 그러네. 축하해!"

"내가 이겼다! 넌 이게 얼마나 자랑스러운 일인지 모를 거야! 이런 게임에서 이겨 보는 거 처음이라고!"

"네가 이겨서 나도 기뻐!"

내가 말했다.

"내가 최고야! 내가 최에에에고!"

유노는 엄청나게 기뻐 보였다. 불과 몇 초 전까지 이리저리로 튕기던 핀볼 공처럼 유노는 내 방에서 왔다 갔다 했다. 나는 웃음이 터졌다. 유노도 웃음을 터뜨리면 내 침대에 드러누웠다.

"와, 완전 땀투성이야."

"우리 부엌에 내려가서 마실 거 좀 가져올까?"

내가 물었다.

"나 못 일어날 것 같아."

유노는 그렇게 말했지만 내가 유노의 손을 잡고 끈 탓에 유노는 어쩔 수 없이 일어나야 했다.

그때 아주 작은 인간의 모습이 보였다. 보보였다. 입에는 공갈 젖꼭지를 물고 팔 아래 무언가 노란빛이 도는 걸 끼고 있었다.

"안녕."

보보가 기쁜 어투로 말했다.

동시에 나는 무언가 끔찍한 걸 발견했다. 내가 아주 잘 아는 어떤 물건을 보보가 가지고 온 것이었다. 정원 도깨비였다. 정원 도깨비는 엄마의 잠옷처럼 생긴 옷을 걸치고 뾰족하고 빨간 모자 위로 흰 아기 모자를 뒤집어쓰고 있었다. 젠장, 빌어먹을. 나는 어제저녁에 그걸 돌려놓지 못했다. 워낙 많은 일이 있었으니까. 나와 크릴레는 교회에서 찍은 장면을 살펴봤고, 크릴레는 영화를 어떻게 편집할 것인지도 보여 주었다. 그 뒤에 유노가 집에 들러 같이 브라우니를 만들었고 엄마랑 마이켄과 함께 TV 드라마를 봤다. 그런 뒤 나는 유노를 유노네 집 우체통 앞까지 바래다줬다. 집에 돌아온 뒤에 엄마에게 내가 꼭 다시 밖에 나가야 한다고 했지만, 엄마는 전혀 이해하지 못했으며 벌써 밤 11시 30분이 되었으니 당장 자러 가라고 말했다. 그래서 아침 일찍 일어나서 그걸 가져다 놓으려고 했다. 그런데 자고 일어나니 그걸 까맣게 잊은 거였다. 내 멍청한 뇌! 어떻게 이렇게 까먹을 수가 있지?!

"보보, 가! 내 방에서 나가!"

나는 소리를 질렀다.

보보는 크고 푸른 눈으로 놀란 듯이 나를 봤다. 그리고는 유노에게 시선을 옮겼다. 유노가 내 등 바로 뒤에 서 있어서 나는 흠

칫 놀랐다. 보보는 공갈 젖꼭지를 몇 번 빨았다. 그러더니 공갈 젖꼭지가 파르르 떨리기 시작했다. 보보는 내가 자기한테 소리 지르는 게 낯설었던 것이다. 나는 내가 정말 한심하게 느껴졌지만, 지금 그 어떤 것보다도 중요한 건 보보가 방에 들어오지 못하게 하는 것이었다.

"들어오면 뭐 어때. 여기 있어도 되잖아?"

유노가 상냥하게 말했다.

"아니! 넌 네 방이 있잖아, 보보. 거기에 있어. 가!"

내가 강경하게 말했다.

보보는 울음을 터뜨렸다. 금빛 곱슬머리를 사방으로 뻗은 채 보보는 입을 크게 벌리고 울고 있었다. 그렇지만 기적적으로 공갈 젖꼭지는 여전히 입에 물려 있었다.

"미안해, 보보. 그렇지만 너 진짜로 가야 해."

나는 부드러운 목소리로 말하며 보보의 통통하고 작은 몸을 돌리려고 했다. 보보를 방 바깥으로 내보낼 수 있게 말이다.

머릿속에 절망감이 휘몰아쳤다. 유노가 아직도 정원 도깨비를 발견하지 못했는지 알 수 없었다. 불행 중 다행히 보보는 정원 도깨비에 잠옷을 입힌 상태였다. 보보는 바닥에 발뒤꿈치를 세게 누르며 외쳤다.

"싫어, 싫어!"

내가 보보를 일으켜 세우려고 할 때 그 끔찍한 일이 벌어졌다.

보보가 정원 도깨비를 바닥에 떨어뜨린 것이다. 가볍게 '콰직' 하는 소리가 났다.

"그게 뭐야?"

유노가 물었다.

"싫어, 싫어!"

보보의 울음소리가 한층 더 커졌다. 나는 보보가 이렇게 큰 소리로 우는 걸 처음 들었다. 마치 화재경보기가 우는 것 같았다.

유노는 보보 앞으로 오더니 보보의 품에서 떨어진 덩어리를 들어 올렸다. 입혀 놨던 잠옷이 약간 들춰 올라가면서 정원 도깨비의 갈색 바지, 파란 셔츠와 작은 벨트가 보였다. 정원 도깨비라는 걸 알아채기를 약간 어렵게 만드는 유일한 건 머리에 얹은 흰 아기 모자뿐이었다. 게다가 그게 이젠 두 동강이 나 있었다.

"이게 대체……?"

유노가 말했다.

실제로는 불과 몇 초밖에 지나지 않았을 것이다. 그렇지만 마치 우리가 거기 서서 빌보의 조각들을 몇 분 동안 바라보고 있던 것 같았다. 아니, 원래 이름은 톰 텔란데르지만.

그러더니 유노가 천천히 몸을 돌렸다. 유노의 청회색 눈이 내 눈과 마주쳤을 때, 마치 눈에서 번개를 쏘고 있는 것만 같았다.

"그게 너였어?!"

"나…… 내가 설명할게!"

나는 그렇게 말하며 움츠리며 뒤로 물러섰다. 마치 얻어맞을까
봐 겁이라도 난 것처럼.

"앨 가져간 게 너였어?! 어떻게 그럴 수가 있어? 대체 어떻게
그런 짓을 할 수가 있어?"

"유노, 내가……."

"빌어먹을, 시게. 빌어먹을! 난 너 다시는 안 볼 거야! 알겠어?
다시는!"

유노는 두 동강이 난 정원 도깨비 조각을 주워들고 서둘러 방
을 나섰다. 계단을 쿵쿵거리며 내려가는 소리가 들리더니 현관문
이 쾅 소리를 내면서 닫히는 게 들렸다.

* * *

눈 뒤로 눈물이 차올랐다. 내 사시 눈과 다른 쪽, 멀쩡한 눈에.
마치 내 두 눈이 머리가 뒤죽박죽이라는 증거인 것 같았다. 나는
비뚤어져 있었다. 나는 잘못됐다. 나는 멍청했다. 나는 사람들 사
이에서 어떻게 행동해야 하는지 알지 못했다. 왜 인간은 동물과
는 다를까? 왜 강아지 같지 않을까? 동물은 어려울 게 없었다. 동
물은 판단하지 않았다. 동물은 누군가가 이상한 말을 한다고 생
각하지 않았다. 동물은 누군가가 멍청이라고 생각하지 않았다.
동물은 어쩌다 낡은 정원 도깨비를 가져가더라도 신경 쓰지 않을

것이다. 나는 사람과는 더 어울리지 않을 것이다. 앞으론 동물과만 어울릴 것이다. 실패하는 걸 견딜 수가 없으니까.

나는 문밖으로 나가 콜벳과 라일락 나무를 지나쳤다. 노란색 집 모퉁이의 전나무를 타고 오르기 시작했다. 나무줄기에 난 끈끈하고 뾰족한 가시들이 손바닥을 찔렀고 눈물이 나왔다. 눈물은 두 뺨을 타고 흘러내렸다. 어쩌면 가시 때문일 수도 있지만 아닐지도 모른다. 위로 올라갈수록 전나무는 가느다래졌고 내 몸무게 때문에 휘었다. 전나무가 약간 흔들렸다. 때마침 나는 지붕에 닿았다. 나는 지붕의 평평한 부분까지 조심히 올라갔다. 지붕 타일 위를 기어가 등을 대고 누웠다. 흰 안개에 태양이 가려져 있었다. 하늘은 연한 청회색이었다. 유노의 눈 색과 똑같았다.

계속 눈물이 났다. 내 못난, 무가치한 눈 쪽으로 더 많이 흘러나오지 않았을까? 나는 그 눈에 곧장 주먹을 꽂았다. 나는 그걸 제대로 만들고 싶었다. 눈꺼풀 안쪽으로 별이 튀는 것 같았다. 노란색, 빨간색, 흰색 별들이 폭발하고는 사라졌다. 아팠지만 생각보다 아프지는 않았다. 그래서 나는 한 대 더 쳤다. 울면서 내 머릿속에 펼쳐진 우주를 바라봤다.

얼마나 오랫동안 거기에 누워 있었는지 모르겠다. 그렇지만 나는 몸이 더는 떨리지 않을 때까지, 눈물이 더는 흐르지 않을 때까지, 울음소리가 더는 입 밖으로 새어 나오지 않을 때까지 거기에 누워 있었다.

한 번도 내 마음대로
된 적이 없었어

외할머니와 나는 내 새 안경과 시험 삼아 착용해 볼 렌즈를 가지러 콜벳을 타고 노르셰핑으로 향했다. 내 몸은 둔하고 느렸으며, 혀는 딱딱하게 굳어 말을 할 수가 없었다. 외할머니는 무언가 눈치를 챈 게 분명했다. 어떻게 지내냐고 물었기 때문이다. 그렇지만 나는 그저 어깨만 으쓱했을 뿐이었다. 대체 뭐라고 말해야 한단 말인가? 그렇지만 선글라스 뒤로 눈물이 끓어오르는 것 같았다. 눈물은 물로 구성돼 있다는 사실을 생각해보면 그런 느낌이 드는 게 이상하지 않은가?

안경사 킴은 테가 내 코 위와 귀 뒤에 편안하게 제대로 맞을 때까지 테를 구부리고 조정했다. 그런 뒤 렌즈를 착용할 때 어떻게 하는지를 보여 주었다. 나는 몇 번 시도해 봤지만, 눈에 계속 눈물이 맺히는 탓에 쉽지 않았다. 킴은 렌즈가 익숙하지 않으면 그럴 수 있다고 했다. 나는 머리가 멍청하면 그럴 수도 있다는 말은 하지 않았다. 킴은 처음에 렌즈를 착용하는 게 어렵다고 생각하는 사람이 많다며, 내가 집에서 계속 연습해 봐야 한다고 덧붙였다. 그리고는 내게 궁금한 점은 더 없는지 물었다. 나는 눈 전문가인 그에게 대체 사람이 얼마나 많이 울 수 있는지 묻고 싶었다. 사람의 눈이 얼마나 많은 눈물을 만들어 낼 수 있나요? 어제부터 눈물을 적어도 1리터는 쏟은 것 같은데. 그렇지만 나는 그저 고개를 저었다. 그건 물어보기에 적절한 질문이 아니었으니까.

외할머니가 결제를 한 뒤, 우리가 문밖으로 나설 때 킴은 손봐야 할 부분이 있으면 연락하라고 외쳤다. 제 인생이요! 나는 그렇게 말하고 싶었다. 내 인생은 손을 봐야 했다. 내 무가치한 삶. 그렇지만 그때에도 나는 아무런 말도 하지 않았다.

우리는 다시 섀르블락카로 돌아왔다. 새 안경을 쓰니 세상이 낯설게 느껴졌다. 모든 윤곽선이 또렷했고, 색도 뚜렷했고, 작은 부분까지 명확하게 보였다. 그렇지만 이렇게 못난 세상을 대체 누가 똑똑히 보고 싶겠는가?

외할머니는 나를 살폈다. 머리에 빨간 스카프를 둘렀는데도 회색 머리카락이 바람결에 나부꼈다. 외할머니는 담배에 불을 붙이고 미소를 지으며 새 안경을 쓰니 내가 '백만장자'인 것처럼 보인다고 말했다. 그렇지만 나는 내가 한푼의 가치도 없는 것처럼 느껴졌다.

나는 그저 우리가 계속 해 차를 타고 갔으면 좋겠다고 생각했다. 저 멀리 지평선 너머로, 계속 차를 몰고 가서 다시는 집에 돌아가지 않았으면 좋겠다고. 그렇지만 외할머니는 섀르블락카라고 적힌 표지판을 보고 차를 돌렸다. 당연한 일이다. 왜냐하면, 그어떤 것도 단 한 번도 내가 원하는 대로 되지 않았으니까. 그 어떤 것도 단 한 번도 내 생각대로 되지 않았다.

트리플 바일드

아침에 엄마가 퇴근하고 집에 왔을 때 나는 발코니에 있는 일광욕 의자에 모포를 덮고 앉아 있었다. 겨우 8시밖에 안 됐지만 나는 벌써 잠에서 깬 지 세 시간이 지났다. 전날 저녁에 블라인드를 치는 걸 깜빡했던 탓에 내 방은 마치 비욘세 콘서트 무대처럼 환했다. 아인슈타인은 프레첼 자세로 크고 검은 몸을 말고 내 옆에 누워서 잠이 들었다. 늑대를 닮은 입에서 이따금 작게 코를 고는 소리가 새어나왔다. 웬일인지 아인슈타인은 엄마가 왔는데도 몸을 일으키지 않았다. 그저 께느른하게 한쪽 눈꺼풀을 들어 올렸다가 다시 잠을 청했다.

"아니, 얘야. 너 여기 앉아 있었니?"

엄마는 내 옆에 쭈그리고 앉더니 머리카락을 토닥였다. 갑자기 엄마의 얼굴이 밝게 빛났다. 엄마는 내 턱을 쥐고 내 얼굴을 자기 쪽으로 돌렸다.

"이제 제대로 보이는구나! 네 새 안경! 정말 멋지다!"

"네, 안경은 진짜 좋아요."

"그래! 정말 예쁘다!"

잠시 정적이 맴돌았다.

"뭐 하고 있니?"

"피겨스케이팅 비디오를 보고 있어요. 일찍 깼는데 다시 잠이 안 와서요."

세 시간째 그러고 있었다. 어째서인지 기분이 편안해졌다. 올림픽 경기 영상을 여러 개 찾아봤다. 싱글스케이터, 페어스케이터, 그리고 아이스댄싱 스케이터. 몇 번이고 나는 피루엣과 점프, 그리고 피겨스케이터들이 그 동작들을 어떻게 연결하는지를 봤다. 점프 동작의 이름은 살코 점프, 러츠 점프, 그 동작을 만든 사람들의 이름을 따서 지었다. 나도 내 이름을 딴 점프 동작이 있었으면 했다. 바일드. 이를테면 "와, 저 사람 방금 트리플 바일드를 했어!"처럼. 그런데 대체 어떤 동작일까? 콜벳에 내리꽂는 피루엣일지도 모르겠다. 도난 경보가 울리게 만드는.

"있잖아, 시게. 좋은 소식이 있어!"

"뭔데요?"

나는 대체 무슨 소식일지 감을 잡을 수가 없었다.

"엄마가 모스토르프 학교에 전화해서 교장선생님이랑 얘기를 했거든. 얘기해 보니까 네가 반을 바꿀 수 있다더라고! 네 고집

센 엄마가 불평을 좀 했지. 이제 너 유노랑 같은 반이래!"

엄마는 미소를 지었다. 나는 엄마를 똑바로 쳐다볼 수가 없었다. 엄마는 너무나도 기대에 찬 표정을 짓고 있었다. 모든 게 너무 늦었다. 그렇지만 엄마는 그 사실을 알 수가 없다.

"그런데…… 너 별로 기쁘지 않니?"

"어, 아뇨, 기뻐요. 그게 그러니까 그냥…… 고마워요."

나는 정원 도깨비와 지금까지 벌어진 모든 걸 얘기하고 싶었다. 정말로. 그렇지만 대체 어디서부터 얘기를 시작해야 할지 알 수 없었다. 어떻게 어쩌다 보니 정원 도깨비를 훔쳤다고 설명할 수 있겠는가? 정원 도깨비 이름으로 인스타그램 계정을 만든 건 또 어떻고? 크릴레 머랭에게 부탁해서 정원 도깨비를 데리고 유럽을 돌아다니고 대도시에서 엽서를 써 달라고 한 건? 내 유일한 친구가 어쩌다 보니 정원 도깨비의 주인이었고 게다가 정원 도깨비를 아끼던 사람이었던 탓에 이제 배신감과 분노를 느낀다는 건? 너무 배신감이 크고 화가 나서 더는 나를 보고 싶어 하지도 않는다는 건? 어떻게 이런 일들을 설명할 수 있을까? 나는 시도조차 할 수 없을 정도로 무기력함을 느꼈다.

엄마는 흠 소리를 냈다. 마치 무언가를 이해했다는 듯이.

"시게. 개학을 앞두고 네가 불안해한다는 건 이해해. 그건 이상한 게 아니야. 그렇지만 엄마는 이제 달라질 거라 생각해. 그리고 유노도 있으니까 훨씬 안전할 테고, 그렇지?"

나는 엄마에게 고개를 끄덕여 보였다. 억지로 미소를 짜냈다. 엄마는 사실 같은 반에 유노가 있는 게 훨씬 불안할 거라는 사실을 모르니까. 화가 난 유노. 다른 애들한테 까발리지 못할 게 뭐람? 나는 내가 했던 모든 이야기를 주워 담고 싶었다. 유노를 믿었던 게 후회됐다.

엄마는 몸을 일으키고는 크게 하품을 하며 하늘로 양팔을 쭉 뻗었다.

"아이고, 너무 피곤하다, 시게야. 정말 정신없는 밤이었어. 위에 올라가서 좀 자야겠다."

"잘 자요, 엄마."

나는 그렇게 말했다. 엄마는 발코니문을 열고 집 안으로 들어갔다.

아인슈타인은 실눈을 뜨고 엄마의 뒷모습을 봤지만, 꿈쩍도 하지 않았다. 나는 아인슈타인을 토닥였다. 아인슈타인은 등을 대고 돌아누워 배를 드러냈다. 배에 난 털은 더 부드럽고 밝은 색이었다. 내가 배를 다독여 주길 바라는 것 같았다.

"너도 피곤하니? 넌 정신없는 밤을 보내지도 않았잖니?"

아인슈타인은 다시 눈을 감았다. 아인슈타인이 바닥을 쓸어내려는 듯이 꼬리를 그렇게 흔들어대지 않았더라면, 잠들었다고 해도 믿을 것 같았다.

D-3

내가 진짜로 원했던 것

날이 흐리고 추웠지만 나는 스케치북을 가지고 지붕 위에 앉아 있었다. 최근 이틀 동안 나는 깨어 있는 시간 대부분을 지붕 위에서 보냈다. 내가 자유롭게 있을 수 있는 유일한 곳이었으니까. 나는 몇 시간이고 지붕 위에 앉아 단 한 글자도 쓰지 않고, 단 한 획도 그리지 않고 그저 지친 손길로 스케치북을 펄럭였다. 내가 스케치해 둔 모든 발명품을 살폈다. 내가 어렸을 적에 발명했던 아주 오래된 것부터 플라스틱 컵으로 만든 확성기, 샤워할 때 쓸 수 있는 신문 걸이 그리고 가장 최근에 발명한 애로우 스패로우까지. 그리고 인기를 얻는 것에 대해 적어둔 멍청한 내용도 살폈다. 이제와서 보니 정말이지 유치하기 짝이 없었다. 나는 단어 위에 굵은 검은색 펜으로 하나씩 색칠했다. 더는 읽을 수 없을 때까지. 낱말을 모두 검은 직사각형으로 만들었다. 제각기 크기가 다른 검은 직사각형이 길게 줄을 이루었다. 그때 나는 문득 크릴레 머랭이 베를린에서 문자를 보낸 이후에 적은 내용을 발견했다.

인기를 얻는 게 대체 어떤 부분에서 그렇게 중요한가? 도대체? 친구를 얻고 싶은 게 아닌가? 의지하고 이야기를 나눌 수 있는 친구?

나는 스케치북을 덮었다. 내가 친구를 원한다는 건 분명했다. 의지하고 이야기를 나눌 수 있는. 그렇지만 가지지 않은 것 그리고 가질 수 없는 것을 바라는 것은 좋은 생각이 아니었다.

아, 유노. 나는 정말이지 절망감이 느껴질 정도로 후회했다. 내가 다르게 행동했을 수도 있던 수백 가지 방법을 생각했다. 나는 딱히 무언가를 보겠다는 생각 없이 정면을 응시하고 있었다. 갑자기 시야 한구석에 청록색이 눈에 띄었다.

처음에 나는 내가 환각을 보고 있는 게 아닌가 싶었다. 내가 너무 강렬하게 유노 생각을 한 탓에 내 뇌가 만들어 낸 걸 보고 있는 게 아닐까. 그렇지만 그건 진짜 유노였다. 청록색 머리카락이 말꼬리처럼 흔들리고 있었다. 분홍색 외투가 바람에 펄럭였다. 나는 전나무 꼭대기로 숨었다. 유노는 닌자처럼 차 사이를 매끄럽게 미끄러지더니 초인종을 눌렀다. 문이 열려 있는데도 말이다. 나는 초인종이 교회 종소리처럼 뎅뎅하고 크게 울리는 소리를 들었다. 그리고 외할머니 목소리가 들렸다.

"유노, 애야! 정말 반갑구나! 로열 그랜드 골든 호텔 섀르블락카에 돌아온 걸 환영한다!"

"어, 안녕하세요. 시게 보셨어요?"

"아니, 못 봤는데. 오늘 아침 이후로는 보이질 않는구나."

아래쪽이 조용해졌다. 나는 최대한 조용히 숨을 쉬었다.

"시게한테 뭐라고 전해 줄까?"

외할머니가 물었다. 몇 초 뒤 외할머니가 담배에 불을 붙이는 소리가 났다. 그건 외할머니가 숨을 내뱉는 한 방식이기도 했다.

"그러면 이렇게…… 이 말을…… 모르겠어요. 그러니까 제가…… 아녜요. 아무것도 아니에요. 그건 그렇고, 이거 돌려 드리려고요."

"그게 뭐니?"

외할머니가 물었다.

"어…… 이건 잠옷이에요. 그리고 아기 모자랑."

"아, 이건 분명 보엘이 옛날에 쓰던 모자로구나. 이건 한나 잠옷이네?"

외할머니가 놀란 목소리로 말했다.

"네, 그러게요. 저도 잘 모르겠는데 지난번에 왔을 때 어쩌다 보니 갖고 가게 돼서요. 어떻게 된 건지 저도 잘 모르겠어요. 죄송해요."

"정말 놀라운 일이네. 그래, 고맙다. 이걸 돌려주러 오다니."

"별말씀을요. 아니, 이게 아닌가. 그럼…… 전 이만 가 볼게요.

저희…… 그러니까 제가…… 가 봐야 해서요."

나는 유노가 외할머니를 바라보며 뒷걸음질 치는 걸 봤다. 그러더니 유노는 몸을 돌려 다시 달려가기 시작했다. 차 사이를 빠르게 헤치며 저 멀리 내달렸다. 나는 유노가 높은 덤불 너머로 모습을 감춰 더는 보이지 않을 때까지 눈으로 좇았다.

내 심장이 세게 뛰었다. 유노는 무슨 말을 하려고 했을까? 나를 절도로 신고했다고? 나를 죽도록 미워한다고? 아니면 어쩌면 다른 말이었을까?

나는 전나무에서 기어 내려와 집 안으로 숨어들었다. 금색 술이 달린 빨간 와인색 페즈를 쓴 얼룩말 앞을 지나 내 방으로 올라갔다. 나는 생각할 시간이 필요했다. 침대 위에는 작은 잡지가 놓여 있었다. 앞표지에는 뚱뚱한 새 그림이 그려져 있었다. 크고 제정신이 아닌 것 같은 눈과 노란색 부리가 달린 새였다. 쪽지도 놓여 있었다. 나는 곧바로 그게 마이켄이 쓴 거라는 걸 알아차렸다. 마이켄은 항상 굵은 글씨로 글을 썼으니까. 그럴 만도 하지.

오빠, 여기 잡지 하나 줄게. 오빠가 슬퍼하고 있다는 걸 아니까. 왜 그런지는 모르겠지만. 그래도 잡지 여기 둘게. 잡지 안에는 나랑 니쎄가 만든 유쾌한 농담이 실려 있어. 이걸 보면 좀 우슴이 나서 기분이 조아질 거야.

나는 첫 페이지를 넘겼다.

가장 배고픈 새는 어떤 새일까요? 소쩍새! 나는 계속 페이지를 넘기며 읽었다. 어떤 새가 땅콩을 보면 흥분할까요? 콩새! 어떤 새가 자주 벌을 받을까요? 벌새!

잡지를 읽다 보니 유치하지만 진짜로 웃음이 나왔다. 마이켄. 마이켄에게 상냥하게 대해 줘야지. 콜라 몇 병 사서 자판기에 넣어 줘야겠다. 마이켄은 워낙 손이 많이 가서 감당할 수가 없었다.

그때 갑자기 주머니에서 벨 소리가 났다. 나는 휴대전화를 꺼내 들었다. 유노가 보낸 문자였다.

안녕, 시게. 우리 만나서 얘기 좀 할까?

***

우리는 유노네 집 우체통 앞에서 만났다. 유노는 산책을 하자고 했다. 유노네 엄마가 그러면 얘기를 나누는 게 더 편안할 거라고 했단다. 내내 서로를 쳐다보지 않아도 되니까. 나는 고개를 끄덕였다. 겁이 나서 겨우 숨만 쉴 수 있었다. 우리는 걸었고 나는 내내 유노가 무슨 말이든 하기를 기다렸다. 경찰에 신고했다든가 내가 얼마나 멍청하다든가. 그렇지만 유노는 아무런 말도 하지 않았다. 10미터마다 한 번씩 유노는 깊은 한숨을 쉬었다. 나는 유노의 안색을 살폈다. 유노는 오른손을 왼쪽 소매 안에, 왼손을 오른쪽 소매 안에 넣고 있어 마치 손이 없는 사람처럼 보였다. 한 15분쯤 걸으며 집들과 놀이터, 사람이 없는 유치원을 지나쳤을 때 나는 숨을 깊이 들이쉬고 내가 먼저 말을 꺼내야겠다고 결심했다. 나는 걸음을 멈추고 유노 쪽으로 몸을 돌렸다. 내가 "유노!"라고 말한 그 순간 유노도 "시게!"하고 내 이름을 불렀다.

우리는 웃음을 터뜨렸다. 둘 다. 그리고 내 가슴 속에서 파닥이는 작은 새처럼 희망이 솟아났다. 웃음은 좋은 신호였으니까. 그렇지만 나는 좋은 신호를 믿을 엄두가 나지 않았고 새는 날아가 버렸다.

"말해 봐."

내가 말했다.

"아냐, 네가 말해."

유노가 말했다.

"그래, 그럼."

나는 숨을 들이쉬고 입을 뗐다.

"유노, 이 모든 일에 대해 정말 너무너무 미안해. 정원 도깨비를 가져간 것도. 그건 정말, 세상에 둘도 없을 정도로 멍청한 짓이었어. 그런데 솔직히, 정원 도깨비를 가져갔을 때 나는 내가 무슨 짓을 하고 있는지 별생각이 없었어. 난 너한테 엄청 화가 나 있었거든. 내가 너희 집 정원 위로 날아가는 걸 네가 동영상으로 찍었으니까…… 그리고 나중에 크릴레 머랭한테 부탁해서 여행길에 정원 도깨비를 데려가 달라고 했어. 그런 뒤에 너랑 친해지게 됐거든. 그제야 난 모든 걸 다 멈추고 싶었는데, 그때엔 이미 너무 늦었던 거야."

유노가 귀 기울여 듣는 동안 말꼬리처럼 묶은 청록색 머리카락이 바람에 나부꼈다.

나는 말을 이었다.

"그리고 난 뭐라고 말해야 할지 알 수가 없었어. 그러니까, 정원 도깨비를 가져간 게 나라고 어떻게 말해야 할지. 그건 정말 명청하고 얼빠진 짓이었어. 그리고 난 지금 엄청나게 미안하고 네가 더는 날 보고 싶어 하지 않는다는 것도 이해할 수 있어."

유노는 목을 가다듬었다.

"그러니까…… 난 정말 화가 났어! 네가 아무 말도 하지 않았으니까. 네가 나한테 거짓말을 했으니까, 시게! 한편으로는 네가 그걸 가져간 걸 이해할 수 있었지만, 네가 아무런 말도 안 한 건 정말! 그게 정말 최악이었어."

"나도 이해해, 나는……."

유노는 내 말허리를 끊었다.

"그리고…… 나는 우리가 같이 네 거북이를 찾으러 다녔을 때가 정말 좋았거든. 진짜 재미있었어! 마치 흥미진진한 문제를 풀어가는 것처럼! 마치 우리가 형사나 뭐라도 된 것 같았어. 그리고 나는 어쩌면 우리가…… 우리가 같이 정원 도깨비를 찾을 수도 있지 않을까 했어. 마치 새로운 탐험처럼. 그런데 네 동생이 방에 들어왔고, 그리고…… 그래, 내가 범인이 너라는 걸 알았을 때…… 나는 정말 말로 할 수 없을 정도로 넋이 나갔거든. 내가 얼마나 멍하게 있었는지 알면 너 아마 웃음을 터뜨릴걸!"

유노는 나를 보고 눈을 흘겼다. 평소 밝은 빛을 띠고 있는 눈에 어둠이 가득했다.

"아니! 아니야…… 나 절대로 안 웃을 거야. 내 외할아버지의 무덤에 대고 맹세할 수 있어! 절대로 안 웃을 거야."

나는 침을 꿀꺽 삼켰다.

"빌보 고쳤지?"

"걔 이름은 빌보가 아니라 톰이거든! 톰 텔란데르라고!"

유노는 씩씩거리며 팔을 휘저었다.

"아, 미안! 톰 텔란데르. 아무튼."

유노는 눈을 꾹 감고는 고개를 저었다. 유노는 다시 소매 안으로 손을 찔러 넣었다. 몇 번인가 가볍게 숨을 들이쉬고 내쉬었다. 마치 분노를 쫓아내고 싶지만, 뜻대로 되지 않는 모습이었다.

"뭐, 걔를 접착제로 붙이긴 했거든. 엄마는 그럴 필요가 없다고 하더라고. 그게 그렇게 소중하면 정원 도깨비를 새로 하나 사면 되지 않겠느냐고. 근데 난 엄마가 뭘 살지 알거든. 온통 흰색과 베이지색을 띤 뭔가 '예에에에쁜' 걸 사겠지. 근데 나는 새 걸 갖고 싶은 게 아니거든! 난 톰 텔란데르를 갖고 싶은 거라고! 나도 알아. 나 괴짜지. 대체 정원 도깨비가 뭐라고? 대체 누가 신경이나 쓰겠어. 난 신경 쓰거든! 난 그 멍청한 정원 도깨비가 좋거든.

다른 건 죄다 토가 나올 정도로 완벽하고 난 그걸 도저히 견딜 수가 없어!"

나는 고개를 끄덕였다. 유노는 땅으로 시선을 떨어트렸다. 나는 주머니에 넣고 있던 안경집을 꺼냈다.

"자. 너 분명 이거 돌려받고 싶을 거라 생각했어. 네 안경테. 새 안경알이 끼워져 있기는 한데, 내가 어떻게든 꺼내 볼게. 그렇지만 어쨌든……."

나는 그걸 유노에게 내밀었다. 그렇지만 유노는 그걸 받아들지 않았다. 그래서 나는 그걸 유노의 옷소매 한쪽에 넣으려고 했다. 그러자 유노는 뒤로 한 걸음 물러섰다.

"뭐 하는 거야. 싫어!"

"받아!"

"네가 가져. 그건 네 거야."

"아니, 그럼 내가 돈을 줄게. 안경테 값. 돈이 좀 있거든."

"됐다잖아! 그건 선물이야! 너 선물할 때 돈 받아?"

나는 아무 말도 못했다. 유노는 나를 뚫어지게 봤다. 나는 시선을 피했다. 내 신발을 내려다봤다가 인도로 시선을 돌렸다. 내 눈이 비뚤어졌을 게 분명했고 나는 그걸 유노에게 보여 주고 싶지 않았다.

"너 그거 한번 써 봐, 어떤지 보게."

갑자기 유노가 말했다.

"아니, 글쎄."

"내 정원 도깨비를 납치했는데 그 정도는 해 줄 수 있잖아?"

유노는 그렇게 말하며 내 어깨를 가볍게 밀쳤다.

내키지 않는 손길로 안경을 썼다. 유노가 무슨 말을 할지 겁이
났다.

게이, 치매 걸린 원숭이, 사팔뜨기 멍청이.

유노는 나를 찬찬히 살폈다. 그러더니 이렇게 말했다.

"완벽하네. 마치 팝스타랑 똑똑한 작가를 섞어 놓은 것처럼 보
여."

나는 웃음을 터뜨렸다. 유노가 지금 장난치는 건가? 그렇지만
그런 표정은 아니었다.

"난 그렇게 생각하지 않지만. 어쨌든 고마워."

나는 안경을 벗어 다시 안경집에 넣으려고 했다. 그때 유노가
"계속 써"라고 말했다. 안경은 쓰지 않으면 아무런 의미가 없다
나. 우리는 아무런 말도 없이 다시 유노네 집 쪽으로 걸어갔다.

"너 나한테 거짓말했어, 시게. 난 그게 맘에 들지 않아!"

말투가 딱딱했다. 마치 말썽꾸러기 학생을 훈계하는 선생님 같
았다.

"나도 알아. 그건 정말 멍청하기 짝이 없는 짓이었어. 미안해."

"더는 거짓말을 하지 않았으면 좋겠어."

그때 갑자기 하늘이 맑게 개더니 인도 위로 햇빛이 쏟아졌다.

마치 스포트라이트가 켜진 것 같았다. 그리고 납땜이라도 된 것처럼 잔뜩 짓눌려 있던 내 마음도 가벼워졌다. 심장이 다시 빠르게 뛰기 시작했다.

"근데…… 그러니까. 너 계속 나랑 만날 거야?"

나는 그렇게 물으면서도 내심 유노가 '아니, 대체 무슨 생각을 하는 거야, 바보냐?'라고 말할 거라고 예상했다.

그렇지만 유노는 그렇게 말하지 않았다. 대신 이렇게 말했다.

"어."

"근데 너 나 다시는 안 보고 싶다면서?"

"그래, 그렇게 말했을지도 모르지. 그럴 법도 했고. 근데 지금은 아니야. 게다가 우리가 그만 만나고 난 뒤로 기분이 진짜 별로였거든."

나는 유노의 말이 진짜라고 믿을 엄두가 나지 않았다.

유노가 돌멩이를 걷어찼고, 그게 몇 미터인가 굴러갔다. 우리는 앞다투어 돌멩이를 쫓았고 돌멩이를 걷어차서 저 멀리 날렸다. 그런 식으로 우리는 서로 돌을 걷어차면서 유노네 집 앞까지 왔다. 유노네 아빠가 손톱깎이만큼 작은 가위를 들고 삼각형 덤불 하나를 손질하고 있었다. 유노네 아빠는 정말이지 온 정신을 거기에 쏟고 있는 것처럼 보였다.

"들어가서 톰 텔란데르한테 인사할래?"

유노가 말했다.

"너만 괜찮다면?"

나는 대답했다.

"내가 괜찮은지 묻는 건 엄청 이상한 거 같은데, 아니야?"

"그래, 그렇긴 하다."

나는 말했다.

우리는 유노 방으로 올라갔다. 빨간 모자와 파란 셔츠를 입은 톰 텔란데르가 책상 위에서 우리를 향해 미소 짓고 있었다. 유노는 정원 도깨비의 작은 벨트 위로 가늘게 난 금을 보여 줬다. 유노는 접착제가 지금은 분명 다 말랐을 테니 나중에 밖에 세워 둘 수 있을 거라고 했다. 유노가 말하는 와중에 나는 뭔가 끔찍한 게 떠올랐다. 머리를 얻어맞은 느낌이었다. 나는 거짓말을 한 가지 더했던 것이다. 망할! 입을 닥치는 게 좋을까 아니면 사실을 털어놓는 게 좋을까? 이제 겨우 원래대로 돌아왔는데 모든 게 다 엉망진창이 될 위험이 있었다. 말하지 않는다면 유노가 나중에 사실이 어떤지를 알게 됐을 때 엉망진창이 될 위험이 있지만 말이다. 어쩌면 나중에 알게 되는 게 훨씬 더 나쁠 수도 있었다. 훨씬 더 심각한 배신감을 느낄 수도 있었다.

나는 사실을 털어놓아야 했다. 털어놓은 뒤에 어떤 결과가 닥치더라도.

"유노! 나 말할 게 하나 더 있는데!"

나는 거의 고함을 치듯이 말했다.

유노는 내 쪽으로 몸을 돌리더니 내 표정을 보고 가슴 위로 팔짱을 꼈다.

"이번엔 뭔데? 너 또 뭐 훔쳤어?"

"아니…… 우리 아빠 아프리카에서 멸종 위기 동물을 구하는 일을 하지 않아."

"맙소사, 시게! 내가 그걸 모를 것 같았어?"

"알고 있었어? 언제 알았는데?"

"사실대로 말하자면 네 아빠가 환상적인 브라즈-남아프리카공화국에서 일하고 있다고 말했을 때."

나는 뺨이 타오르는 것처럼 화끈거렸다.

"그렇지만 네가 사실대로 말한 건 좋네. 가서 톰을 정원에 세워 두자."

D-0

새로운 시작

드디어 그날이 왔다. 개학이다. 출석 체크. 엄마는 마이켄과 출석 체크를 하러 가서 새 담임 선생님을 만날 예정이었다. 담임 선생님의 이름은 뵈이레라던 마이켄의 말과는 달리 실제로는 뵈르예였다. 나는 홀로 출석 체크를 하러 갈 거였다. 6학년이 엄마랑 같이 출석 체크를 하러 가는 사람은 없지 않겠는가?

내가 출발할 때가 되자 외할머니는 때맞춰 위층에서 내려왔다. 방금 일어났는지 초밥 잠옷 차림이었다.

"애야! 등교 첫날이구나! 그래, 교육은 정말 좋은 거지……."

외할머니는 생각에 잠기더니 담배에 불을 붙이고 커다란 회색 구름 같은 연기를 뿜었다.

나는 연기를 얼굴에서 걷어내려고 손을 내저었다. 외할머니는 한쪽 팔꿈치를 얼룩말에 기대고는 말을 이었다.

"그렇지만 살면서 알아야 할 가치 있는 모든 것들은 공부한다고 배울 수 있는 게 아니란다. 우리는 경험을 통해서 성장하는 거지!"

"고마워요, 샬로트. 그럼 제가 학교를 땡땡이쳐도 되는 거죠?"

나는 그렇게 말하며 인라인에 발을 밀어 넣었다.

"아니, 부디 그러지는 말려무나. 그러면 네 엄마가 화를 낼 테니 말이다."

인사를 나누고 나는 바깥문을 쾅 소리가 나게 닫았다.

나는 너무 긴장해서 몸이 떨릴 정도였다. 유노랑 같이 등교하는 게 조금 도움이 되긴 했지만, 인라인을 타고 미끄러지는 내 두 다리는 여전히 부드러운 스파게티처럼 느껴졌다. 유노는 민들레색 헬멧을 쓰고 내 옆에서 자전거를 타고 있었다.

안경사 킴에게서 받아온 시험용 렌즈를 몇 번이고 껴 보려고 했지만, 정말이지 성공할 가능성이 전혀 없었다! 무엇보다도 렌즈를 눈에 넣으려고 할 때 눈을 깜빡이지 않는 게 거의 불가능했고, 둘째로 한쪽 눈에 렌즈를 끼웠을 때, 마치 눈에 커다란 모래가 들어간 것처럼 느껴졌다. 나는 포기했다. 적어도 한동안은. 유노는 나한테 그렇게 슬퍼할 건 없다고 말했다. 안경을 쓰는 게 훨씬 멋있다나. 그리고 비록 내가 유노 말을 완전히 믿지는 않았지만, 어쨌든 약간은 마음이 움직였다. 썩 괜찮게 느껴졌다.

모스토르프 교정에 들어서니 곳곳에 사람들이 가득했다. 어른들도 여기저기 몇 명인가 보였지만, 대부분 아이들이었다. 무리

지어서 소리 지르고 웃고 있었다. 사람들 앞을 지날 때 내 심상은 터질 것 같이 뛰었다. 나는 유노의 등 아래로 드리운 청록색 머리카락 뒤를 바짝 쫓았다.

유노는 나지막한 목조건물 바깥에 자전거를 세웠다. 거치대에 자전거를 단단히 매어 두는 동안 나는 인라인을 벗고 새하얀 운동화로 갈아 신었다. 백팩에 넣어서 가지고 왔다. 그때 갑자기 여자애 두 명이 이쪽으로 달려왔다. 나는 그 애들을 본 적이 있는 것 같았지만, 곧장 그 생각을 접었다. 어떻게 알 수가 있겠어? 갈색 곱슬머리 여자애가 키득거리며 말했다.

"바로 너였구나! 스톡홀름에서 온 애가!"

"너 여기 다닐 거야?"

다른 애가 적극적으로 물었다.

금발을 머리 꼭대기에 술처럼 묶고, 흰 재킷과 분홍색 반짝이 스팽글로 'Party!'라고 적힌 티셔츠를 입고 있었다.

그제야 나는 깨달았다! 전에 가게에서 만났던 애들이었다. 똥 이모티콘이 달린 열쇠고리를 뽑은 애들이었다. 이럴 수는 없어. 이보다 더 나쁜 시작이 어디 있담. 얘들은 분명 벌써 나를 멍청이라고 생각할 게 뻔했다. 정말이지 의기소침해졌다. 내가 곧장 대답하지 않자 유노가 끼어들었다.

"어, 여기 다닐 거야!"

"우리 반이야?"

갈색 곱슬머리가 물었다.

나는 대답하고 싶지 않았다. 대신 신발 끈을 묶는 데 집중했다.

"어, 맞아."

유노가 차분하게 말했다.

"너 이름이 뭐야?"

금발 머리가 심한 사투리 억양으로 물었다.

"시게."

나는 그렇게 말하며 그 애를 올려다봤다. 뭐라고 말할지 겁이 났다.

내 이름으로 놀리려나? 내가 가게에서 얼마나 이상하게 굴었는지 말하려나? 안경을 쓰고 있다고 놀리는 건 아닐까? 그렇지만 그 애는 그중 어떤 것도 하지 않았다. 그 애는 그냥 미소 지을 뿐이었다.

"나는 마야라고 해. 얜 미리암."

그 애는 또 키득거리며 자기 친구를 가리켰다.

마야는 재킷 주머니를 뒤지더니 풍선껌 한 통을 꺼냈다.

"하나 씹을래?"

마야는 그렇게 말하더니 내게 통을 내밀었다.

내가 제일 좋아하는 오렌지맛은 아니었지만, 딸기와 라임맛이 나는 거였다. 그것도 맛있지.

"그래."

나는 미심쩍게 대답했다. 그 애가 통을 잽싸게 치울까 봐 겁이 났다. 그렇지만 그 애는 그러지 않았다.

나는 통을 받아들고 손바닥에 대고 조심스럽게 흔들었다. 통에서 껌 두 개가 나왔다.

"어, 미안."

내가 말했다.

"됐어. 두 개 가져. 나도 보통 두 개씩 씹거든."

마야는 미소를 지으며 통을 유노에게 내밀었다. 유노는 고개를 저으며 하품을 했고, 우리는 유노가 이미 풍선껌을 씹고 있다는 사실을 알게 됐다.

함께 문 쪽으로 다가서니 질문이 비처럼 쏟아졌다.

"너희 서로 알아?"

"어."

"어떻게 만났어?"

"얘가 우리 집 정원으로 날아왔어."

"인라인 탄 지는 오래 됐어?"

"응."

"너 성은 뭐야?"

"바일드."

"너희는 같이 살아?"

"아니."

"유노, 너 머리 염색한 거야?"

"아니, 이거 가발이야."

질문을 받으면 되받아 질문해야 한다고 봤던 대로, 나도 질문을 하고 싶었지만 그럴 틈이 없었다. 교실에 들어오니 담임선생님이 의자에 이름표를 붙여 놓은 게 보였다. 내 이름이 창가, 유노 바로 옆자리에 붙어 있는 걸 보고 안도감에 다리가 풀려 넘어질 뻔했다. 담임선생님은 내쪽으로 오더니 나와 악수를 청하며 앙네타라고 본인을 소개했다. 담임선생님은 외할머니와 나이가 비슷해 보였다. 그렇지만 그 나이대의 평범한 여성들 같은 차림새였다. 머리는 곱슬한 단발이었고 꽃무늬 옷에 연노란 색 카디건을 걸치고 있었다.

다들 자리에 앉자 앙네타 선생님은 손뼉을 치더니 내 쪽을 향해 몸을 돌렸다.

"새 학기를 맞은 여러분에게 환영 인사 전에 새 친구를 먼저 소개해요! 시게 바일드."

다들 내 쪽으로 고개를 돌렸다. 나는 애들을 쳐다볼 용기가 나지 않아 앙네타 선생님이 화이트보드에 초록색 마커로 쓴 '환영해요'라는 글씨와 주변에 빨간색과 파란색으로 그려 놓은 꽃을 똑바로 바라봤다.

"시게는 스톡홀름에서 여기로 이사 왔대요. 여러분 모두 시게에게 인사를 건네면……."

앙네타 선생님의 말을 끊고 검은 머리에 보라색 티셔츠를 입은 남자애가 벌떡 일어서서 내가 앉은 의자 쪽으로 달려오더니 내 손을 쥐고 흔들었다.

"안녕, 시게. 반가워."

반갑다는 말에 나는 보보가 떠올라 미소를 지었다. 그 애도 큰 미소로 화답했다.

"그래, 뭐 선생님이 생각했던 행동은 아니다만, 아드리안. 그래도 괜찮단다."

앙네타 선생님이 말했다.

선생님은 아드리안이 다시 자리에 앉을 때까지 기다렸다.

"이제 다 됐니? 좋아. 그래요, 어쨌든. 한 명이나 두 명 정도 시게한테 좀 더 신경을 써 주었으면 좋겠어요. 뭐가 어디에 있는지도 알려 주고. 체육관, 식당 뭐 그런 거."

유노는 손을 들면서 동시에 내게 몸을 굽히고 속삭였다.

"식당은 벌써 어디 있는지 알잖아! 우리가 카롤리나를 발견한 바로 거기야."

"와, 손을 든 사람이 많네요. 좋아요! 그럼 유노가 너한테 신경을 써 주면서 구경시켜 줘도 되겠니, 시게? 그리고 아드리안이 좀 더 도움이 필요할 때 도와주도록 할까? 좋아! 그럼 그렇게 하자꾸나. 새 학기를 맞이한 걸 환영해요, 6A반 여러분!"

나는 새 학기를 맞아 환영받은 게 언제였는지 기억조차 나지 않았다. 그렇지만 이번에는 분명 환영받는 느낌이었다.

* * *

정말 엄청난 하루였다. 학교에 출석 체크를 하러 간 것뿐만 아니라 저녁에는 크릴레 머랭의 영화 카니보어 파크가 새르블락카 주민 센터에서 개봉했다. 개봉 첫날이라는 건, 처음으로 상영된다는 뜻이므로 우리는 한껏 차려입고 갔다. 나는 셔츠와 크릴레가 매 준 넥타이를 차려입었다. 마이켄은 니쎄의 너구리 옷을 빌려 입었고 보보는 튤 드레스 세 겹과 유니콘 티셔츠를 입었다. 엄마도 연노란색의 멋진 옷을 입고 집 앞 계단에서 우리 사진을 찍어 주었다.

"이거 액자에 끼워야겠다!"

엄마는 그렇게 말하며 내 이마에 뽀뽀를 했다.

외할머니와 크릴레 머랭은 먼저 콜벳을 타고 출발한 상태였다. 엄마는 우리와 함께 주민 센터까지 걸어가려고 했지만, 나는 인라인을 탔다. 목초지길에 들러 유노를 데려가려고 초인종을 눌렀을 때 아무도 대답하지 않았다. 그래서 나는 발코니 문에 노크하려고 휘청거리면서 잔디 위를 걸었다. 톰 텔란데르가 제자리에 서 있는 것을 봤을 때 미소가 지어졌다. 배에 난 흠집은 거의 눈에 띄지 않을 정도였다. 아주 약간 티가 났지만. 정원 도깨비가 나한테 고개를 끄덕였을 리는 없겠지만, 그럼에도, 여전히 내게 인사를 건네는 것 같은 기분이었다. 어쩌면 지루한 건 아닐까? 다시 바깥을 돌아다니며 여행하고 싶은 건 아닐까? 어쩌면 뭔가 새로운 걸 찾고 싶은지도 모르겠다. 적어도 내 계정 팔로워들은 정원 도깨비가 새로운 모험을 떠나길 바란다는 사실을 알고 있다. 팔로워들은 정말이지 엄청난 댓글을 달았다. 그렇지만 다음에 뭔가 올릴 때는 유노에게 먼저 물어볼 것이다.

그때 창유리에서 노크 소리가 났다. 창유리 너머로 유노가 보였다. 유노는 눈에 띄는 청록색 머리카락을 머리 위에 큰 공처럼 두 개로 묶고 있었다. 마치 미키 마우스의 귀처럼 보였다. 유노는 서둘러 발코니 문을 열고 "이따 봐요" 외치고는 밖으로 나왔다.

우리는 엄마와 마이켄, 그리고 유아차에 탄 보보를 따라잡았다. 마이켄과 엄마는 한창 열띤 토론을 하고 있었다.

"다른 사람들하고 비교하면 내 다리가 제일 짧다고요! 이건 불공평해요!"

"엄마는 보보 다리가 제일 짧은 것 같구나."

엄마가 말했다.

"제 말은 걸어 다니는 사람 중에서요! 보보는 보다시피 이렇게 앉아 있잖아요! 전 걸어가는 게 정말 짜증난다고요!"

"하지만, 얘야, 사랑하는 마이켄, 넌 오늘 아침에 집을 50바퀴나 내달렸잖니. 어떻게 1-2킬로미터 정도 걷는 게 그렇게 짜증날 수가 있니?"

"왜냐하면 그렇게 많이 뛰어다녔으니까요. 이제 피곤하다고요!"

"내 가족 대신 사과할게."

내가 유노에게 말했다.

"이렇게 시끌벅적할 수 있다는 게 신기해. 우리 집은 항상 조용하거든."

"나도 알아. 난 그게 좋던데!"

나는 그렇게 말하면서 마침 보보 무릎 위에 몸을 던진 마이켄을 흟었다.

보보는 마이켄의 등을 때리면서 '싫어어어어어!'하고 빽 소리를 질렀다. 엄마는 유아차를 멈추고 마이켄이 일어날 때까지 참을성 있게 기다렸다.

"좀 더 일찍 생각을 해 보지 그랬니. 아침에 그렇게 집 주변을 뛰어다니기 전에 말이다. 우리가 걸어서 주민 센터까지 갈 거라는 걸 알고 있었잖니."

엄마가 마이켄에게 말했다.

"어떻게 그걸 좀 더 일찍 생각할 수가 있었겠어요? 어떻게 실제로 어떤 생각을 하기 전에 그걸 더 일찍 생각할 수가 있어요?"

엄마는 나와 유노를 향해 몸을 돌렸다.

"마이켄 말 못 듣는 척하려고. 그러면 곧 끝날 테니까."

"엄마, 말하는 거 다 들려요!"

마이켄이 말했다.

"그래, 애야. 엄마도 네 말소리가 들리는구나. 섀르블락카 사
람이라면 다 네 목소리를 들을 것 같은데. 그렇지만, 지금 엄마는
그저 네가 하는 말에 신경을 안 쓸 거야. 2킬로미터를 걸어서 첫
상영회에 가는 건 트라우마가 되지 않을 테니까."

"그건 트라우마라고요!"

"귀마개 있는 사람? 긴 산책이 될 것 같은데."

엄마가 내 쪽을 향해 말했다.

* * *

주민 센터 앞에 도착하니 1층엔 벌써 사람들이 가득했다. 몇
명씩 무리지어서 이야기를 나누고 있었다. 최소한 100명, 어쩌면
120명은 되는 것 같았다. 빨간 천을 씌운 탁자 너머로 흰 셔츠를
입은 남자가 샴페인과 탄산음료를 나누어 주고 있었다. 탁자 옆
에는 딸기가 든 커다란 볼이 있었다. 오는 길 내내 발을 질질 끌
던 마이켄은 곧장 속도를 내더니 딸기 볼 앞으로 다가가 입에 딸
기를 한가득 넣었다. 빨간 딸기즙이 턱을 타고 흘러 너구리 옷을
적셨다. 나와 유노는 각자 마실 음료를 가지러 갔다.

크릴레 머랭은 계단 위, 손에 샴페인 잔을 든 아주머니들 한가

운데에 서서 이야기를 나누며 웃고 있었다. 크고 검은 카메라를 쥔 남자가 사진을 찍고 있었고, 크릴레는 얼마든 찍으라는 듯 흰 셔츠, 각이 잡힌 짙은 붉은색의 바지와 금색 단추가 달린 짙은 붉은색의 조끼를 입고 포즈를 취했다. 나를 발견하자마자 크릴레의 얼굴이 환히 빛났다.

"시게! 이리 오렴! 노르셰핑 신문 기자란다!"

인라인을 신고 있던 탓에 계단을 오르기가 쉽지 않아 괜히 신고 왔다는 생각이 들었다. 그렇지만 크릴레가 계단을 몇 개인가 내려와 중간에서 나를 맞아 주었다. 손과 팔뚝을 단단히 잡고 내가 오르는 걸 도와주었다. 그러더니 크릴레는 수첩에 필기 중인 기자를 향해 내 몸을 돌려세웠다.

"시게가 마지막 장면 중 하나를 촬영했답니다. 정말 이루 말할 수 없을 정도로 도움을 받았어요. 그래요, 시게가 없었다면 영화 마지막 장면을 멋지게 찍지 못했을 겁니다. 전혀요. 항상 말하는 거지만, 결말은 영화에서 가장 중요한 부분입니다. 네, 원하신다면 그 문장을 인용하셔도 돼요. 다음번에는 시게도 카메라 앞에 서게 될 겁니다! 이 친구 이름은 시게 바일드예요. 그걸 기사에 꼭 써 주세요. 철자는 W, I, L, D, E고요."

크릴레 머랭은 내 어깨에 한쪽 팔을 둘렀고 사진사가 사진을 찍고 또 찍었다. 우리는 계단에 앉아 포즈를 취했고 또 영화 포스터 앞에서도 자세를 취했다. 우리는 잔을 맞부딪힐 때도 포즈를 취했다. 크릴레는 샴페인 잔을, 나는 탄산음료 잔을 들었다. 새 안경 덕분인지 나는 한쪽 눈을 앞머리로 가리지 않고 카메라를 똑바로 바라볼 용기가 났다.

갑자기 누군가가 입구에서 외치는 소리가 났다. 우리는 극장 안으로 들어가야 했다. 곧 영화가 시작할 시간이었다.

＊＊＊

영화가 끝나고 빨간 스크린 천이 다시 내려왔을 때 극장 안은 몇 초 동안 쥐 죽은 듯이 고요했다. 우리는 방금 그 피비린내 나는 마지막 장면을 본 참이었다. 레이 슈왈체눌러-번스타인, 그러니까 크릴레가 야생 사자에게 먹히는 장면 말이다. 그 장면은 내가 가장 고대하던 장면이기도 했다. 그리고 나를 전혀 실망시키지 않았다! 셔츠를 비집고 나오는 크릴레의 내장, 그리고 크릴레를 공격하는 사자가 삽입되었고 온통 피, 피, 피투성이였다. 나는 크릴레의 편집 실력에 깜짝 놀랐다. 딱 한 번만 내 애로우 스패로우와 이어지는 줄이 등장했고 내 인라인도 아주 짧은 순간 보였을 뿐이다. 그렇지만 그게 감상에 전혀 방해되지는 않았다!

맨 앞줄에 앉은 크릴레 머랭은 기대에 찬 표정으로 관객을 향해 몸을 돌렸다. 그제야 몇 명이 몸을 일으켰고, 의자가 바닥에 긁히는 날카로운 소리가 났다.

나는 엄마와 외할머니를 봤다. 평소에 그 둘은 딱히 닮은 구석이랄 게 없었는데, 오늘은 완전히 판에 박힌 듯한 표정을 짓고 있었다. 그 표정은 놀란 동시에 충격을 받은 것이었다. 크게 뜬 눈과 반쯤 열린 입. 보보는 외할머니와 엄마의 다리 위에 걸쳐 누워, 엄마 무릎에 머리를 대고 잠들어 있었다. 입에서 침이 흘러나온 자국이 있었다. 공갈 젖꼭지는 바닥에 떨어져 있었다. 내 다른쪽에는 유노와 마이켄이 앉아 있었다. 마이켄이 입고 있는 너구리 옷에는 빨간색 얼룩이 더 많아졌다. 마이켄은 영화를 보는 내내 숨이 넘어갈 듯이 웃어 댔다. 한 번은 내 쪽으로 몸을 기울이더니 이렇게 '속닥'거렸다.

"이거 내가 본 영화 중에 제일 재미있어!"

영화가 전혀 코미디처럼 느껴지지 않았는데 말이다. 유노는 솔직하게 말하자면 자기 휴대전화를 너무 자주 살폈다. 나는 크릴레 머랭과 시선이 마주쳤다. 크릴레는 당황스러운 표정을 짓고 있었다. 나도 마찬가지로 당황스러웠다. 왜 사람들이 박수를 치지 않지? 영화는 정말이지 끝내주게 환상적이었는데! 물론, 가끔 동물들이 공격하는 장면은 인위적인 티가 약간 나긴 했고 배우 몇 명은 이상한 영어를 구사하긴 했지만, 내 말은, 이건 크릴레 머랭의 첫 번째 영화가 아닌가! 나는 일어나서 최대한 큰 소리로 박수를 보냈다. 나는 마이켄와 유노, 외할머니와 엄마를 향해 일어나서 박수를 치라고 고갯짓을 했다. 크릴레 머랭을 위해서! 마이켄과 유노는 곧장 박수를 쳤다. 외할머니와 엄마도 머지 않아 뒤따랐다. 우리 앞 열에 앉은 사람들 몇 명도 따라서 손뼉을 쳤다. 나는 입에 손가락 두 개를 넣고 마이켄에게 손가락 휘파람을 불라고 신호를 보냈다. 나는 그걸 할 줄 몰랐지만, 마이켄은 그 누구보다도 큰 소리로 손가락 휘파람을 불 줄 알았다. 당연히 마이켄은 그렇게 했다. 다른 사람에게서도 손가락 휘파람을 부는 소리가 났다. 보보는 고개를 들고 졸린 눈으로 주변을 살폈다.

나는 뒤로 몸을 돌려 우리 바로 뒤에 앉아 있던 20대 남자 한 명과 여자 두 명을 향해서도 박수를 보내라는 눈빛을 보냈다. 그들은 막 극장 밖으로 나가려던 참이었다. 나는 과장되고 큰 소리로 박수를 보냈으니, 그 사람들도 내가 무얼 바라고 있는지 알 터였다. 그 사람들은 고분고분 박수를 보냈다. 갑자기 환성과 함께 수백 명의 박수 소리가 났다. 소리는 점점 커졌다. 그건 유노였다! 유노는 유튜브에서 박수 보내는 영상을 찾아 튼 것이다! 나는 크릴레와 눈이 마주쳤다. 크릴레는 내게 미소를 지었다. 나도 미소를 지으며 더 세게 박수를 보냈다. 손바닥이 얼얼할 정도로. 크릴레는 몸을 일으켜 힘들게 무대 위로 올랐다. 크릴레 뒤로는 여전히 엔딩 크레딧이 흘렀고, 영사기 빛이 닿은 크릴레 얼굴 위로도 글자가 흘렀다. 크릴레는 거의 대부분이 빠져나간 극장 내를 훑어보며 고개 숙여 인사하고는 이제 박수를 그만하라는 손짓을 해보였다. 유노가 틀어뒀던 비디오의 정지 버튼을 누르자 완전한 정적이 찾아왔다.

"사랑하고 사랑하는 섀르블락카 주민 여러분. 오늘 제 데뷔작 카니보어 파크를 보러 여기까지 와 주셔서 감사합니다. 여러분은 저와 함께 영화를 보며 레이 슈왈체눌러-번스타인의 끔찍한 운명을 체험했습니다. 이건 정말 제게 의미가 큽니다. 이 영화가 해외로 수출됐다는 소식이 들리길 간절히 바랍니다! 여러분, 저는 항상……."

크릴레는 말을 멈추고 목을 가다듬었다. 마치 곧 울음을 터뜨릴 것 같은 목소리였다.

나는 주변을 둘러봤다. 극장 안에는 20명 남짓 남아 있었지만, 다들 크릴레의 말에 귀를 기울였다. 크릴레 머랭은 안경을 약간 위로 들어 올리고는 손가락으로 한쪽 눈 아래를 조심스럽게 토닥였다. 그러더니 미소를 짓고 안경을 콧잔등 위 제자리로 돌리더니 다시 말을 이어나갔다.

"66년 평생 동안 저는 영화를 만들고 싶다는 꿈이 있었습니다. 그리고 이제 그 꿈을 이뤘죠! 영화를 만든 겁니다! 저는 원고를 쓰고, 유럽에서 영화를 찍을 장소와 배우들을 물색했고, 영화를 찍고, 영화에 직접 출연하기도 했습니다. 그것도 주연으로요. 그리고 저는 정말이지…… 정말로 말로 할 수 없을 정도로 행복합니다. 정말 감사하고요. 저는 그저 여러분께, 만약 꿈이 있다면…… 그걸 좇으라고 말씀드리고 싶습니다. 포기하지 마세요.

시간이 좀 걸리더라도, 힘이 꽤나 들더라도 말입니다. 그러니 포기하지 마세요! 저는 제가 꿈을 포기하지 않았다는 게 정말 기쁩니다. 그리고 벌써 두 번째 영화를 제작한다고 말씀드릴 수 있어 기쁩니다. 영화 제목은 〈쥐 남자의 복수〉입니다. 그 영화는……."

나는 엄마가 짜증스럽게 시계를 보고는 초조해하는 외할머니와 시선을 주고받는 걸 봤다. 우리 모두 크릴레의 연설이 끝날 때까지 상당히 오랜 시간이 걸린다는 사실을 알고 있었다.

"좋은 제목이네요. 근데 저 오늘은 더는 앉아 있기가 힘들어요. 아저씨, 우리 이제 집에 가야 해요."

마이켄이 말허리를 끊었다.

엄마는 미소 지으며 마이켄에게 따뜻한 시선을 날렸다. 마이켄은 벌써 일어서서 극장을 나서는 길이었다. 마이켄이 한 걸음을 내디딜 때마다 너구리 꼬리가 위아래로 들썩였다. 외할머니는 담뱃갑에서 담배 하나를 꺼냈다. 문을 빠져나가자마자 불을 붙일 수 있게 채비하는 모양이다. 외할머니가 엄마 어깨 위에 팔을 두를 때 팔찌가 짤랑이는 소리를 냈다.

"한나, 얘야. 저 귀를 찢을 것 같은 목소리가 마침내 도움이 됐구나. 누가 그럴 거라고 생각이나 했겠니?"

주크박스 자장가

밤중에 나는 갑자기 쩌렁쩌렁 울리는 소리에 잠에서 깼다.

넌 별거 아냐, 그저 사냥개지!
항상 짖어 대는!

나는 침대에 바로 앉아 주변을 휙휙 둘러보았다. 방은 어두웠다. 책상, 작살, 핀볼 게임기의 형태만 겨우 보였다. 대체 어디서 음악 소리가 나는 거지? 마치 내 머릿속에서 노래가 울려 퍼지는 것처럼 느껴졌다. 그 정도로 소리가 컸다. 퍼뜩 보보가 떠올랐다. 나는 이불을 걷어 내고 복도로 나섰다. 소리가 한층 크게 들렸다.

넌 별 거 아냐, 그저 사냥개지! 항상 짖어 대는!
넌 토끼 한 마리도 절대로 못 잡을 테고 내 친구도 아니야!

갑자기 내 방 옆방의 문이 열렸다. 까치집이 된 머리에 한쪽 팔 아래로는 베개를 낀 마이켄이 나왔다. 충격을 받은 표정이었다. 그리고 평소답지 않게 아무런 말도 하지 않았다. 그때 쿵쿵거리 며 울리는 발소리가 들렸다. 엄마가 나는 듯한 걸음으로 계단을 뛰어 올라오는 게 보였다. 낡은 티셔츠 차림에 머리카락은 머리 한가운데에 숱처럼 묶고 있었다.

"맙소사, 무슨 일이니?!"

엄마가 말했다.

그 사람들은 네가 상류층이라고 했지.
글쎄, 그건 그저 거짓말에 불과했어.

엄마는 보보의 방 앞으로 달려가 문을 열었다. 그렇지만 문을 열자마자 갑자기 멈춰서는 바람에 나와 마이켄은 엄마의 등에 부딪혔다.

"보보야! 대체 뭘 하고 있니?"

나는 엄마 옆으로 비집고 방안을 들여다봤다. 방이 너무 환해 서 눈이 어지러웠다. 천장 등은 물론 침대 머리맡 등, 빨갛고 노 란 라바램프, 그리고 반짝이는 디스코 볼에도 불이 들어와 있었 다. 빨갛고 파랗고 초록색의 빛줄기가 벽과 바닥, 천장을 수놓고 있었다. 주크박스는 진동하는 것처럼 보였다.

넌 별거 아냐, 그저 사냥개지!

항상 짖어 대는!

보보는 침대에 앉아 있었다. 곱슬머리가 광환처럼 머리 주변을 두르고 있었다.

"안녕!"

보보는 굉음 속에서 기쁜 듯 외쳤다.

넌 별거 아냐, 그저 사냥개지!

항상 짖어 대는!

"누가 저것 좀 꺼 줄래?"

엄마가 노랫소리를 뚫고 포효하듯 말했다.

나는 엄마 옆을 비집고 빠져나가 플러그를 뽑으려고 바닥에 엎드렸다. 그렇지만 플러그는 못이라도 박은 것처럼 단단히 꽂혀 있었고, 내 손가락은 매끄러운 플라스틱 위에서 미끄러졌다.

넌 토끼 한 마리도 절대로 못 잡을 테고 내 친구도 아니야!

마지막 소절이 울리더니 조용해졌다. 때마침 나는 플러그를 뽑았고 주크박스의 불이 꺼졌다. 엄마는 방 안으로 몇 걸음 들어왔다. 놀란 표정으로 보보를, 그리고 여섯 마리의 박제 동물 위를 덮은 아이스크림콘 무늬의 이불이 놓인 보보의 침대를 쳐다봤다. 울버린 프란스 얘게르, 수달, 족제비 파블로프, 비버, 그리고 밍크 두 마리가 보였다. 구이코랑 밍코였다.

이제는 심지어 크릴레 머랭과 외할머니도 마이켄 뒤에서 문 안을 살펴보고 있었다.

"보보."

엄마는 보보를 부르며 침대 가장자리로 가서 앉았다.

"우리 모두 죽을 만큼 깜짝 놀랐잖니! 잘 시간이 지난 다음에 는 주크박스를 틀면 안 된다는 걸 알잖니."

그때였다. 갑자기 벌어진 일이었다. 보보가 입을 열고는 이렇 게 말했다.

"동물들이 잠을 잘 수가 없대요. 그래서 자장가를 틀어 줬어요. 얘들은 엘비스를 좋아해요."

보보는 완벽하게 말했을 뿐만 아니라 쾌활한 사투리를 구사하 고 있었다. 정말이지 완벽하게!

엄마는 마치 유령이라도 본 것 같은 표정을 지었다. 눈을 엄청 크게 떴고 입은 'o'자였다. 엄마는 보보를 보더니 나를, 그런 다음 문간에 빼곡하게 들어서 있는 크릴레와 외할머니, 마이켄을 봤 다. 그러고는 다시 보보를 보며 그의 손을 잡았다.

"그런데…… 그런데……."

엄마는 말을 더듬었다.

"너 말할 줄 아니? 너 말할 수 있어?"

"네, 당연하죠."

보보가 대답했다.

"그런데…… 언제부터?"

보보는 대답하지 않았다. 대신 프란스 애게르를 덮은 이불을 매만져 주었다.

"아니, 이해가 안 되네. 어떻게 이럴 수가 있지?"

엄마가 말했다.

"그래요, 그리고 이제 어떻게 다시 잠들죠?"

마이켄이 물었다. 어떻게 그런 일이 벌어지게 됐는지 딱히 관심도 없어 보이는 데다 보보가 갑자기 유창하게 말할 수 있다는 사실에도 놀란 것 같지 않은 모습이었다.

보보의 표정이 밝아졌다.

"내가 자장가 틀어 줄게, 마이켄!"

보보는 엄마의 손에서 자기 손을 빼내더니 판을 돌리려 주크 박스 앞으로 아장거리며 걸어갔다. 나는 온몸으로 막아섰다.

마이켄이 말했다.

"악마의 자장가는 안 돼."

"아니, 그런데 왜 전에는 아무런 말도 안 했니?"

엄마가 물었다. 디스코 볼이 쏘는 빛이 일정한 간격으로 방 안과 엄마의 얼굴을 스치며 초록색, 파란색 그리고 빨간색 점을 그렸다.

"전에는 딱히 할 말이 없었던 게 아닐까?"

외할머니가 추측했다.

"혹시 유치원에서 배웠니?"

엄마가 물었다.

"엘비스한테 배웠어요."

보보는 그렇게 말하며 내 등 뒤에 있는 판을 잡으려는 걸 포기했다.

보보는 내 무릎에 앉았다. 나는 보보에게 팔을 두르며 따뜻한 목덜미에 코를 묻었다.

"하지만 보엘, 엘비스는 영어로 노래하잖니."

크릴레가 반박했다.

보보는 부루퉁한 표정으로 크릴레를 올려다봤다. 보보는 내 품에서 빠져나가더니 다시 침대 위로 기어 올라갔다. 순서대로 프랑스 애게르, 수달, 족제비 파블로프, 비버, 그리고 밍크 두 마리의 코에 입을 맞췄다. 그러더니 보보는 만족한 표정으로 나를 향해 이렇게 말했다.

"봐, 효과가 있었어! 얘네 잔다!"

책에서 인용한 노래

⟨Jailhouse rock⟩, 엘비스 프레슬리

⟨Don't be cruel⟩, 엘비스 프레슬리

⟨Timber⟩, 핏불

⟨Wouldn't it be nice⟩, 비치 보이스

⟨Hound dog⟩, 엘비스 프레슬리